人生之歌

RENSHENG ZHI GE

叶秀松◎著

时代出版传媒股份有限公司
安徽文艺出版社

图书在版编目（ＣＩＰ）数据

人生之歌/叶秀松著. —合肥：安徽文艺出版社,2019.9（2022.7重印）
ISBN 978-7-5396-6560-3

Ⅰ．①人… Ⅱ．①叶… Ⅲ．①故事－作品集－中国－
当代 Ⅳ．①I247.81

中国版本图书馆CIP数据核字（2019）第 020202 号

出 版 人：姚 巍
责任编辑：李 芳 曾柱柱　　　　　　装帧设计：褚 琦
....
出版发行：安徽文艺出版社　www.awpub.com
地　　址：合肥市翡翠路 1118 号　邮政编码：230071
营 销 部：(0551)63533889
印　　制：山东百润本色印刷有限公司　(0635)3962683
....
开本：880×1230　1/32　印张：13.375　字数：340 千字
版次：2019 年 9 月第 1 版
印次：2022 年 7 月第 2 次印刷
定价：69.80 元
....

序

　　我是一名医生，与秀松先生熟悉，为他的作品所感染。他的长篇小说《桃花流水》，从不同的侧面如实地记录了他所经历的那个时代，留下了那个时代青春的理想和记忆；历史读物《中国古代风云录》，收入中国历史上许多重大事件，展示了众多影响历史进程的著名人物的理想追求和命运浮沉。阅读这两部书使我从现实中感悟历史，从历史中了解现实。

　　学界前辈说过："板凳须坐十年冷，文章不写半句空。"秀松先生编写历史通俗读物花费十六年工夫，创作长篇小说竟用了三十年时间打磨。他这种甘于寂寞、持之以恒的求学态度是值得称道的。

　　我以为胸怀忧患的读书人，应当把心中的能量充分释放出来，奉献于社会，所以我建议秀松先生再写一点东西。他用了两年多时间写成《人生之歌》书稿。该作品从人生这个包罗万象的宝库中，列出信念、亲情、爱情、友情四个专题，从人们所共有的情感出发，选取古今中外一些令人感慨的人生故事，讴歌了人性中的真善美，像一幅五彩缤纷的画卷。我相信，本书的出版将为读者朋友献上一束温馨的鲜花，为新时代建设和谐美好社会奉献一份正能量。

郭薇

2018 年 9 月于陋室

目　录

三、爱情——刻骨铭心的情缘

四、友情——相互提携的情谊

一、信念——安身立命的情怀

人生在世，都有自己的理想追求，许多人为自己挚爱的事业入迷如痴而倾注心血，这就是人的信念。信念是荡漾在人们心中的一种情怀，是人生的一根精神支柱，它以源源不断的动力支持着人们奋斗作为。一个人若丧失信念，便失去主心骨，失去安身立命的灵魂。人的信念多种多样，反映着不同的人生观。有人胸怀大志，为自己献身的事业殚精竭虑永无止境，也有人浅尝辄止，满足于已有成绩沾沾自喜；有人生能舍己，甘为天下大众谋取幸福而流血捐躯，也有人以"我"为中心，贪图私利而别无旁顾；有人把人生视为命中注定，因循守旧，不图进取，也有人挑战厄运，创造人间奇迹。不同的信念，书写不同的人生画卷，决定不同的人生价值。古往今来，无数杰出人物怀着坚定崇高的信念，书写出辉煌壮丽的人生故事，让我们这些后来人为之击节赞叹。

出类拔萃　矢志报国

　　人在年少尚不知晓世事的时候，一般都有过远大理想，长大要干大事，超过千人万人。可是成年以后，绝大多数人的这一美好理想都化为泡影，只有极少数坚定信念执意进取的人，经过坚持不懈的努力，才会使自己的人生有所成就。其中的顶尖人才，数亿人中才会出现一个，他们立身社会，矢志报国，终生奋斗，奉献巨大，造就了自己人生的辉煌，堪称出类拔萃的人杰。让我们仰望浩瀚的星空，去接近这些耀眼的星辰。

孔子风雨漂泊创儒学

据《史记》卷四十七《孔子世家》记载,孔子名丘,字仲尼,春秋晚期鲁国(都曲阜)陬人,生于鲁襄公二十二年(前551年)。他虽然出身贫贱,却崇尚礼仪,受到鲁国大夫孟僖子赏识。经孟僖子推荐,鲁昭公召见孔子,派他去东周学习礼。孔子学成返回鲁国后,招收学生讲学,并注意研究治国理政的方略,为时不长便声名远扬。

实施善政　威震齐国君臣

鲁昭公二十五年(前517年),鲁国发生内乱,孔子流亡齐国(都临淄)。齐景公看重孔子的才学,向他征求治政意见。孔子回答说:"君臣关系好比父子关系,最重要的是要确定彼此的名分和各自的职责。治理国家,关键要节约财力。"不久,孔子察觉齐国官员中有人图谋陷害他,他便返回鲁国,重新聚徒讲学。

鲁定公九年(前501年),孔子受朝廷任命为中都宰。他治政有方,周边官府都去向他取经。一年后,孔子升任大司寇。一次,齐景公邀请鲁国君臣去齐国的夹谷会盟。盟会期间,齐国官员安排一群小矮人上台表演,意在羞辱鲁国君臣。孔子识破对方不怀好意,当即指斥齐国主办官员"荧惑诸侯",下令鲁国随行人员将其斩首。齐景公见状大惊失色，只好责怪其侍臣失礼，下令归还齐国所占鲁国领土，以向鲁国君臣赔礼。

鲁定公十四年（前496年），孔子受命代理宰相，依法处死变乱朝政的大夫少正卯，吏治为之一新。孔子执政三个月后，市场买卖公平，社会秩序稳定，"途不拾遗"。

鲁国出现大治使齐国君臣感到恐惧，一些大臣建议向鲁国献地，请求鲁国答应结盟。大夫黎鉏认为，应当先设法离间孔子和鲁定公的关系，如果鲁定公不肯罢免孔子的官职，再献地求盟也不迟。齐景公采纳了黎鉏的意见。

齐国君臣知道孔子为官忠正，一向注重礼义，痛恶淫乐荒政，决定以引诱鲁定公淫乐为突破口。他们打着友好的幌子，给鲁定公送去80个能歌善舞的美女。鲁定公欣然笑纳，从此只顾同齐女寻欢作乐，把朝政大事丢在一边。齐国又挑选一批美女，去鲁国都城南门外表演歌舞和赛马，邀请鲁国宰相季桓子前往观看。季桓子为之入迷，接连许多天停止听政。

忧愤辞职　漂泊诸侯列国

孔子看出齐国人的险恶用心，对鲁定公和季桓子淫乐荒政深为忧虑，多次劝他们改正，但他们听不进去。孔子极为忧愤，毅然辞去官职，离开鲁国，远游诸侯列国。

孔子带着他的部分学生首先来到卫国（都帝丘）。卫灵公开始以礼接待。不久，有人诬告孔子有异图，卫灵公转而怀疑孔子，派兵对他们加以监视。孔子一行动身去陈国，路经匡地时，匡人把孔

5

子误认为曾经伤害过他们的阳虎（季桓子家臣），将他扣留 5 天后才放行。之后，孔子一行来到宋国（都商丘）。一天，孔子在一棵大树下给学生们讲学，宋国司马桓魋领兵砍断大树，扬言要杀死孔子。孔子一行匆匆离去，来到郑国（都郑）。郑国人见孔子同他的学生走散了，嘲笑他像丧家之犬。此后，孔子一行在陈国（都陈）居住了三年。离开陈国时，他们在蒲地，受到蒲人拦截。孔子一行奋力突围后，辗转卫国、陈国，来到蔡国（都蔡）。楚昭王派人召请孔子去楚国（都郢），蔡国人却将孔子一行扣留。在吃不上饭的困境中，孔子仍然坚持向学生讲学。楚昭王闻讯随即派军队营救，才将孔子等人接到楚国。楚昭王想给孔子封地，被其宰相子西劝止。孔子一行从楚国又返回卫国。孔子和他的学生虽然四处颠沛，饱经磨难，但始终没有停止对学问的研讨，没有停止对社会人生的思考，没有忘记养育他们的鲁国。

鲁哀公十一年（前 484 年），先期回到鲁国的孔子的学生冉求受任将军，率军在郎击败齐国军队。之后，鲁国宰相季康子采纳冉求的建议，派人带上钱币去卫国迎接孔子一行。孔子等人在外漂泊 14 个年头，终于回到了鲁国。这一年，孔子已经 68 岁。

潜心著述　创立儒学

鲁哀公接见孔子时，向他询问如何治国理政。孔子回答说："国君要治理好国家，关键是要选好辅佐大臣。"鲁哀公没有任用孔子，孔子淡然处之，称"用之则行，舍之则藏"，即国家用我，我就去尽力；不用我，我就隐居。孔子隐居后，闭门谢客，惜时如金，潜心著述,使其人生走向辉煌的顶点。他依据史籍记载,编写了我国第一部编年史《春秋》,"以绳当世",开创了编年记事的体例。他将古代流传下来的3000多首民歌分类整理,精选305首编为《诗经》,这是我国第一部诗歌选集,其主题思想是"思无邪",歌颂美好,鞭笞丑恶,弘扬正气。他有感于"周室微而礼乐废",精心整理《尚书》《周易》等古籍,以致"韦编三绝",即串系竹简的牛皮绳子弄断了多次。鲁哀公十六年(前479年),孔子去世,终年73岁。后人把他的部分言论汇编成《论语》一书。

孔子治政时间虽短,实绩却十分显著,其政治思想尤为卓越。孔子主张"为政以德",即用道德教化民众,淳化民风,用礼仪规范社会秩序,开创了古代精神文明建设的先河。孔子认为,治理国家要抓好三件大事——"足食、足兵、民信",其中最重要的是"民信"。他说"民无信不立",也就是说,执政者如果失去民心,势必要垮台。孔子特别强调执政者要端正自己的品行,严于律己,率先垂范。季康子曾经向他请教如何执政,他回答说:"政者,正也。子帅以正,孰敢不正?"也就是说,当权的人首先要严于自律,带头公正无私,下面当官的谁还敢不走正道?

孔子倡导仁爱,即人际交往要恭敬有礼,关爱别人,"四海之内皆兄弟也"。他把"忠恕"作为做人的准则,即做人要忠正,待人要宽容,"己所不欲,勿施于人"。孔子主张"克己","先难而后获",也就是说,要严格约束自己,吃苦要在别人前面,享受要在别人后面。"无求生以害仁,有杀身以成仁",宁可牺牲生命也要做个仁义的人,不可贪生怕死背信弃义。在家庭关系中,孔子主张孝道"孝第也者,其为仁之本",即孝敬父母长辈,关爱兄弟姐妹,是做人起码的道德。

孔子一生大部分时间都是在教书育人。他共有学生 3000 人,其中优秀人才 72 人,他是开创私人办学普及平民教育的始祖。他主张"有教无类",不分贫富贵贱,学校的大门朝一切愿意学习的人敞开。他提出学生要"学而不厌",教师要"诲人不倦"。孔子认为,一个人的知识总是有限的,不能骄傲自满,应虚心向别人的长处学习,"三人行,必有我师焉"。孔子的人才观富有远见卓识:"后生可畏,焉知来者之不如今也?"也就是说,代代都会有人才,而且会后来居上。

孔子的物质生活朴素无奢,知足常乐,"饭蔬食饮水,曲肱而枕之,乐亦在其中矣"。他习惯于喝冷水,吃粗粮蔬菜,困了枕着胳膊便能安然入睡。他不慕荣华富贵:"不义而富且贵,于我如浮云。"孔子想远离尘嚣,搬到偏远的地方去住,有人劝他说,那里的生活条件太简陋了。孔子回答说:"人只要有志向,住到什么地方都不会感到简陋。"孔子为人处世始终严格要求自己,不做违反礼义的事,自称"七十而从心所欲,不逾矩。"孔子言谈举止处处为人师表,德高望重,当时就有人称他为圣人、仁人。孔子回答说:"说是圣人、仁人,我岂敢当?我只不过是朝着仁人的标准去努力罢了。"

【简评】

孔子是中国 2500 多年前杰出的政治家、思想家和教育家。他所创立的儒学,经战国时期孟子丰富发展,至汉武帝采纳董仲舒建议,"罢黜百家",独尊孔学,便成为中国古代历朝执政者治国理政的指导思想。北宋开国宰相赵普称其靠"半部《论语》治天下",反映了历代执政者的心声。儒学的推广应用,促进了中华文明的历史进程,哺育了千千万万中华民族的优秀儿女。儒学不仅是中华民族的瑰宝,也是世界文明宝库中一颗闪亮的明珠。联合国教科文组织确认的世界十大文化名人,孔子位列第一。当今以传播中国文化为宗旨的孔子学院,遍及世界各地,人民网 2017 年 12 月报道,全世界已有 146 个国家和地区共建立 525 所孔子学院和 1113 个中小学孔子课堂。儒学闪耀的真理光辉,必将继续照耀人类文明的历史进程。

班超历尽艰险复通西域

《汉书》卷九十六《西域传》、《后汉书》卷四十七《班超传》记载,西汉建立之初,游牧于大漠南北的匈奴骑兵不断南下侵扰。原居敦煌、祁连间的月氏部族被匈奴骑兵击败迁居远方,建立大月氏国。为了联合大月氏共同抗击匈奴,西汉建元二年(前139年),汉武帝派张骞率团西行,出使大月氏。张骞一行经大宛、康居等国,进入大月氏。张骞此行虽然未能与大月氏结盟,却开通了汉朝与西域各国的联系。此后,汉武帝派使臣、武官驻访西域各国。神爵二年(前60年),汉宣帝设立西域都护府,派遣军政长官监护西域36国。王莽称帝后,西域各国断绝与中原的联系,依附于匈奴。东汉建武二十四年(48年),匈奴分裂,南匈奴依附汉朝,北匈奴控制西域各国。

班超是东汉扶风安陵人,早年家贫而胸怀大志,替人抄写文字糊口。一次,他当众扔掉手中的笔,放言要像张骞那样去远方建功立业,在场的人无不摇头摆手,嗤笑他无知狂妄。班超当即回敬道:"庸人怎么能知道壮士的情怀!"

随军出征初露锋芒

东汉永平十五年(72年),汉明帝决意重新开通西域以抗击北匈奴,派遣将军窦固率军西征。班超系窦固的同乡,请求随同出征,窦固点头同意并任命他为假司马。第二年,窦固率部击败北匈奴军,进驻伊吾。班超率领其部众与北匈奴骑兵激战于蒲类海,斩杀数百名北匈奴兵,初露其英勇善战的锋芒。窦固乘胜要打破北匈奴对西域的控制,决定派人去重新开通与西域的关系。他看中班超智勇双全,能够胜任此任,便令班超率领由36人组成的小队人马出使西域。

班超一行首先到达鄯善,受到其国王以贵宾的礼仪接待。没过几天,鄯善王突然改变态度,对班超一行怠慢疏远。班超向同行的人询问有什么感觉,他们回答说西域人的礼仪就是这样反复无常。班超说:"不对,这中间必定有情况。"他趁鄯善陪同官员不注意,劈头问道:"匈奴使臣什么时候也来到你们这里了?他们住在什么地方啊?"陪同官员猝不及防,脱口答道:"他们来这已有三天,住在离这儿30多里的驿馆里。"

班超意识到情况非常严重,一旦北匈奴使臣命令鄯善王把汉人抓起来,他们这些人被杀事小,重新开通西域的大事可就要耽搁下来。在这你死我活的危急关头,班超果断决定,带领小分队连夜奔袭北匈奴使臣驻地,以放火做掩护,斩杀北匈奴使臣及其部属30多人。班超此举不仅使他的小分队转危为安,同时威震鄯善及周边各国。鄯善王当即表示,从今以后依附汉朝,不再同匈奴往来。

率队出使大显身手

班超一行返回伊吾,向窦固报告袭杀北匈奴使臣、鄯善王归附汉朝的情况。窦固十分高兴,向朝廷奏报班超的功绩。汉明帝任命班超为军司马,要他带队继续出使西域各国。

班超受命后随即带领小分队访问于阗。于阗王广德刚刚率军击败莎车军队,趾高气扬,在西域南道称雄。他仗恃受北匈奴监护,对班超的态度十分冷淡。于阗巫师扬言:"神已经发怒,责问于阗为何要接待汉朝使臣,快把汉朝使臣的马拉来做我的祭品!"广德迷信巫术,当即派宰相私来比向班超索要马匹。班超答应献马,但要巫师亲自来取。巫师闻讯赶来,班超下令将他斩首,同时抽打私来比几百皮鞭。之后,班超提着巫师首级去见于阗王,声色俱厉,对他痛加谴责。于阗王此前已听说班超在鄯善斩杀匈奴使臣一事,见班超怒气冲冲十分害怕,当即向班超投降,并派兵去击杀住在于阗的北匈奴使臣。

班超令部下四处张贴告示,对于阗臣民加以抚慰。西域南道诸国听说于阗脱离匈奴归附汉朝,纷纷仿效于阗,并将王子派往东汉京都洛阳作为人质。汉朝与西域南道各国中断联系65年后,彼此恢复派官员互访。

永平十七年(74年),班超率队出使西域北道。行前,他摸清了北道的情况。龟兹国王建是北匈奴扶立的,仗恃匈奴的支持称霸西域北道。建曾经派兵攻占疏勒,杀死疏勒王,立龟兹人兜题为疏勒王。因此,疏勒人对龟兹王十分怨恨。班超决定先争取疏勒。他率队不声不响从小道进入疏勒,住在离国王兜题几十里的地方,乘其不备将他抓获。接着,班超召集疏勒文武百官,痛斥龟兹王暴虐无道,立原疏勒王哥哥的儿子忠为疏勒王,将兜题释放回国。龟兹君臣为之震惊慑服。

当年十一月,窦固领军征服车师后,率部返回京都。他奏请朝廷复置西域都护和戊、己校尉。汉明帝同意,并任命陈睦为西域都护,都护府设在龟兹它乾城;耿恭为戊校尉,率部屯驻车师后部金满城;关宠为己校尉,率部屯驻车师前部柳中城。

永平十八年(75年),北匈奴获知汉朝大军撤回,出兵围攻汉戊、己校尉驻地。己校尉关宠战死,戊校尉耿恭部众被围困数月濒临绝境。龟兹军队乘势攻杀西域都护陈睦。势态急剧逆转,班超处境十分危险。但他镇定自若,从容应对,会同疏勒王忠率众坚守盘橐城,多次击败龟兹、姑墨联军的进攻。

建初元年(76年),汉章帝考虑班超等人留在疏勒势单力薄,诏令他回国。疏勒全国为之惊慌,将军黎弇格外忧伤,拔剑自杀。班超一行路过于阗时,于阗国王和大臣号啕痛哭,抱住他的马腿,不让他走。班超奏告朝廷,获准返回疏勒。

班超留驻西域后,置个人生死于度外,继续奋力履行其使命。

建初三年(78年),班超联络疏勒、康居、于阗、拘弥四国军队,一举攻陷姑墨石城。

建初五年(80年),班超重新开通与乌孙国的联系。

元和元年(84年),疏勒王忠受莎车王引诱背叛汉朝,退居乌即城。班超改立其丞相成大为疏勒王。

元和三年(86年),忠从康居借兵攻打班超,并假装向班超投降。班超识破其奸计,击杀忠及其部众,重新控制西域南道。

章和元年(87年),班超率领于阗军队攻打莎车,击退龟兹等国 5 万援兵,迫使莎车王投降。此次大捷使班超威震西域各国。

永元二年(90 年),大月氏副国王谢率领 7 万兵士攻打班超。班超设伏兵将其击溃,并放回谢。从此,大月氏每年向汉朝进贡。

受命都护长驻西域

永元三年(91 年),东汉出兵攻打北匈奴。北匈奴部族败逃乌孙、康居以西地区。龟兹、姑墨等国失去依靠,归附汉朝。朝廷任命班超为西域都护,驻龟兹它乾城。

永元六年(94 年),班超调集龟兹、鄯善等 8 国 7 万多官兵,征服一直不肯归附汉朝的焉耆、尉犁。至此,西域 50 多个国家,一直延伸到海滨 4 万里,全部归附东汉。

永元七年(95 年),汉和帝诏令表彰班超复通西域的丰功伟绩,封他为定远侯。

永元九年(97 年),班超派遣其部将甘英率团出使大秦、条支,行迹一直到西海。上述各地都是前人没有去过的。

永元十四年(102 年)八月,班超以 70 高龄、身患重病,获准离开西域,返回洛阳。返回后一个月,班超便溘然长逝。

【简评】

班超的一生,是一部辉煌的英雄史诗。他抱定为国建功立业的决心,从风华正茂到白发苍苍,献身西域长达 31 年。为了重新打通汉朝与西域各国的联系,摆脱北匈奴对西域的控制,他凭借大智大勇,深入龙潭虎穴,历尽艰险,九死一生,完成了举世瞩目的外交使命,从而改写了历史。他数十年生活在饮食习惯和气候环境与中原迥然不同的异国他乡,放弃与家人的团聚,其舍家为国的风范同样永世长存。

爱迪生给人类带来光明

　　李其荣著《爱迪生传》记叙，爱迪生 1847 年 2 月出生于美国俄亥俄州米兰镇。他 7 岁时患了猩红热，耳朵变聋。8 岁开始上学，仅读了三个月，他便被老师以"低能儿"的理由赶出校门。此后，爱迪生在母亲的辅导下发愤读书，无书不读，获得了多方面的知识，其中《法拉第电学研究》一书使他受益最大。

　　爱迪生 15 岁那年在火车上卖报，一次危急关头，他救起一个在轨道上玩耍的小男孩。孩子的父亲为了感谢他，向他传授电报技术。从此，爱迪生产生了探秘科学的浓厚兴趣。他把全部心思和精力都放在科学实验上，经过几年坚持不懈的努力，终于有了收获。

　　1868 年，爱迪生发明投票计数器，获得生平第一项专利权。

　　1870 年，爱迪生发明普用印刷机，总机转动能带动各分机整齐运动，方便使用。

　　1872 年—1875 年，爱迪生在美国科学家莫尔斯电报研创的基础上，发明四通路电报机，极大地提高了电报传递信息的功效。

　　1877 年，爱迪生发明气动铁笔，所刻写的蜡纸可以复印3000 份。

　　同年，爱迪生在德国物理学家赖斯、美国科学家贝尔研创的基础上,发明了电话,使身居两地的人直接通话,比用电报机联系更加方便快捷。

同年,爱迪生发明了留声机。后来,他又发明了唱机、唱片。

1879 年—1880 年,爱迪生发明电灯及其开关,结束了人们用麻油灯、蜡烛和汽油灯照明的历史,给人类带来光明。人们称赞他是当今时代最伟大的科学家。

1889 年,爱迪生发明活动电影机。几年后,他在纽约建立第一家电影院,放映由他的公司摄制的第一部故事片《列车抢劫》。接着,他发明有声电影,丰富了人们的文化生活。

1909 年,爱迪生经过长达 10 年的反复试验,发明蓄电池,取代须从发电厂传递电力供应,广泛用于汽车、电车、火车、轮船、潜艇等运载工具。

1914 年—1915 年,爱迪生发明电话自动记录装置。

1915 年—1918 年,爱迪生发明鱼雷机械装置和水底望远镜。

1924 年 5 月,美国投票选举国内最伟大的人,爱迪生得票最多,被选为美国第一伟人。美国国会授予他一枚特级荣誉勋章。

爱迪生获得如此辉煌的成就,是他数十年如一日费尽心血的结晶。他每天工作 18 小时,连新婚婚礼结束当晚还去实验室工作到半夜。70 岁以后,他每天仍然工作 16 小时。有人算过,爱迪生一生工作的时间,等于普通人工作 125 年。他在研究自动发报机期间,吃饭不离工作台,睡觉只是在椅子上靠一靠,先后实验 2000 次以上才获得成功。在研制电灯的过程中,他先后拟出 3000 种不同的方案,试验过的灯泡丝纤维材料共有 6000 种。仅在研制蓄电池的前 5 个月,他就试验 9000 多次而毫无进展。爱迪生从来不因为失败而气馁,一种办法不行,再换另一种办法;换了不行,再换,直到问题解决为止。人们习惯于称爱迪生是最伟大的天才,爱迪生却从不认为自己是天才。他说"如果真要说我有什么天才,就是百分之二的灵感加上百分之九十八的汗水"。

1929 年 10 月 21 日,是电灯发明 50 周年纪念日,美国政府在密歇根州迪尔本福特历史博物馆举行盛大的纪念活动。前来参加活动的 500 名嘉宾中,有美国总统胡佛夫妇,他们执意让爱迪生夫妇坐首席。有从大西洋彼岸来的镭的发现者居里夫人,还有其他社会各界名流。德国著名科学家爱因斯坦打来电话表示祝贺。胡佛总统在讲话中充分肯定了爱迪生对人类社会所做出的杰出贡献。

为了答谢与会者暴风雨般的掌声,爱迪生站起来讲了几句话。突然,他倒在身后的椅子上。经医生检查,爱迪生患了布莱特症、尿毒症和糖尿病。此后,爱迪生与疾病抗争了两年,于 1931 年 10 月 18 日与世长辞。全美各地在同一时间熄灭电灯一分钟,以表示对他的哀悼。

【简评】

爱迪生的一生,是开动脑筋,勇于探索,百折不挠,奋斗不息的一生;是加倍工作,不断创新,开发一个又一个文明成果,造福人类的一生。他一生共有 1000 多项创造发明,在人类文明的征程上点燃了一个又一个火炬。他不仅是美国最伟大的科学家,就造福人类来说，称他为全世界最伟大的科学家也当之无愧。他不朽的业绩像不落的太阳，永远照耀人类的生活，永远照亮人类的未来。

钱学森圆了中国人飞天梦

奚启新著《钱学森传》记叙,钱学森 1911 年 12 月生于上海,1935 年于上海交通大学毕业赴美国留学,师从来自德国的航空理论权威冯·卡门教授。经过两年多的钻研,钱学森提出"卡门－钱近似公式",解决了飞机高速飞行产生的音障难题。20 世纪 30 年代后期,日本疯狂侵略中国,钱学森忧心如焚,想回国参加抗日,被卡门教授苦心劝止。1940 年,钱学森创立弹性薄壳理论,解决了当时飞机壳体在一定载荷下发生皱瘪的难题。1941 年,钱学森和卡门一起成功研发火箭,成为美国顶尖火箭专家。新中国成立后,钱学森急于要返回报效祖国,美国政府却以种种借口将他扣留。直到 1955 年,经周恩来总理安排,通过定期举行的中美大使级会谈,中方以释放 11 名美国被俘飞行员为条件,才换取钱学森获释回国。踏上祖国的大地,钱学森向热烈欢迎的人群发表了书面讲话——《向祖国致敬》。

面对核大国欺压,憋着一肚子气

新中国成立后,中国人民需要医治战争创伤,重建美好家园,却受到美国政府的敌视。美国总统杜鲁门借口中国应朝鲜邀请派兵赴朝参战,公然扬言要对中国使用原子弹,并派遣第七舰队入侵台湾海峡,阻止中国人民解放台湾。

面对美国当局的核威胁,中国人民毫不屈服,钱学森更是憋着一肚子气。为了应对美国的挑衅,党中央决定我国也要研制原子弹和导弹。一次,陈赓大将问钱学森:"我们中国人能不能搞导弹?"钱学森回答说:"有什么不能的? 外国人能造出来的,我们中国人同样能造出来,难道我们中国人比外国人矮一截不成?"陈赓听他这么说十分振奋,握着他的手说:"好极了,我要的就是你这句话!"

1956 年 2 月 1 日晚上,毛泽东主席举行盛大宴会,党和国家领导人全部出席,各界知名人士齐聚一堂。钱学森应邀参加宴会,可万万没有想到,他被安排在毛主席右边第一贵宾的位子上。他心情无比激动,深切感受到党和国家对他寄予的殷切希望。席间,毛主席亲切地对他说:"听说美国人把你当成 5 个师哩,我看呀,对我们来说,你比 5 个师的力量大得多!"钱学森深受鼓舞和激励,深刻认识到,只有竭尽全力工作,才能不辜负党和国家的历史重托。不久,他受任中央军委导弹研究院院长,开始了艰难而又光辉的导弹研发的历程。1958 年,钱学森加入中国共产党,决心把自己的全部智慧献给振兴中华的伟大事业。

1958 年,苏联领导人赫鲁晓夫打着共同对付美国第七舰队的幌子,提出要在中国境内建立苏联长波电台和潜艇部队,被毛泽东断然拒绝。此后,苏联领导人撕毁协议,下令撤回在华援建的全部专家,许多在建项目被停置。钱学森为之义愤填膺,在一次国防科研的会议上,他信心十足地对聂荣臻元帅和与会同志说:"我们一定要在苏联领导人的压力面前挺起腰杆,我们一定能够建立起中国自己的导弹事业,请聂帅转告中央放心,苏联压不倒我们!"钱学森的一席话,增强了与会人员自力更生发愤图强的勇气和信心。

导弹发射成功,打破大国核垄断

当时国家的科技比较落后,不具备研制导弹的条件,只能白手起家,边干边积累经验。钱学森撰写了《导弹概论》《工程控制论》等著作,举办导弹技术"扫盲班",亲自给所属科技人员讲课,逐步培养出一支导弹研制队伍,着重让这支队伍在实践中增长才干。

1960年2月19日,钱学森领导的团队将一枚试验型液体燃料探空火箭发射成功,使我国的导弹研制实现零的突破。之后,钱学森和他领导的几位科学家攻克一道道技术难关,于当年11月5日成功发射一枚"1059"地地导弹。这是我国导弹研制史上一个光辉的日子。接着又成功发射了第二枚、第三枚。从此,中国有了自己的导弹,命名为"东风一号"。

接着钱学森部署研制射程1000千米左右的中近程导弹,命名为"东风二号"。1962年3月21日,"东风二号"导弹发射失败。钱学森立即赶到发射现场,用了三个多月的时间才找出失败的原因。在钱学森主持下,经火箭总设计师任新民等科学家共同努力,1964年5月,改进的"东风二号"装备完毕。就在一切准备就绪等待发射的时候,火箭推进剂在高温天气下发生汽化和膨胀,燃料贮箱内不能灌进发射所需的燃料,这样就会影响导弹的射程,弹头无法飞抵预定的目标。钱学森和分系统的总设计师们都在苦苦思索解决这一难题的办法。留苏归来时年 32 岁的王永志经过一夜思考和计算,以大胆的逆向思维,提出减少 600 公斤酒精,导弹可以如期发射的方案。分系统的总设计师们否定了王永志的方案,王永志鼓足勇气敲开钱学森的房门。钱学森听了他的方案,当即肯定说:"有道理,我看这办法行。"6 月 29 日,"东风二号"导弹发射圆满成功,这在中国导弹研发史上具有里程碑的意义。

在"东风二号"导弹发射成功三个月后,1964 年 10 月 16 日,由邓稼先等科学家研制的原子弹在罗布泊上空试爆成功。1966 年 10 月 27 日,由钱学森领队精心设计,我国第一颗核导弹发射爆炸成功。这一惊天动地的壮举,打破了美、苏两个大国的核垄断,灭了他们称霸世界的威风,使中国人民扬眉吐气。

1967 年 5 月 26 日,钱学森和总体主任设计师孙家栋等科学家将"东风三号"导弹发射成功,射程为 2000 ~ 2500 千米。1970 年 1 月 30 日,"东风四号"导弹发射成功,射程为 4000 ~ 5000 千米。早在 1965 年,钱学森和总设计师屠守锷便开始研制"东风五号"即洲际导弹。经过 70 年代的三次失败,1980 年 5 月 18 日,"东风五号"导弹终于发射成功,落入南太平洋预定海面,射程为 8000 ~ 12000 千米。洲际导弹的发射成功,极大地提高了我国的国防实力,它可以准确地还击地球上任何一个目标,彻底打破美国等大国垄断洲际导弹的局面,对于保卫我国的领土、领空、领海,维护世界和平具有深远的历史意义。

为了打破美、苏核潜艇的垄断地位,经钱学森和潜地导弹总设计师黄纬禄等科学家多年研制,1982 年 10 月,我国由核潜艇向预定海域发射运载火箭获得成功。这是中国导弹事业的又一座里程碑。同年,钱学森出版《论系统工程》,开拓了系统学的研究领域。

载人飞船上天,圆了中国人的飞天梦

20 世纪 60 年代后期,苏美两国先后发射宇宙飞船载人上天,中国人自然不甘落后。经过钱学森、孙家栋等科学家的精心研制,1970 年 4 月 24 日,我国第一颗人造地球卫星由"长征一号"火箭发射成功。这是中国航天史上第一座丰碑。1975 年 11 月 26 日,经钱学森及其团队的共同努力,我国第一颗返回式卫星由"长征二号"运载火箭发射上天,29 日后返回地面,实现了中国航天事业新的跨越。

如何实现载人上天? 80 年代末,100 多位航天科学家经过讨论,倾向于发展航天飞机。钱学森力排众议,主张先发展飞船较容易。他退居二线前,推荐王永志担任中国运载火箭技术研究院院长、中国航天工程总设计师。1992 年"长征二号"发射"澳星"失败,给中国航天事业蒙上一层阴影。钱学森当即发表谈话,给航天人打气说:"不要以为受到挫折便是坏事。科学家往往与百千万失败结为伴侣。不要以为鲜花、掌声、赞扬是科学家的生活,依我看,从事航天科技事业最不惧怕的应当是失败。因为人类的航天事业正是在成功伴随着失败这合乎逻辑的规律中进取开拓的。"

1999 年 11 月 20 日,中国第一艘飞船"神舟一号"发射升空,21 小时后成功返回地面,这标志着我国载人航天飞行技术实现重大突破。在钱学森 88 岁生日那天,王永志带上一个微型的"神舟一号"模型,去向钱老祝寿。

2003 年 10 月 15 日,我国成功发射"神舟五号"飞船,杨利伟作为中国第一位进入太空的航天员,实现了中华民族的飞天梦想。2008 年 9 月 27 日,乘坐"神舟七号"飞船进入太空的中国航天员翟志刚走出飞船,实现了太空行走。97 岁高龄的钱学森卧在床上通过电视看到这一激动人心的场面,禁不住热泪盈眶。茫茫太空中留下中国航天员的足迹,也留下了钱学森的智慧和汗水。

1989 年,国际科学技术学会将世界理工科学最高荣誉奖"小罗克韦尔奖章"授予钱学森,以表彰他对火箭导弹技术、航天技术和系统工程理论做出的重大开拓性贡献。之后,国防科工委和中国科协专为此举行一次座谈会。钱学森即席发表了讲话。他说:"不要强调获得此项奖励的 16 个人中,我是唯一的中国人,要强调有一个我们中国的人。我们取得的成就,应归功于党,归功于集体。"

1991 年 7 月,美国航天协会主办的《航天世界》杂志列出 100位航天明星,钱学森名列第二,是唯一入选的中国人,称钱学森是"中国现代火箭之父"。

同年 10 月,国务院、中央军委授予钱学森"国家杰出贡献科学家"荣誉称号及一级英雄模范奖章。党和国家领导人出席在人民大会堂举行的授奖仪式。聂荣臻元帅因年事已高写来贺信,高度推崇钱学森的座右铭:"我作为一名中国科技工作者,活着的目的就是为人民服务。如果人民最后对我的一生所做的工作表示满意的话,那才是最高的奖赏。"聂帅贺信的标题是:人民很满意。置身于如此隆重热烈的场面,钱学森的神态依然谦和淡定。他说:"刚才各位领导讲我钱学森如何如何,那都是千千万万人劳动的成果啊!我本人只是沧海之一粟,渺小得很,真正伟大的是中国人民,是中国共产党,是中华人民共和国!"

2009 年 10 月 31 日,钱学森走完他 98 岁光辉的人生历程,在北京逝世。

【简评】

钱学森不愧是中国人民优秀的儿子,他出国留学不是图取个人的远大前途,而是立志报效祖国。从鸦片战争开始,中国人民饱受外国侵略者的欺辱。新中国成立后,美、苏两大国又挥舞核大棒,对中国人民进行威胁和欺压。钱学森憋着一口气,以自己卓越的才能智慧,带领一批科学精英,研制出洲际导弹,打破了美、苏两霸的核垄断,让爱好和平的中国人民能够应对任何敌对势力的挑战而立于不败之地。嫦娥奔月,是中国古老的神话传说,也是中国人民的飞天梦想。钱学森及其培养的科学家经过几十年不懈拼搏,终于使中国宇航员乘坐中国的宇宙飞船飞入太空,实现了中国人的飞天梦想。钱学森所取得的科学成就,在中华民族的历史上是空前的,他为中国人民所建立的丰功伟绩是永垂不朽的。因为有了钱学森,中国人民才真正扬眉吐气,成为世界大家庭中举足轻重的成员。因为有了钱学森,中国山河才更加壮丽,中国人民才更有力量实现振兴中华的中国梦。

袁隆平解除人类粮食危机

祁淑英著《袁隆平传》及网络资料记叙,袁隆平 1930 年生于北平,1953 年毕业于西南农学院,被分配到湖南省沅江东岸雪峰山下的安江农校当教师。他教的是生物学,对生物遗传学的兴趣却更为浓厚。课余,袁隆平把大量的时间用于研读苏联生物学家米丘林、美国遗传学家摩尔根等人的著作。虽然身处贫穷偏僻的湘西山区,他却心怀大志,有心在遗传学上有所造诣。

着眼水稻　探索高产

起初,袁隆平依据米丘林"无性杂交"理论,把月光花嫁接到红薯上,经过几年试验没有达到预期目的。1960 年,中国大地遭遇罕见的大饥荒。袁隆平瘦得皮包骨头,在一次外出的路上,亲眼见到两个人饿倒在地,再也没有起来。他感触很深,心想民以食为天,主食是大米,只有稻米充足了,才能解决天下百姓的饥饿问题。于是袁隆平把改良品种提高产量的着眼点投向水稻。

水稻是自花授粉。几十年前,美国等国的科学家就进行过水稻杂交即异花授粉的研究,没有取得期望的效果。美国遗传学家辛洛特和邓恩合著的《细胞遗传学》一书断言:水稻杂交无优势。

这年 7 月,袁隆平在农校的早稻田里,突然发现一株稻秆高挑稻穗硕大的水稻,挺立在稻田里非常显眼,犹如鹤立鸡群。他反复思考这株稻为什么长得如此特别,脑海突然闪出一个意念:这一定是天然杂交的结果!刹那间,他看到了希望。于是他对水稻杂交无优势这一权威论断产生怀疑,决心从人工杂交入手,攻克难关。

一个稻穗通常有100多朵花,每朵花上同时长有雄蕊和雌蕊,雌蕊受粉后便长出一粒稻子。但有的雄蕊患有不育症,不能使雌蕊受粉。摆在袁隆平面前的课题是,首先要识别雄蕊不育的稻株,把它移栽到别处,使其与另一种水稻杂交。

科研的道路是异常艰辛的。1964年—1965年的6、7月间,袁隆平和其爱人邓哲顶着烈日在农校的稻田里寻寻觅觅,几度中暑,共勘察14多万株正在扬花的稻穗,才找到6株雄蕊不育的稻穗。袁隆平将其研究的成果写成《水稻的雄性不育性》论文,于1966年2月在中国科学院主办的《科学通讯》发表。

身处逆境　未曾动摇

正当袁隆平杂交水稻研究见到希望的曙光时,"文化大革命"开始了。袁隆平被打成反动学术权威,他在60多个瓦坛中精心培育的杂交水稻被砸得一片狼藉。当天晚上,他和邓哲冒着倾盆大雨偷偷来到被砸现场,把残存的稻苗用衣服包好带回家去。他的学生李必湖和尹华奇则从无雄花粉、雄花粉败青和雄花粉蜕化三种类型中各选一种育苗,藏在学校一处无人肯去的臭水沟边的草丛中。某些居心叵测的人则把袁隆平的科学试验视为眼中钉。

1968 年 5 月 18 日夜晚,有人将袁隆平实验田里的秧苗一扫而光。一介平民,无人援助,袁隆平欲哭无泪,只好四处寻找劫后余生的秧苗,先后在一潭污泥里、一口水井里发现 10 株秧苗。他感到庆幸,雄性不育的后代总算没有绝种!

使袁隆平尤其不能理解的是,学校里很快传出风声,骂他是"科技骗子",污蔑"5·18 毁禾案"是袁隆平自己干的,搞了这么多年没搞出名堂,是他自己找台阶下。在袁隆平极度苦闷的日子里,邓哲安慰他说:"用不着同心怀鬼胎的人去见识,挺起腰杆干你要干的事!"

更难承受的是来自外界的压力。杂交水稻一次次失败,本身就是一种压力,可袁隆平不怕,他有着百折不挠的进取精神,不达目标绝不罢休。使他感到无奈的是来自权威的裁判。在"5·18 毁禾案"发生不久,某位水稻专家来农校做报告,断然宣称杂交水稻的研究没有前途。于是掌管农校的工宣队不再支持袁隆平搞杂交水稻试验,将他下放到溆浦县低庄煤矿劳动。这时,湖南省革委会派一位权威人士去农校检查科技工作。这位权威人士断言:水稻自古以来就是自交,杂交无优势,对袁隆平杂交水稻的试验予以否定。

使袁隆平聊以安慰的是,上级主管部门对他的科研一直十分关注和支持。1967 年,湖南省科委把"水稻雄性不育"列为省级科研项目,拨给他一笔科研经费,并建议农校为他配备经他挑选的两名助手李必湖、尹华奇。1971 年,湖南省委考虑让杂交水稻这一重大科研项目长期放在偏远的安江农校,难以协调各方面关系,决定将这一项目移交给省农科院直管,把袁隆平及其两名助手调入省农科院工作。

放开眼界　开拓进取

湖南地区四季温差较大,水稻生长期不长。因此,袁隆平把目光转向南方,选择海南等常年温度较高、水稻生长期较长的地方进行试验。从 1968 年开始,每年秋、冬二季,袁隆平总是带着两名助手赶赴海南岛最南面的南红农场。那里四季如夏,每月日照可达 180 小时,适合水稻生长,是进行水稻杂交试验的好地方。

开始几年试验,效果并不明显。袁隆平意识到,问题的症结可能是他们局限在人工栽培稻的圈子里,须要找到野生稻,试探远缘杂交的路子。1970 年 11 月 23 日,李必湖和南红农场技术员冯克珊在野外考察中,发现一株野生雄性不育稻,袁隆平十分欣喜,将它命名为"野败"。"野败"的发现和培育,使袁隆平的研究出现了转机。这时,毕业于湖南农学院的罗孝和也加入袁隆平的研究队伍。

1973 年春季,袁隆平和他的助手们在南红农场试验基地,选用我国华南地区以及东南亚、非洲、美洲、欧洲等地共 1000 多个水稻品种,进行测交筛选,筛选出 100 多个具有恢复再生能力的品种,种入湖南农科院的试验田。秋后,水稻亩产由原来的 300 公斤上升到 505 公斤。这是一次历史性的飞跃。袁隆平杂交水稻的优势初步显示出来。第二年,袁隆平在安江农校试种的"南优二号"杂交中稻,亩产达 628 公斤。在中国农业科学院召开的水稻科研会议上,袁隆平宣读了由他撰写的论文《利用"野败"选育三系的进展》,宣告我国籼型杂交稻研发成功。

然而,新的问题又摆在袁隆平的面前。试验产出的杂交特种每亩只有 5.5 公斤,远远满足不了大面积推广的需要。为了攻克特种产量低的难关,袁隆平戴着斗笠,不分天晴下雨,成天蹲在制种田里观察思考,终于破解了制种低产的秘密。原来,制种产量的高低,在于水稻的母体花期是否与异花父本花期准时相遇,也就是说,异花父本花粉能否借助风力或人工均匀地撒落在不育系的母体花蕊上。1975 年,袁隆平培育的制种田亩产超过 50 公斤。1977年,他发表《杂交水稻制种与高产的关键技术》的论文,揭示了杂交水稻制种高产的新篇章。

开始,为了扩大水稻受粉,他们用人工割叶和剥包的办法,解决水稻父本、母本花蕊包颈的问题。罗孝和建议喷施"920 溶液",大大减少了母体的包颈,增加了授粉的概率,从而节约了人力,降低了生产成本。同年,袁隆平发表《杂交水稻培育的实践与理论》,标志着他的科研成果走向成熟。

辉煌硕果　震撼世界

袁隆平杂交水稻的重大科研成果,迅速转化为巨大的生产力。从 1976 年到 1988 年,全国累计种植杂交稻 12.56 亿亩,共增产稻谷 1000 亿公斤以上,增加总产值 280 亿元,取得了惊人的经济效益和社会效益。1976 年至 1999 年,我国累计推广种植杂交水稻 35亿多亩,增产稻谷达 3500 亿公斤,确保了我国仅占世界 7% 的耕地而养活了占世界 22% 的人口。

袁隆平杂交水稻技术不仅开辟了中国农业的新纪元,也震撼了整个世界。按照我国和有关国家签订的合同规定,袁隆平应邀多次赴亚非拉及欧美多国讲学,传授水稻杂交技术,造福世界人民。

袁隆平对人类巨大的贡献,使他荣获一长串金光闪闪的奖章和崇高的荣誉:

1981 年,荣获我国第一个特等发明奖;

1985 年,荣获联合国知识产权组织"发明和创造"金质奖;

1987 年,荣获联合国教科文组织 1986 年—1987 年度"科学奖";

1988 年,荣获英国让克基金会"农学与营养奖";

1993 年,荣获美国菲因斯特基金会"拯救饥饿奖";

1995 年,荣获联合国粮农组织"粮食安全保障荣誉奖";

1996 年,荣获日本经济新闻社"日经亚洲奖";

1997 年,荣获国际农作物杂种优势利用杰出"先驱科学家"荣誉称号;

1998 年,荣获日本"越光国际水稻奖";

1999 年,国际小天体命名委员会将北京天文台发现的 8117 号小行星命名为袁隆平星;

2001 年,荣获中共中央、国务院颁发的首届国家最高科技奖;

同年,荣获菲律宾拉蒙·麦格赛赛政府服务奖,该奖项被视为亚洲诺贝尔奖;

2002 年,荣获越南政府"越南农业和农村发展荣誉徽章";

2004 年,荣获世界粮食奖基金会"世界粮食奖";

2008 年,荣获"2007 影响世界华人终身成就奖";

2010 年,荣获法国最高农业成就勋章。

上述统计还不是袁隆平获奖的全部。

国际水稻所所长斯瓦米纳森对袁隆平的研究成果给予高度评价,指出:"他的成就给全世界人民带来了福音。因为袁先生所创造的'绿色神话'将有希望解决整个世界的饥饿问题","我们把袁隆平先生称为杂交水稻之父,他是当之无愧的。"有些西方人士把袁隆平杂交水稻技术视为中国继四大发明后,对人类做出的第五大贡献。

湖南省郴州市华塘镇农民曹宏球靠种植杂交水稻致富,他瞒着袁隆平,远赴河北省曲阳县艺术雕刻厂,用巨资按袁隆平身高,为他雕了一尊蹲在田埂手捧稻穗的汉白玉雕像,表达了中国农民对袁隆平的感激之情。

淡泊名利　志在贡献

60 多年来,袁隆平不分春夏秋冬,成年累月在田间野外工作,饱经风吹日晒雨淋。乍一看,他不像是闻名全球的科学家,就像一个普普通通的老农民。他成就辉煌,誉满天下,却心清如水,淡泊名利,没有以自己的创造发明去谋取发家致富。

1998 年,湘南某评估事务所评估,如果把袁隆平的名字作为无形资产,其价值为 1008.9 亿元。对此,袁隆平付之一笑说:"我把什么资产评估这类事看得很淡。我一个月的工资 1600 多元,外加院士补贴、演讲费,掐指一算,总共有 4000 元,够了!"这么多年来,袁隆平始终是无私奉献。他获得的八项国际奖金分文未装入自己的腰包。他把担任美国水稻技术公司顾问获得的 11 万美元以及以他名义上市的股份所得,全部捐献给科学事业。2010 年,袁隆平荣获中国心灵富豪榜首富。

功成名就之后,袁隆平没有坐享清福。他意识到岁月不饶人,决意加快攻关进度,为祖国、为人类做出更多的贡献。近年来,袁隆平的科研成果一年比一年辉煌。他的杂交水稻,创造了水稻年亩产世界最新纪录,且大米质量可与日本越光米媲美。

如今,年近九旬的袁隆平气势不减当年,仍然风尘仆仆冒高温顶烈日,奔赴全国各地传授水稻杂交技术。他给自己定下 90 岁的目标,实现水稻亩产 1200 公斤。他还有两个梦想,一是要在水稻株下乘凉,二是让杂交水稻覆盖全球。

【简评】

有些拔尖人才生活在基层民间,脱颖而出十分艰难,袁隆平的科研之路就是一个例证。袁隆平后来取得举世瞩目的辉煌成就,靠的是什么? 靠的是立志为人民谋福祉的崇高信念,靠的是在实地考察中获得的真知,靠的是吃苦耐劳百折不挠的进取精神。吃饭是人类的第一需要,饥荒无异于洪水猛兽。在空前规模的道路修建、城市扩建使得农田日益减少而人口日渐增多的当代中国,如果没有袁隆平的发明创造,人们可以想象会是一种什么状况。袁隆平的丰功伟绩,在于解决了中国乃至世界的粮食危机。他的光辉业绩在人类历史上是一座永存的丰碑。

恪尽职守　鞠躬尽瘁

　　一个国家拥有众多居民,存在大量内政外交事务,需要一些人专门从事管理和服务,这些人通称为公职人员。公职人员处在不同的岗位上,定期领取政府发给的工薪,对国家、对社会承担着一定的责任和义务。爱岗敬业、尽职尽责,是公职人员应遵循的信念准则。公职人员在履行其职责时,不都是一帆风顺,轻而易举,有时也要经历艰难险阻,甚至付出生命的代价。这里选叙几位鞠躬尽瘁以身殉职的公职人员,让我们一睹其风采。

王伦忠于职守

《宋史》卷三百七十一《王伦传》记载,王伦是北宋莘县人,出身贫寒,为人侠义,胆大心细,早年被人雇为保镖,往来于京都开封和西京洛阳之间,见多识广,练就随机应变的本领。

北宋靖康元年(1126年)闰十一月,金国(都会宁府)军队攻破开封,驻扎在郊外。一天,宋钦宗因事来到宣德门城楼上,一时间城门内外聚集数千人喧闹不止。护卫人员劝解不了,宋钦宗无法离开。这时,王伦挺身而出,向宋钦宗毛遂自荐,称他能驱散人群。宋钦宗将他所佩宝剑授予王伦。王伦举剑疾呼,随即将起哄人群驱散。由此,王伦被朝廷任命为修职郎。

三次出使金国,促成和议

靖康二年(1127年)春,金军将宋太上皇(宋徽宗)、宋钦宗(宋徽宗长子)及后妃掳往北方。五月,康王赵构(宋徽宗第九子)即位为宋高宗,改年号为建炎,迁都临安,史称南宋。

当年十一月,宋高宗在临安安顿下来后挂念被掳往北方的徽、钦二帝,想派人赴北方探听消息并带去问候。当时,金国气焰嚣张,许多文武大臣畏敌如虎,不敢北向而行。王伦不以自己职位卑下,知难主动请命。宋高宗随即令他以刑部侍郎的名义率团出使金国。从此,王伦步入长年出使金国的外交生涯。

南宋建炎二年(1128 年)五月,王伦率团到达云中,向金左副元帅完颜宗翰说明来意。完颜宗翰断然拒绝他探望徽、钦二帝,当即下令将他们一行扣留。后来,王伦从商人陈忠那里获悉二帝被囚禁在黄龙府。他酬谢陈忠一些金子,委托其去黄龙府中向二帝传递信息。这样,二帝才知道康王已经即位南迁。

绍兴二年(1132 年),金都元帅完颜宗翰派都点检乌陵思谋去旅馆会见王伦。王伦同他谈起两国原来的友好关系,建议两国派人举行和平会谈,让南北两地的百姓都能免除战争的灾难。八月,乌陵思谋奉命答复王伦,金国愿同宋朝谈和,让他回国向朝廷报告。九月,王伦回到临安,向朝廷报告他们被扣五年间开展工作的情况以及金国的和谈意向,受到宋高宗嘉奖。当时,南宋朝廷正准备讨伐被金国立为"齐帝"的刘豫,把与金国和谈的事搁置一边。

绍兴七年(1137 年)春,南宋朝廷得知太上皇及太后已经去世,任命王伦以假直学士的名义第二次率团出使金国,要求金国放还太上皇及太后的梓宫归国,同时要求金国将所占黄河以南的土地从刘豫手中收回,归还宋朝。九月,王伦一行抵达涿州,见到金左副元帅完颜昌。

王伦对完颜昌说,刘豫既然能背叛宋朝,有朝一日很难说不背叛金国,请金国将河南之地归还给宋朝,以恢复南北友好。之后,金熙宗接见王伦,同意放还太上皇和太后梓宫,归还河南之地。当年冬天,金熙宗下令废除刘豫帝位。王伦回国向宋高宗奏告出使情况,宋高宗极为高兴,给予王伦特别优厚的奖励。

绍兴八年(1138年)秋,宋高宗派遣王伦第三次出使金国,商谈奉迎太上皇和太后梓宫回国事宜。金熙宗设宴招待王伦,派大臣随王伦去南宋,签订放还太上皇、太后梓宫和归还河南之地的协议。

第四次使金　以身殉职

绍兴九年(1139年)春,宋高宗任命王伦为签书枢密院事,派遣他第四次率团出使金国,落实上年两国所签协议之事。

金右副元帅完颜宗弼(兀术)反对将河南之地归还宋朝。当王伦一行到达开封时,完颜宗弼把王伦等人留下,随即返回燕京,向金熙宗劝阻归还河南之地,诬告主张还地的左副元帅完颜昌等人暗通宋朝。金熙宗听信完颜宗弼的诬告,下令将完颜昌等人处死,收回归还河南之地的承诺。

当年十月,金熙宗接见王伦,对王伦所提的问题避而不答,指令翰林待制耶律绍文当场对王伦进行责难。耶律绍文指责王伦几次到金国来只是索要河南之地,没有一句提及宋朝要向金国进贡货币。王伦针锋相对,以两国签有协议,对耶律绍文的质询予以驳斥。此后,金熙宗下令放回宋朝副使蓝公佐等人,以"反间"的罪名将王伦一人扣留,押至河间囚禁。王伦在河间受尽折磨艰难度日,始终没有向金国屈服。

绍兴十二年(1142年),南宋向金国称臣进贡,双方达成和议。先后被金国扣留的南宋使臣获释回国,唯独王伦仍被扣押。

绍兴十四年(1144年)七月,金廷派人去河间会见王伦,告诉他,金国将要任命他为平滦三路都转运使。王伦这才知道金国为什么只扣留他一个人不让他回国。他当即回答金国官员说:"我是奉命出使金国的,不是来投降做官的!"之后,金廷又派人来对王伦加以威胁,王伦则坚持要求将他放回宋朝,宁死不肯在金国做官。

金廷看到王伦不肯屈服,竟派人去逼迫王伦自杀。王伦面对金国行刑官员,从容自若,视死如归。他穿戴好宋朝廷授予的衣冠,面向南方,默念着南宋朝廷,放声恸哭说:"臣奉命出使,被金国人扣留到今天。金国人想玷污我的名节,要我去为他们当官做事,臣怎么能贪生怕死自辱使命啊!"王伦向南遥拜再拜,自缢而死,时年61岁。

【简评】

北宋被金军攻灭,宋高宗不顾主战大臣宗泽等人劝阻,率群臣退居临安,南宋群臣谈金色变。宋高宗想派人去金国,与被囚禁在那里的太上皇和钦宗取得联系,朝中大臣无人响应。王伦不以位卑,挺身而出,主动请命使金,其勇闯虎穴的大无畏精神难能可贵。王伦几次使金,历尽艰难,为争取收回河南失地做出不懈努力,卓有成效。他先后被金国扣留十多年,饱受磨难,始终没有向金人屈服。在宋金实现和议后,金国将活着的宋朝使臣一一放回,唯独要把王伦留下做官,由此可见王伦在金国君臣心目中的分量。王伦身处逆境,始终没有动摇为国献身的信念,没有忘记自己的使命,没有忘记自己是南宋的使臣,宁死不肯入金国做官,其忠贞的气节令人钦佩。

焦裕禄心系民众

穆青、冯健、周原采写的《县委书记的榜样——焦裕禄》以及网络资料记叙,焦裕禄是山东省博山县(今淄博市博山区)北崮村人,1946 年加入中国共产党,1948 年随人民解放军南下干部队来到河南,1962 年 12 月,由中共尉氏县委书记处书记调任兰考县委书记。一踏上兰考大地,焦裕禄举目所见是茫茫黄沙、片片盐碱地,到处是严重灾荒的破败景象。焦裕禄深深感到肩上的担子很重。人们听说县委来了一位新书记都很高兴,想看看他是什么样子。谁都没有想到,新书记到任第二天便下乡了。

心里时刻装着人民群众

在一个风雪交加的晚上,焦裕禄召集县委委员开会。会前,他领着大家去火车站看一看,看到候车室里挤满准备流往他乡的灾民。焦裕禄心情沉重地对大家说:"这些人都是我们的父母兄弟,是风沙、盐碱和内涝这'三害'逼得他们远走他乡的。党把兰考 36 万群众交给我们,没能领导他们战胜灾荒,我们应该感到痛心和羞耻!"焦裕禄很快统一了县委一班人的认识。在给开封地委的一份报告上,焦裕禄写道:"我们对兰考的一草一木都有很深厚的感情。苦战三五年,改变兰考的面貌。不达目的,我们死不瞑目。"

焦裕禄决定从调查研究入手,探索治理"三害"的路子。全县共抽调120名干部分赴各地,由当地老农配合,组成"三害"调查队,在全县展开大规模的追洪水、查风口、探流沙的调查研究工作。焦裕禄不愿坐在办公室里听汇报,总是身先士卒走在实地调查的最前面。每当风沙最大的时候,也就是他带队下去查风口、探流沙的时候;每当雨下得最大的时候,也就是他带头拄棍涉水观察洪水流势的时候。在深入调查掌握大量资料的基础上,县委制定了治理"三害"的蓝图。

1963年秋天,兰考接连下了13天雨,全县有30多万亩庄稼被淹歉收。入冬后又接连下起大雪。在雨雪封门的日子里,受灾的农户住得怎么样?吃得怎么样?牲口能否安全过冬?一连串的问题压在焦裕禄的心头。他要县委办公室的同志立即通知各公社党委,要求所有干部必须深入到户,访贫问苦,安置无房居住的群众,发现断炊户,要立即帮助解决柴粮问题;检查每一个牛棚,保证耕牛安全过冬。

第二天早晨,雪越下越大。焦裕禄对县委机关的干部们说:"在这大雪封门的时候,我们不能坐在办公室里烤火,要到群众中去。共产党员应当在群众最困难的时候,出现在群众面前;在群众最需要帮助的时候,去关心他们,帮助他们。"

这一天,焦裕禄忍着肝部疼痛,领着几个年轻干部带着救济粮款,走访了9个村子,慰问了几十户生活困难的贫农。在许楼村,他走进一户低矮的柴门。这里住的是一对无儿无女的老人,老大爷卧病在床,老大娘双目失明。焦裕禄一进屋就坐在老人床头边问寒问暖。老大爷问他是谁,他说:"我是党和政府派来看望你两位老人家的,我就是你们的儿子!"两位老人感动得不知说什么才好。

清正廉洁　克己奉公

焦裕禄当官不像官,始终保持共产党人艰苦朴素的本色。有人提议把他的办公室装潢一下,添点新的用具。他说:"坐在旧椅子上不能办事吗?兰考的面貌没有改变,讲排场的事我们连想也不能想。"他常年走村串户不要办公室派车,全县149个生产大队,他去过120多个,靠的是一辆自行车和一双铁脚板。

焦裕禄到灾区农村,总是同贫苦农民同吃同住同劳动。他吃饭按规定付钱,从来没有白吃白喝。城关镇的养鱼场是焦裕禄创议开发的,渔场负责人见焦书记身体有病,派人用水桶送来十几条活鱼让他补补身子。孩子们平时搞不到鱼吃,见有人送鱼来十分高兴。焦裕禄对孩子们说:"这鱼是集体的财产,咱们不能收下吃。"他要大儿子焦国庆随即把鱼送回渔场。

焦裕禄对子女的教育十分严格。戏院免费让他的孩子看了一场戏,他听说后对孩子说,不能占公家的便宜,要孩子把戏票钱补给戏院。1963年,他的大女儿焦守凤初中毕业没有再上学,有人要介绍她去邮局当话务员。焦裕禄认为自己身为领导干部,不能搞特殊化,他要守凤去酱菜厂做临时工,担水、推磨、走街串巷卖酱菜。

焦裕禄不仅廉洁自律,率先垂范,而且注重教育干部廉洁从政。针对干部队伍存在的不正之风,焦裕禄亲自拟草一份《干部十不准》,以县委文件下发,规定干部不准搞特殊化,不准用国家或集体粮款大吃大喝,不准请客送礼,不准赌博,不准参与封建迷信活动,不准用公款组织晚会、发送戏票,不准到商业部门索购计划供应物资。兰考的党风政风为之一新。

焦裕禄病重以后,开封地委的同志给他请一位名中医开了药方。因为药费很贵,他不肯买,对身边的同志说:"灾区群众生活那么困难,花这么多钱买药,我能吃得下去吗?"县委的同志背着他买来三剂,他勉强服下,执意不服第四剂。

带病工作,鞠躬尽瘁

1964 年春天,焦裕禄病得很重,仍然坚持工作。一天,他和办公室的一名干部骑车去三义寨公社。路上,他的肝病发作,疼得不能蹬车,两人只好推着自行车慢慢走。公社的同志见焦书记气色不好,劝他先休息一会。他说:"谈你们的情况吧,我不是来休息的。"焦裕禄一只手按着腹部,一只手记笔记。在场的人看到他手指发抖,钢笔几次从手指间掉了下来,含着泪什么话也说不出来。他却神情自若,对汇报人说:"往下说吧!"

5 月 14 日,焦裕禄不幸病逝,年仅 42 岁。在他生命的最后时刻,他对前去看望他的中共河南省委和开封地委两位领导同志断断续续说出最后一句话:"我……没有……完成……党交给我的……任务。"

听说焦裕禄书记病逝,兰考人民陷入一片哀痛之中。一位老农在焦裕禄坟前泣不成声地说:"焦书记啊,你是我们的好书记,你是为咱兰考人活活累死的呀!"这位老农说出了兰考 36 万人民的心声。

焦裕禄去世后,兰考人民按照他生前绘制的蓝图战天斗地,用三年时间取得治理"三害"的初步成效。1965 年,兰考这个历史上的缺粮县,实现粮食自给自足。2016 年底,兰考农村居民人均可支配收入达 10161 元。经国家审核批准,2017 年 3 月 27 日,河南省人民政府宣布,兰考县脱贫,跨出贫困县行列。焦裕禄若地下有知,也该含笑九泉了。

【简评】

焦裕禄的事迹感人至深,催人泪下。作为中国共产党的一名县委书记,他最可贵的品质,就是始终坚定共产党人的理想信念,时时牢记并忠实践行党的全心全意为人民服务的宗旨。他丝毫没有官架子,把自己看作人民群众的儿子,心里时刻装着人民群众的饥饱冷暖,总是在人民群众最需要的时候出现在群众面前。他不讲套话空话,不谋职位高升,一心想着如何履行好自己的职责,长年累月和群众摸爬滚打在一起,殚精竭虑为人民谋利益,为改变兰考的贫穷面貌奋斗到生命的最后一息。他从不以职位自视特殊,廉洁自律,不谋私利,一身正气,两袖清风,不愧是县委书记的光辉榜样,代表着中国共产党人在群众心目中的崇高形象。人们看到,有一些党员领导干部被金钱所迷失,堕落为腐败分子。究其根本原因,就是他们忘记了党的宗旨。人民群众对腐败分子深恶痛绝,呼唤着焦裕禄回归。时过半个世纪,焦裕禄的形象在人民群众中仍然熠熠生辉,他为党的领导干部树立的榜样是永存的。习近平总书记对此做了高度概括:"焦裕禄的崇高精神跨越时空,历久弥新,无论过去、现在还是将来,都永远是亿万人民心中一座永不磨灭的丰碑,永远是鼓舞我们艰苦奋斗、执政为民的强大思想动力,永远是激励我们求真务实、开拓进取的宝贵精神财富,永远不会过时。"

邓稼先献身国防

许鹿希等著《邓稼先传》记叙,邓稼先1924年6月25日生于安徽省怀宁县白麟坂,幼年随在清华大学当教授的父亲在北京长大,1941年考入西南联合大学物理系就读。之后,他在美国留学三年,获博士学位,于1950年回国,进入中国科学院近代物理研究所工作。

接受重任为国赴命

当时,中国人民正在抗美援朝,保家卫国。美国总统艾森豪威尔公开宣称:"为了能在1953年7月26日结束朝鲜战争,确实需要采取核打击威胁。"面对美帝国主义的核讹诈,中国人民毫不示弱,党中央决定要发展中国自己的核武器。1955年初,毛泽东主席发出号召:"现在到时候了,该抓了。只要排上日程,认真抓一下,一定可以搞起来。"1958年,国务院成立第二机械工业部,组织领导核工业建设。二机部副部长兼原子能研究所所长钱三强看中了邓稼先,对他说:"国家要放一个大炮仗,调你去做这项工作怎么样?"邓稼先时年34岁,知道这是钱所长点名要他去研制原子弹,更知道这是国家的大事,国家的当务之急,毅然服从组织决定。

那一夜,邓稼先和妻子许鹿希彻夜未眠。邓稼先清楚,自己在原子核物理研究方面虽然有一定基础,但与研制核武器还相差很远,任重而道远。他知道未来的工作需要严守机密,需要常年离家不回,行踪也不能告诉家人。他对妻子说:"我今后恐怕回不了家了,家里的事全靠你了。"妻子知道他肩负使命的分量,对他说:"放心去干你的事业吧,我是支持你的。"邓稼先想到,当年他学成回国就是为了报效祖国,只有把原子弹研究出来,才能为国壮威。他越想越觉得自己肩上的责任重大,深情地对妻子说:"我的生命就献给未来的工作了。做好了这件事,我这一生就过得很有意义,就是为它死了也值得。"立志报效祖国,这就是邓稼先向往的一切。

创建三个里程碑为国壮威

1958 年 8 月,邓稼先调任二机部第九研究院理论部主任,从此担负起研制原子弹的重任。开始,邓稼先带领团队从苏联援华专家那里学习技术。不久,苏联借口与美、英谈判禁止核试验,不再向中国提供有关图纸资料。1960 年,苏联领导人赫鲁晓夫撕毁协议,撤回援华专家。面对这一态势,中央决策:"自己动手,从头摸起,准备用 8 年时间搞出原子弹。"

靠自己摸索,攻克研制原子弹这一尖端科学的难关,邓稼先所承受的压力是巨大的。应该从哪里入手?他朝思暮想,绞尽脑汁,熬过了多少不眠之夜,终于选定中子物理、流体力学和高温高压下物质性质这三个课题作为主攻方向,从而使我国原子弹理论设计迈出关键性一步。邓稼先按照这一思路将科研人员分为三个组,组织分头攻关。

1960 年春天，他们攻关小组需要获得一个制造原子弹的关键参数。为此，邓稼先领导他的团队从春到夏、从夏到秋，先后经过九遍计算，终于取得了这一数据，经过验证准确无误。著名数学家华罗庚称他们计算的问题"集世界数学难题之大成"。邓稼先关于原子弹的设计框架，使用铀 235 做核材料，采用内爆方式，与美、苏核大国走的是完全不同的途径。

1964 年 10 月 16 日下午 3 时，中国第一颗原子弹在新疆罗布泊试爆成功。随着一声巨响，120 米高的铁塔上升起蘑菇状烟云。在场的科技人员欢呼跳跃，高兴得在山坡上直打滚。邓稼先激动得热泪盈眶，一句话也说不出来。六年的心血终于得到了回报，他感到无愧于祖国，无愧于人民。

这个惊天动地的大炮仗爆炸，恰巧赶上赫鲁晓夫下台，正好为他送行。中国人民举国欢腾，扬眉吐气。中国政府发表声明，中国发展核武器，是为了打破某些大国的核垄断，是为了保卫国家的安全和世界和平。香港《新晚报》载文说："1964 年 10 月 16 日这几个字应该用金字记载在中国的历史上"，"这是几千年来中国人最值得自豪的一天之一。"法国总统蓬皮杜称赞："中国第一颗原子弹的爆炸，改变了世界的形势和中国的地位。"第一颗原子弹爆炸成功，是邓稼先为我国核武器事业建造的第一座里程碑。

在第一颗原子弹试爆之前，1963 年 9 月，邓稼先又受命承担我国第一颗氢弹的设计任务。原子弹是靠原子核一连串裂变，即核裂变释放出巨大能量；而氢弹恰恰相反，它是把两个原子核聚合为一个原子核，在核聚变时释放出大量能量。制造氢弹和制造原子弹是截然不同的,而点燃氢弹需要原子弹爆炸燃起的高温,所以必须先造原子弹然后再研制氢弹。

1965 年,九院理论部副主任于敏带领几位科研人员,在上海实验室发现一束智慧之光,邓稼先闻讯立即从青海赶到上海。邓、于二人组织科研人员分解难点,分头寻找解决问题的切入点,终于形成一个有充分论据的研制氢弹的方案,即外国人后来所称的"邓—于理论方案"。1967 年 6 月 17 日,按照邓—于方案研制的我国第一颗氢弹爆炸成功,距我国第一颗原子弹试爆成功仅 2 年 8 个月,与美、苏同比时间要短得多。氢弹试爆成功进一步打破了美、苏的核垄断,是邓稼先及其团队为我国核武器研制事业建立的第二个里程碑。

与此同时,钱学森领导一批科学家接连研制成多种型号的导弹,使我国的原子武器插上飞翔万里的钢铁翅膀。站起来的中国人民真正挺起了腰杆,核大国在中国人民面前挥舞核大棒、进行核讹诈的时代一去不复返。

邓稼先在获得巨大成功以后没有止步,他密切关注世界核武器发展的动向。20 世纪 70 年代末,美国开始研究中子弹,即人们所说的第二代核武器。它的威力很大却没有明显的放射性,如果击中一辆坦克,能把坦克里面的人全部杀死,坦克却完好无损。邓稼先想,我国的核武器研究必须走在世界前沿,这样才能保证我国国防的强大威力。于是他和他的团队又投入中子弹的研制。1984 年 12 月 19 日,我国中子弹试爆成功。这是邓稼先献身中国核武器事业所创立的第三个里程碑。

一心扑在事业上为国献身

人们知道,研制原子弹必须接触大量放射性物体,对人体的伤害是难以避免的。从事这项工作的人都有一颗为祖国献身的雄心。制造原子弹环节很多,有些工序非常危险。有一次,在特种车床上加工原子弹的核心部件,把极纯的放射性极强的毛坯切削成要求的形状,不能有半星火花,不能出丝毫差错。邓稼先一直站在车床边监看加工,整整站了一天一夜。原子弹试爆前插雷管,是最危险的一项工作,万一发生问题,在场所有的人将立刻化为气体。插雷管时,邓稼先始终站在操作者的身后,以安定工作人员的心情。

邓稼先长年累月不分白天黑夜领着他的团队攻坚克难,抛开了自己的家庭,舍下了自己的身体,忘掉了自己的一切。就在第一颗原子弹试爆成功后,他接到母亲病危的通知,从试验场地匆匆赶回北京。母亲只剩下最后一口气,在等着儿子从远方归来。老人家已不能说话,见到儿子跪在床前,只是用慈祥的无神的目光望着儿子,好像在说:"我的好儿子,我终于见到你回到我的身边!娘不行了,这么多天你在为国家干大事,没能来看我,娘不怪你。听说你办的大事成功了,娘为你高兴。"一会儿,老人安详地闭上了眼睛。邓稼先抚着母亲的遗体放声痛哭,悲痛不已。

长期受到放射物体辐射,邓稼先的身体被严重地损坏了。他出现便血,身体越来越虚弱。然而,他把这一切置之度外,决心为我国新一代核武器的研制做最后的拼搏。70 年代末的一次试验,飞机空投的降落伞没有打开,他不顾身边同志的劝阻,亲自去茫茫戈壁滩寻找这一落体,再一次受到严重的辐射。

1984年12月中子弹试爆前某一天,邓稼先病得很重,几乎不能行走。他坚持要去沙漠中的试验场地做最后的检查。两个同事架着他来到试验场地,他仔细测试中子流、冲击波、放射性沉降等指标,认为一切准备妥当,才放心同意试爆。

1985年7月31日,邓稼先从实验基地回到北京,参加国防部长张爱萍将军召集的一次会议。张将军发现他气色很不好,当即派人把他送到301医院。经查,邓稼先患了直肠癌,属中期偏晚。4天后,医生给他做了切除手术。

术后休养期间,邓稼先想得最多的是我国核武器未来发展问题,他忧虑这一事业不能落后,落后就要挨打。经过反复研讨,1986年4月2日,邓稼先和于敏联名给中央上报一份建议书,对我国核武器发展方向提出极为重要的建议,为中央领导决策提供了重要的参考资料。这是邓稼先这位临近人生终点的科学家对伟大祖国的最后奉献。

1986年7月29日,邓稼先病逝,年仅62岁。他给世人留下的遗言是:"核武器事业是成千上万人的努力才能取得成功的,我只不过做了一部分应该做的工作","死而无憾!"

邓稼先去世后,中央采纳了他的建议。在于敏等科学家的带领下,我国激光科技取得跨越式成果,核武器研制已进入在实验室模拟、室外禁试阶段。这是由邓稼先生前设计、由其同事们完成的中国核武器事业的第四个里程碑。于敏等三位科学家在回忆文章中满怀深情地写道:"每当我们夺得一个又一个胜利时,无不从心底钦佩稼先的卓越远见。"

【简评】

在当代中国,可能还有不少人不知道邓稼先,而中国拥有核武器则家喻户晓。须知,中国的核武器正是邓稼先领队研制出来的。在新中国成立不久的五六十年代,美、苏两个大国挥舞核大棒威胁中国,邓稼先肩负国家赋予的历史使命,带领团队研制出中国自己的核武器,使中国人民扬眉吐气。为了实现这一目标,邓稼先舍家为国、舍身尽职,甘愿献出自己的一切乃至生命。假如没有核武器,中国人在国际舞台上说话就没有分量,我国的国防安全就得不到保障。当今世界,仍有少数大国强国不时对中国进行挑衅,中国人民完全可以理直气壮地将他们顶回去。邓稼先的光辉业绩,在中华民族振兴发展史上树立了永远不可磨灭的丰碑。邓稼先爱岗敬业无私奉献的精神,更是一切公职人员的楷模。张爱萍将军为邓稼先所致悼词中指出:"他的名字虽然鲜为人知,但他对祖国的贡献将永载史册。他不愧是中华民族的好儿子,不愧是中国共产党的优秀党员,不愧是中国知识分子的优秀代表。"

公正廉洁　光明磊落

　　官员一般是因德才兼备而被选拔任职的,不论职位高低,都负有一定的职责,同时也拥有一定的职权。这种职权是履行公务的需要,而不是赋予个人的特权。公正处事、不以权谋私,是官员应有的品格,也是官员从政的底线。公正处事,就是要客观公道,依法办事,不徇私情;不以权谋私,就是要廉洁自律,不收取工薪以外由职权派生的钱物。襟怀坦白,言行一致,是为人做官必须具备的又一种品质。口是心非,说得好听,背地里违法乱纪,到头来害人害己。当代社会,开放、发展、兼容,万象纷呈,官员面临的考验比以往任何时候都要多。人们看到,有些官员两面做人,丢失从政底线,经不住诱惑,已经跌入犯罪的深渊;有些官员丧失理想信念,崇富贪色,正在滑向腐败的垃圾坑。曾几何时,一切向钱看的价值取向,刺激了人们私欲膨胀,形成了一股见利忘义的浊流。那些被钱迷住心窍的人尤其是官员该冷静清醒了。这里,我们回望一下古代清官的从政风范,让当权官员照照镜子,或许不无益处。

公仪休拒不受鱼

《史记》卷一百一十九《公仪休传》记载,公仪休是战国时期鲁国(都曲阜)人,博学多才,注重自己的品德修养。鲁穆公在位期间(前409年—前377年),公仪休以优秀的德才升任为宰相。

公仪休当权执政后,严格遵规守法,以身作则,坚持依法办事,朝野百官都不敢违法乱纪,官场风气为之一新。

有位官员听说公仪休喜欢吃鱼,投其所好给他送去一些鱼,和他套近乎,以图日后得到他的关照。公仪休执意辞谢,拒不接受。给他送鱼的人感到意外,困惑不解地问道:"听说宰相喜欢吃鱼,我特意来表点心意,你为何不肯收下呢?"公仪休回答说:"正因为我喜欢吃鱼,所以不能接受你的鱼。我现在是宰相,凭我的俸禄,自己能买得起鱼。如果收了你的鱼,犯了国法而被免去宰相职务,那时,我自己买不起鱼,也不会再有人给我送鱼了。所以,还是请你把鱼带回去吧!"

公仪休当政后公开向百官提出要求,吃俸禄的人不得与平民争利,已经享受优厚福利的人不得再贪图小便宜。公仪休要求别人这样做,自己更是率先垂范。他知道自己的菜肴比一般人家丰盛,令人将他园中种植的蔬菜水果分给周边的百姓。他听说他家织的布比别人家织得要好,便辞去织布女工,烧掉织布机,让平民百姓自由自在地织布出售。

【简评】

　　下属送来几条鱼,看似不值一提的小事,公仪休却把它看作不能含糊的大事。他身居相位,奉公守法如履薄冰,廉洁自律防微杜渐,难能可贵。他放弃由权势派生的优越资源,不经营发家致富,不与平民百姓争利,尤其可贵。某些以权谋私、借势发财的人,倘有一点良知,在公仪休这面镜子面前该当脸红心愧。

杨震光明正大

　　《后汉书》卷五十四《杨震传》记载,杨震,字伯起,东汉弘农华阴人,早年博览群书,以儒学修身养性,时人称他为"关西孔子杨伯起"。杨震出名后,没有应官府招聘去做官,长年以教书为生。50岁那年,他禁不住朋友一再劝说,才答应入郡府做事。后经人推荐,杨震出任荆州刺史。任职期满,杨震调任东莱郡太守。

　　杨震任荆州刺史期间,曾经举荐过书生王密。他赴任东莱太守路经昌邑时,王密正在昌邑担任县令。两人久别重聚,谈吐十分融洽。当天晚上,王密再次去旅馆看望杨震,给他送去10斤金子,以感谢他当年对他的举荐。杨震当即辞谢说:"你把带来的东西再带回去。我们已经是老朋友了,我了解你,你恐怕还不了解我吧?"王密微笑着说:"我趁天黑一个人来的,没有任何人知道。"杨震郑重其事地对他说:"天知,神知,我知,你知,怎么能说无人知道?"王密听他这么说十分羞愧,只好把带来的金子又带了回去。

　　东汉永宁元年(120年),杨震因政绩突出,由太仆升任司徒。职务升迁后有求于他的人多了,杨震更加廉洁自律,除了正常的亲戚朋友间的交往,公务时间以外一律不接受私人拜访。他教育儿孙坚持粗茶淡饭,坚持出门步行,以防止他们养成骄纵安逸的恶习。他的一些老部下想帮助他的儿孙开产业做生意,杨震坚决辞谢说:"我这辈子富不了,也不想要子孙发财。让后人称他们是清官的子孙,以清白作为遗产留给他们,不亦很厚重吗?"

杨震升任太尉后,坚持秉公办事,不徇私情。大鸿胪耿宝是在位皇帝汉安帝的舅舅,向杨震推荐中常侍李润的哥哥去太尉府做官。杨震以须经官员主管部门任命而没有随口答应,耿宝怀怨而去。执金吾阎显是阎皇后的哥哥,向杨震推荐其朋友,杨震也没有接收。之后,司空刘授将耿、阎二人所推荐的人收入其官府。

杨震坚持公正执法,不怕得罪皇帝。河间郡有个叫赵腾的人,上书评议汉安帝为政得失。汉安帝大为恼火,下令将赵腾逮捕审讯,以"罔上不道"罪判其死刑。杨震认为赵腾系直谏犯罪,与持刀杀人犯罪不一样,上书建议免除赵腾死罪,以敞开言路。汉安帝拒绝采纳杨震意见,当即下令将赵腾押往闹市斩首。

杨震对违法贪赃行为尤其深恶痛绝,纠举不留情面。延光三年(124年)春,汉安帝外出游览泰山,中常侍樊丰等人乘机用公款装潢私宅。杨震派人调查,查明樊丰等人伪造诏书调拨国库钱财。樊丰等人惊恐万状,抢在杨震向安帝告发他们之前,诬告杨震因赵腾案对皇上深怀怨愤。汉安帝宠信宦官,对杨震忠正直谏已感到厌恶。他未经调查,偏信樊丰等人诬告,回到京都的当天晚上,便派人持诏书收缴杨震的官印绶带。

杨震被撤职后没有申辩,住进简陋的平房里闭门谢客。樊丰等人仍不解恨,又串通大将军耿宝诬告杨震不服罪。于是汉安帝下令将杨震遣返原籍。

杨震离开京都洛阳,走到城西面的几阳亭时慨然长叹:"我蒙受国恩而身居高位,憎恶奸臣祸国而未能将他们除灭,还有什么脸面再见日月青天!"他对随行的儿子和门生说:"为国赴死是壮士的本分!我死后,只要用杂木做口棺材,用布单裹住身体就行了,不要归葬祖坟,也不要哀悼祭祀。"之后,杨震避开儿子和门生,饮鸩自杀。

第二年,汉安帝病逝,樊丰等人在权争中被杀,耿宝自杀。杨震门生虞放等人为其老师申冤,朝廷文武百官都称赞杨震是忠臣。汉顺帝亦认为杨震冤枉,下令以太尉礼仪为杨震改葬,并亲自撰写悼词,称杨震"正直是与,俾匡时政"。许多人从很远的地方赶来参加杨震的改葬仪式,以表达对他的敬仰与怀念。

【简评】

杨震是东汉中后期一位杰出人物。他为人襟怀坦荡,严于律己;为官公道正派,不徇私情。他的"天知,神知,我知,子知,何谓无知!"是千古震耳良言,可作为当权者长鸣的警钟。他公务之后,不接受私人拜访,以断绝向他行贿送礼之路。杨震身居权位坚持按规定办事,不搞权权交易。他冒犯皇帝,为素不相识的普通人伸张正义。他维护朝纲法规,不顾个人安危,揭露深受皇帝宠信的宦官的违法行为。杨震为官一身正气,两袖清风,他自己不治家产,也不许子孙凭借他的权势发财致富。他以"使后世称为清白吏子孙,以此遗之,不亦厚乎"回答友人,其言掷地有声,今天仍然可供为官当权者借鉴。杨震也的确把清廉家风传给了后代,他的儿子杨秉受任刺史等高官后，"计日受奉，余禄不入私门。故吏赍钱百万遗之，闭门不受"。杨震树立的家风千古流芳，堪为当权者的楷模。

司马光无事不可对人言

　　《宋史》卷三百三十六《司马光传》、清顾栋高著《司马光年谱》记载，司马光是北宋陕州夏县人，7岁出门听人讲解《左传》，从此手不释卷，如饥似渴地读书。20岁那年，司马光以优异成绩考中进士，被朝廷授予奉礼郎。

朝政大事，直陈己见

　　北宋皇祐三年(1050年)，中官麦允言病死，宋仁宗想追授他为卤簿令，朝廷大臣虽有议论，不敢明确表态。司马光时任同知礼院，上书对此提出异议，认为麦允言没有大的功劳，赐给他一品官的名位，会引起朝野非议，"侧目扼腕"，请求皇帝收回这一诏令。这是司马光入朝廷任职后第一次直言亮相。

　　嘉祐元年(1056年)，宋仁宗身体有病。他生的儿子早夭，眼下没有儿子，皇位将由谁继承尚没有确定。皇帝的身体和皇位的继承，历来是特别敏感的问题，朝廷内外有识之士为此担心而不敢开口。知谏院范镇首先劝谏宋仁宗立嗣。当时，司马光任并州通判，接连上书，建议从皇族中选择贤者立嗣。他在给范镇的信中写道："我向来对自己的低贱愚拙缺少自知之明，常常深为国家的命运而忧虑。夏秋以来，我三次上书建议立嗣都石沉大海。诚恳希望景仁早晚觐见皇上之际,把我的三封奏书递上去。"

嘉祐六年(1061 年)闰八月,司马光提任起居舍人、知谏院。他拜见宋仁宗说:"臣在并州时曾三次建言立嗣,时至今日,还是要请陛下当机立断。"宋仁宗沉思良久,对司马光说:"你奏书上说的是忠臣之言,一般人是不敢说的。"司马光说:"臣上书时,自己以为必定要被杀头,没想到陛下会开恩宽容。"司马光的话使宋仁宗深受感动,不久,他发布诏令,立濮安懿王赵允让第十三子赵曙为皇子。

九月,司马光针对宫中宴会铺张失度,同一名监察官员联名上书宋仁宗说:"路上行人纷纷议论,陛下近来宫中宴会稍微有些过格,赏赐常常是数以万计,国库耗费过多,只好从民间敛调。伏望陛下能减免不必要的宴会,对左右侍臣的赏赐也要节制。"

十一月,司马光上书建议不宜任命张方平为秦凤路安抚使,指出张方平任秦州知州时,听人传言西夏出兵来犯,惊慌失措,向邻近州府四处借兵,又飞书上奏请朝廷分忧。其实,西夏并没有出兵。任命如此怯懦轻率的人担任那一方元帅,万一边防真的有事怎么办?

赵曙继位后,想尊称其父濮王为皇父,要朝廷大臣讨论。翰林学士王珪等人明知按历代沿袭下来的礼法不该称皇父,只是面面相觑,不敢先说。唯独司马光表态可称为皇伯。

当初,宋仁宗未立嗣之前,入内都知任守忠极力劝说仁宗立某个昏庸低能的人为皇嗣,以便他日后好操纵。宋英宗即位后,他又离间英宗与皇太后的关系。宋英宗误以为是任守忠推荐他为皇嗣,将任守忠提任为宣庆使。司马光不能容忍奸邪之徒得势,上书弹劾任守忠奸诈行为,指出英宗被立为皇子,不仅不是任守忠提出,相反他却在其中出坏主意。英宗即位后,他又造谣离间,扰乱后宫。此人是国家的大奸贼,请求将他押往闹市斩首。宋英宗随即下令将任守忠贬为节度副使,遣送到蕲州闲居,朝野为之称快。

宋神宗即位后,感念学士承旨张方平为其立为太子助过力,任命他为参知政事。司马光时为御史中丞,上书认为张方平奸邪,不该担任此要职。宋神宗以张方平文章典雅,又为修建英宗的山陵节约一笔开支,认为任用张方平没错。他召见司马光板着面孔说:"朝廷每次任用大臣,人们总是议论纷纷,这不是好事。"司马光接着说:"臣以为这是朝廷的好事。陛下刚刚即位,万一重用了奸臣,御史谏官沉默不言,陛下怎能知道? 由此看来议论多一点不是朝廷的好事吗?"第二年,宋神宗改任司马光为翰林学士,司马光请求去地方任职,宋神宗没有答应,对他说:"不论是君子还是小人,都知道你言行公正。吕公著出使契丹,契丹君臣问他:'司马光为人公道正派,现在当什么官?'你的名声已经远播外国,为何还要离开朝廷呢?"

为民请命,退隐著书

熙宁元年(1068 年)十一月,宋神宗因"国用不足"召集学士议论对策。司马光主张从大臣做起,节省费用开支。翰林学士王安石认为,国家费用不足是因为没有任用善于理财的人。司马光说,所谓善于理财,不过是以各种名义收取民众的钱财而已。王安石说,他所说的善于理财,可以不增加民众的赋税而使国家的费用充足。司马光反驳说："哪有这个道理？天下百工所创造的财富是一定的，财富不在民众手中，便入了官府。如果想方设法从民众手中夺取财富，其危害性比增加民众的赋税还要大。"宋神宗认为司马光说得有道理。

第二年二月，王安石提出"变风俗，立法度"的建议。宋神宗想任命王安石为参知政事实行变法，征询司马光对王安石的看法。司马光说，有人说王安石奸邪，这是诋毁他太过分了。王安石只是不通晓事理，又固执己见而已。

不久，王安石受任参知政事，推行新法。"青苗法"规定，春天将官仓陈粮以二分利息贷给民户，秋后民户须将本息一并偿还。"免役法"规定，民众按户出钱，由官府统一雇人服兵役劳役；为防水旱灾害，各户须交应出钱的十分之二，为免役宽剩钱。新法推行后加重了民众的负担，"天下骚然"。司马光等朝廷大臣和地方高官纷纷上书宋神宗，建议停止推行新法。

朝野不断传来反对呼声，使宋神宗知道新法已引起民怨沸腾。他想下令停止新法，王安石则"卧家求退"，他只好转变态度，同意继续推行新法。宋神宗想重用司马光，征求王安石的意见。王安石对宋神宗说："司马光虽有忠正直谏的名声，内心却讨好下面一些小人。他所说的尽是有害于朝政的事，他所亲近的尽是有害于朝政的人。今天如果重用司马光，正好是给反对新法的人树立一面旗帜！"

宋神宗任命司马光为枢密副使，想让他与变法的事隔开，专管军事。司马光辞谢说："陛下所以重用臣，大概是看我这个人有些狂直,还能做一些有益于国家的事。如果仅授予臣很高的禄位而不能听取臣的意见,陛下只是偏授臣高官而并未真正用臣这个人。臣只是享受很高的禄位,而不能救助百姓于苦难,是欺世盗名中饱私囊而已。陛下若能停止推行新法,即使不任用臣,臣也认为是对我最大的恩赐。臣所忧虑的是十年之后,并不是今天。新法这样推行下去,会使贫穷的人更贫穷,富裕的人也要变贫穷。一旦发生战争,或者饥荒,贫困的民众必然死于沟壑,强壮的民众必然聚集起事,臣所忧虑的事必然会到来啊!"宋神宗没有认真听取司马光的意见,将王安石升任宰相,继续变法。

熙宁四年(1071 年)四月,司马光获准离开朝廷,受任西京洛阳御史台。他将宋英宗当年设置的编书局迁至洛阳,组织一个写作班子,在他早年撰成的八卷《通志》的基础上,续写《资治通鉴》。又经过 14 年的艰苦努力,司马光终于编成辉煌的历史巨著《资治通鉴》。

廉洁奉公,深得民心

司马光离开朝廷退居洛阳的时候,在《书怀》一诗中写道:"三十余年西复东,劳生薄宦等飞蓬。所存旧业唯清白,不负明君有朴忠。"这是他为官忠正清廉的真实写照。

司马光向来不爱钱财。宋仁宗曾赏赐他百余万钱,他将所得的珠宝充作谏院的办公费用,将所得的金子交给公家,要某单位登记造册,每开支一笔都要记账。他退居洛阳没有在闹市安家,用节余的薪俸在城西北十多里的地方买了二十亩地,盖起读书堂,修造独乐园,作为读书、写书、休闲的生活之所。他家无余财,其妻病故后卖田安葬。他拒不纳妾,终身吃的是粗茶淡饭,穿的是平常衣服。

《资治通鉴》写成后,司马光仍住在洛阳。他自称迂叟,在《独乐园记》中写道:"迂叟平日多处堂中读书,上师圣人,下友群贤","志倦体疲,则投竿取鱼,执衽采药,决渠灌花,操斧破竹","洋洋焉,不知天壤之间复有何乐可以代此也。"

司马光虽然隐退,却一直关心国事。他在一首诗中抒发了忧国忧民的情怀:"白发忧民虽种种,丹心许国尚桓桓。"(《宋诗纪事》卷十四)。他在给友人范镇的信中写道:"若忠于国家而死,死之荣也。"

王安石变法不仅引起朝廷内外纷争不息,变法派内部也争斗不止,特别是追随王安石变法的主要干将吕惠卿,反过来对王安石极力诋毁中伤。熙宁九年(1076年),宋神宗第二次免去王安石宰相职务。司马光深为国家的前途命运担忧。他在给新任宰相吴充的信中写道:"今府库之实,耗费殆竭","病虽已深,犹未至膏肓,苟制治于未乱,保邦于未危,尚有返掌之易。失今不治,遂为痼疾。"

司马光退隐多年,天下人仍然认为他的品格堪称真正的宰相。洛阳的乡间老农尊称他为司马相公,妇女儿童也都知道他的名字。元丰八年(1085年)三月,宋神宗去世。司马光赴京吊丧。他出现在开封街头时,民众奔走相告,纷纷迎上来想看看他,以致他的乘马不能通行。有人当面向他请求说:"相公不要再回洛阳了,留下辅佐天子吧,给老百姓一条活路。"司马光深为惶恐不安,吊唁事毕,匆匆离京返回洛阳。

宋哲宗继位时年仅 10 岁,由其祖母高太皇太后临朝听政。元祐元年(1086 年)闰二月,高太皇太后召任司马光为宰相,全面废除新法,恢复旧法。司马光当政后以安定天下为己任,严禁亲属仗恃他的权位谋私。他在《与侄帖》中写道:"受命以来,我唯恐有负重任,只感到压力大而没有感到欢喜。你们为人处事一定要像从前一样谦卑恭让,千万不能依仗我的名位,去做损公违法欺凌百姓的事。"

司马光为人襟怀坦荡。他曾对人说:"我的德才没有超过别人的地方,只是平生所做的事,没有不可对人说的。"王安石虽然对他极力排斥,他看待王安石却坚持客观公正。王安石罢相后精神失落,消极避世,于元祐元年四月病逝。司马光闻讯写信给宰相吕公著说:"王安石的文章节义,超过人的地方很多。由于他不晓事理,喜欢标新立异,以致当权后排斥异己,忠正之士被疏远,奸邪之徒得势,国家的规章制度受到破坏。安石不幸去世,奸邪反复之徒必然要千方百计诋毁他。我意朝廷应以特别优厚的礼仪处理他的后事,以贬抑浮薄的风气。"

司马光回朝廷任职时已患有严重的糖尿病。他不顾友人劝说,处理政务一丝不苟,夜以继日,只争朝夕。他表示要以诸葛亮为榜样,为恢复先帝的旧法,鞠躬尽瘁,死而后已。

当年九月,司马光因病去世。高太皇太后极为悲痛,携哲宗亲赴他的灵堂哭丧,赐碑文"忠清粹德"。京都民众自动休市前往吊唁,哭声传遍大街小巷。吊唁的车辆成千上万,堵塞了交通。司马光灵柩送回老家安葬那天,民众悲哀痛哭,如同失去自己的亲人。前来参加葬仪的有数万人之多,最远的从岭南封州赶来。

司马光去世后,京都民众怀念他,纷纷在家里挂起他的画像。由此,四面八方的人都特意来京都购买他的画像,一时间,画师忙碌不停还供不应求,以致因画司马光像而致富。

司马光生前死后为何如此得民心?范镇为他撰写的墓志铭做了回答:"公得志,泽加于民,天下所以期公者。"

【简评】

襟怀坦白、光明磊落,是为人做官应具有的品质。司马光始终遵循这一标杆不变。他回顾自己的一生说过:"吾无过人者,但平生所为,未尝有不可对人言者。"这里表达的是一种纯朴高尚的情怀。为人处事达到这种境界,首先要心底无私、客观公正、襟怀坦白、光明磊落;其次要与人为善,戒骄戒躁,举止缜密,三思而行。无事不可对人言,是司马光过人处之一。对于朝政大事,他不怕冒犯皇帝权臣,每每直陈己见,声名远播国外。他反对王安石变法,为的是国家安定,为的是减轻民众的负担,由此,他的功德在民众心目中形成一座非人工所能建造的丰碑。他与王安石彼此不同的互评,显示了他俩截然不同的人格。他不以受贬排为意,组织几个得力的帮手,从另一个角度奋发努力,完成一项功垂千秋的大事,撰成辉煌的历史巨著《资治通鉴》,为后人留下宝贵的文化遗产。司马光对社会矛盾的发展有深彻的洞察力和超前的预见性,变法之初他向宋神宗提醒十年之后的忧患,果然被其言中。由王安石变法引起的政治纷争,损坏了北宋开国以来总体安定的局面,一批忠正大臣被贬斥到地方,使政局出现动荡,新法的推行加重了民众的负担,加剧了社会矛盾。王安石之后担任宰相的章惇、蔡京等人,打着维护新法的幌子,把一大批重新起用的忠正大臣列为"奸党",再次贬斥流放,许多人被迫害致死。蔡京引诱宋徽宗穷奢极欲,致使国库枯竭,从而加剧对民众盘剥,这一切激化了社会矛盾。宋江、方腊等人先后在山东、浙江等地发动声势浩大的农民起义。兴起于会宁府的金国军队乘虚南下,北宋在司马光言忧50年后灭亡。至于司马光去世后,章惇下令毁坏他的墓碑,追夺他的官位,蔡京把他的名字摆在元祐奸党碑第一名,丝毫无损于司马光的光辉形象。他的人品、官品和无私奉献,民间自有公论,历史自有公论。

陈瑸廉洁奉公

(清)钱仪吉辑《碑传集·督抚》及《清通鉴》记载,陈瑸是清代海康人,康熙三十三年(1694年)考中进士后被录为官员。6年后,陈瑸受任福建古田县令。当时,古田的赋役过重,民不聊生。陈瑸到任后访贫问苦,极力减轻民众的负担,受到百姓父老的爱戴。

康熙四十一年(1702年),陈瑸由于政绩突出提任为台湾令。他到任后,跋山涉水,走村串户,广泛接触台湾民众,大力鼓励农户种植。当年秋天,台湾遭遇洪涝灾害。陈瑸亲自上工地背土石,参加堵塞堤坝的缺口,同时下令开仓放粮,救济灾民,台湾民众无不对他跷起大拇指称赞。一年后,陈瑸调往朝廷任职,台湾民众依依不舍,在路上阻拦不让他离去。

康熙四十九年(1710年),陈瑸受任台厦道员。他抵达台湾那天,民众奔走相告,欢呼跳跃,像当年北宋民众欢呼司马光从洛阳返京那样高兴。当时,清朝廷在台湾设置官府的时间还不长,台湾各少数民族混居,文化落后,法规缺失。陈瑸上任后不负众望,以惊人的魄力和勇气革除数十项积弊,严惩贪赃枉法的官员,吏治和社会风气为之一新。

陈瑸的个人生活极为节俭,他把多年节省下来的30000两俸银全部捐出,用于修建炮台加强防务等公事。他注重教书育人,捐出俸禄修建郡邑文庙、朱子祠、文昌阁等学校,广召学子入学,又捐资购置学田,为师生教学活动提供费用。他还抽时间去学校,亲自为学生讲课。陈瑸以其卓越的治理和无私的奉献,在台湾人民心目中树起了丰碑。

康熙五十三年(1714年)十二月,陈瑸升任偏沅巡抚。台湾民众为之感到高兴又感到难过。高兴的是陈瑸升迁后可以为更多的人谋幸福了,难过的是他这次离开台湾恐怕不会再回来了。人们自发地在文昌阁塑起陈瑸的石像,以永久地怀念他的功德。

康熙帝在陈瑸赴任前召见了他,见他衣着十分朴素,赞叹道:"你当了这么多年的官,还像个贫穷的和尚,提任你去当巡抚是国家的吉瑞啊!"

陈瑸上任巡抚后,从调查研究入手,首先整肃吏治。他果断罢免"纵役累民"的湘潭知县的职务,将包庇他的长沙知府降了三级。接着,他公布了除弊便民的八项政令,规定不准税外加取民众钱粮,违者以贪官论罪;不准接受下级官员送礼,收受一钱即与收受千万金一样论罪。官场腐败风气为之廓清。康熙帝听说后十分欣慰,诏令嘉勉:"躬行实践,勿骛虚名。"

康熙五十四年(1715年)十二月,陈瑸调任福建巡抚。当时,沿海地区海盗猖獗,严重危害百姓的生产生活。陈瑸加强军船巡逻,下令遇海盗杀无赦;同时规定商船渔船连环保结,遇盗彼此相救,不救则以通盗论处,从而保证了沿海商船渔船通行安全。

第二年冬天,陈瑸受命代理闽浙总督。他外出巡视,自带干粮,杜绝沿途宴请接待。他厉行节约,克己奉公,把节省下来的

15000 两俸银又全部献给公家,用于当地的公益事业。

陈瑸不仅廉洁从政,更是勤奋治政。他长年投身公务,"鸡鸣而起,夜分不寐。"别人劝他不可劳累过度,要注意自己的身体,他只是口中称谢而已,从来不以为意。

康熙五十七年十一月十一日(1719 年 1 月 1 日),陈瑸积劳成疾,病逝于闽浙总督任上,终年 63 岁。人们悲痛不已,称赞他:"知谋国而不知营家,知恤民而不知爱身。"

康熙帝听说陈瑸病逝十分痛惜。他高度赞扬陈瑸两度将数万两俸银捐献给公家,指出"陈瑸居官甚优,操守廉洁。清官朕亦见之,如伊者朕实未见,恐古人中亦不多得也","诚清廉中之卓绝者"。

【简评】

陈瑸是最早受任台湾的行政长官之一,长期在台湾和闽浙沿海地区治政,建章立制,革除时弊,鼓励耕织,大力办学,防治海盗,使民众安居乐业,为台湾及闽浙沿海地区的文明做出了不可磨灭的贡献,深受台海地区人民敬仰和爱戴。他勤政为民,夜以继日,为民谋利呕心沥血,鞠躬尽瘁。他廉洁从政,不占公家一点一滴的好处,不收私人一分一文的财物。尤其难能可贵的是,他节衣缩食,克己奉公,先后两次把节省下来的45000 多两俸银全部捐出,用于台海地区的公益事业。康熙帝称赞陈瑸廉洁奉公古来罕见,是清官中的卓绝者,这一评价恰如其分。中国历代贪官不少,他们是一堆遗臭万年的粪土。中国历代清官数以千万,他们是纯真的金子永远闪闪发光。

扶弱济困　舍己为人

　　在人们的社会生活中，有这么一些人，他们抱定同一种信念，不图个人享受，甘于清贫，知足常乐，而把一颗仁爱之心放在别人尤其是弱者身上。对于贫困弱势群体，他们乐于帮助，慷慨解囊，用无私的爱心温暖弱者、温暖社会。他们弘扬的是中华民族舍己为人的传统美德，让这种美德在人际间闪闪发光，感染社会，感染每一个人。

公孙景茂捐献俸禄

《隋书》卷七十三《公孙景茂传》记载,公孙景茂是北魏(都洛阳)河间阜城人,自幼好学,博览经史,时人称他为书库。

北周(都长安)大定元年(581年),杨坚改国号为隋,即帝位,为隋文帝。公孙景茂时任洛北太守,以年老多病请求退休。隋文帝没有同意,改任他为息州刺史。

隋开皇九年(589年),隋文帝派遣几十万大军南下攻灭陈朝(都建康)。由于长途行军,不少伤病员掉了队。公孙景茂拿出自己节省下来的俸禄,组织沿途百姓为伤病员煎药熬粥,救助了一批又一批落伍者,使数以千计的伤病员得以休养康复。隋文帝对公孙景茂的义举极为赞赏,发布诏令告示天下。

开皇十六年(596年),78岁高龄的公孙景茂在伊州刺史任上生病。当地民众为他焦急,聚在一起谈论公孙景茂为他们做的好事,称他是少见的好官。公孙景茂病愈后请求退休,又没有获得批准,朝廷改任他为道州刺史。

公孙景茂到任后不顾自己年高体弱,经常走村串户,访贫问苦。他用自己俸禄的全部节余,买了一些牛犊、仔猪和家禽,散发给那些孤弱贫困不能维持生活的穷人。他注重了解百姓的务农经商情况,对于诚实从业的人,他在会上大力表扬,对于不务正业的人,他当面批评而不声张。公孙景茂和民众广交朋友,言传身教,在当地培养了良好的社会风气。人们在交往中都主动以礼谦让,彼此之间能够互通有无。男人们耕田互相帮助,女人们纺织互相协作。有的大村庄有数百户人家,互助互爱就像一家人一样。

大业初年(605年),公孙景茂在淄州刺史任上去世,终年87岁。淄州数千平民百姓以及从外州闻讯赶来的人哭着为他送葬。在公孙景茂曾任刺史的各州,人们怀念他的功德,听说他去世无不伤心落泪。

【简评】

公孙景茂为官爱民,心意紧紧贴在贫苦民众身上,拿出自己的俸禄救济伤病的战士和有困难的群众,其舍己为人的奉献精神令人钦佩。隋文帝曾经接见过公孙景茂,颇为其年高志爽而感慨,称其“作牧化人,声绩显著”,即是说公孙景茂每到一处担任刺史,都能为一方群众造福,受到一方群众的爱戴。这大概是隋文帝舍不得让他退休而又久让他在地方任职的原因。一个官员,官当到这个份上,足可聊以自慰、死而无憾了。

范仲淹心忧天下

《宋史》卷三百一十四《范仲淹传》、车吉心主编《中华名人轶事》宋朝卷二、诸葛忆兵《范仲淹传》记载,范仲淹是北宋苏州吴县人,出生不久父亲病故,其母带着他改嫁淄州长白山一户姓朱的人家。范仲淹小时家境贫寒。他发奋读书,早年即怀有济世的理想。一次,他对朋友说:"我刻苦读书,就是要做一个对社会有用的人。今后如果能当上宰相,我要让天下穷苦人不再冻死、饿死。如果我没有这个机遇,就要熟读医书,为千百万病危的人挽救生命。"

范仲淹年轻时在京都开封求学,同宿舍有个同学生病,他每天都为他煎药,帮他调理治疗,这位同学深受感动。后来,该同学病危,对前来看望他的范仲淹说:"我没有什么报答你的,平生只有一件东西,可供远途跋涉疲劳的人使用,我把它送给你聊表心意。"说着,他递给范仲淹一袋药和一本小册子。范仲淹领情收下。20 年后,范仲淹得知这位已故同学儿子的信息,将其父临终所送的药和书原样奉还。

北宋天圣四年(1026 年),范仲淹因母亲去世,辞去楚州监粮料院职务,回应天守丧。应天知府晏殊赏识范仲淹的才学,聘请他担任应天书院主管。书生孙复游学该书院,范仲淹见其穷困潦倒,送给他 1000 钱。第二年,孙复又来到应天书院拜见范仲淹。范仲淹问他为何老是在路上奔波,孙复悲哀地回答说因为无钱供养老母。范仲淹当即又给了他 1000 钱,并安排他在书院教书,每月付给他 3000 钱工资。

景祐元年(1034 年),范仲淹调任苏州知州。一回到故乡的土地,他将自己存放在国库的 3000 匹绢,全部发给了家乡的父老兄弟。他对家中的弟子说:"如今我当了大官,如果独享富贵而不顾及宗族,有何脸面去拜谒宗庙?"此后,范仲淹在苏州买了一块宅地,准备等退休后回乡养老。风水先生看过后说:"这是一块世代能出大官的宝地。"范仲淹说:"如果确如你说的,我就不能专用这块地让我一家得到好处。"于是范仲淹将这块地捐给州府兴建学校,让千家万户的子弟都能入学读书,得以成才。

宝元年间(1038—1039),范仲淹任越州知州期间,州府有个办理民事的姓孙的官员去世,留下妻子和两个年幼的孩子,家境贫寒。范仲淹首先捐出 100 缗钱,为这位部下办理后事,并派人将其妻子送回原籍投靠亲戚。

庆历四年(1044 年),范仲淹受任陕西、河东宣抚使。宋仁宗赐给范仲淹 1000 两黄金,他全部分给边防将领。

庆历五年(1045 年),范仲淹出任陕西四路安抚使、邠州知州。一天,他请部下登楼饮酒,尚未开饮,见一群治丧的人哭哭啼啼从楼下路过。他当即派人询问,得知是外乡寄居在邠州的一个读书人病故,尚没有棺材为其入殓安葬。范仲淹心情极为沉痛,当即撤去酒席,从自己身上拿出一笔钱,供治丧的人去办理丧事。在座的部属深为感慨,有人感动得流下眼泪。

皇祐元年(1049年),范仲淹调任杭州知州。这年他61岁,已经患病在身。当时,不少高官在西京洛阳买地建宅,准备退休后居住。范仲淹的母亲葬在洛阳,孩子们提议父亲在洛阳盖点房子以备养老。范仲淹对孩子们说:"人活在世上,能在道义上如愿以偿是最大的快乐。我退休后不会没有房子住,何必要为自己修建高宅园林呢?我几十年的俸禄除了养家糊口,多半都捐给了比我困难的人。我已决定把节余的俸禄拿出来,周济苏州家乡的父老兄弟,你们都要听我的话,不要考虑自己家的事情。"于是范仲淹在苏州近郊买了千亩良田,命名为"义田",选择家族中德高望重的人主管,制定规章,按规定以"义田"收入接济有困难的人。此外,范仲淹还在淄州购置400多亩"义田",以报答朱氏家族的养育之恩。

范仲淹为官清正廉洁。他虽然多年身居高位,官至参知政事,全家常年却过着同平民百姓一样的简朴生活,"非宾客不重肉,妻子衣食,仅能自充"。皇祐四年(1052年),范仲淹带病赴任颍州知州,途经徐州时病逝,终年64岁。他去世后,家里无钱料理其后事。范仲淹的老部下狄青、老朋友韩琦、富弼等人出资帮助,他才得以安葬。京都和各地官民听说范仲淹去世,无不为之悲痛,羌族的数百名首领号啕痛哭,如同失去自己的亲生父亲。

【简评】

范仲淹的政绩和诗文,人们比较熟悉,本文记叙的只是他舍己助人的部分故事。纵观他的一生,以"先天下之忧而忧,后天下之乐而乐"作为人生的座右铭,无论在朝廷或地方任职,总是以扶助天下穷苦人为己任。他为官公道正派，锐意革新，虽屡受排贬，不以为意。北宋前中期名相辈出，范仲淹的官品政绩都属其中佼佼者。他每到一处，总是千方百计为民众谋利益，与当地的老百姓同呼吸心贴心，受到民众的爱戴。他在邓州离任时，当地民众拦着他不让其离开。邠、庆二州的汉、羌各族民众为他建立祠堂，每家每户挂起他的画像敬奉。这一民心所向，非金钱所能买到，是对他最公正的评价。

雷锋活着是为了使别人过得更美好

陶然编《雷锋日记》,陈广生、崔家骏著《雷锋的故事》记叙,雷锋 1940 年生于湖南省望城县一个贫苦农民家庭,幼年时先后失去父母,成为孤儿,受尽生活的磨难。中华人民共和国成立后,雷锋感受到新社会的温暖,心中滋生了美好的感情。1956 年,他担任乡政府通讯员,由于工作热情高,办事利索,不久调任中共望城县委通讯员,被评为工作模范。那是一个掀起社会主义建设高潮的年代,雷锋哪里需要去哪里,先后参加创办团山湖农场和鞍山钢铁厂的建设,荣获先进工作者的称号。

1960 年 1 月,雷锋参加中国人民解放军,被编入驻在抚顺市的沈阳部队某部运输连,同年被批准加入中国共产党。雷锋以"我活着就是为了使别人过得更美好"作为人生的信念,对公益性事业,对有困难的群众,对身边的战友,他有着火一般的热情。

一个星期天的上午,雷锋在看病回来的路上,见到一处建筑工地正在施工,他连忙跑到工地,推起一辆小车,投入运砖的劳动。人们用好奇的目光打量着这位身着军装的小伙子,见他满身的军衣汗湿了,劝他休息一会儿。雷锋浑身有使不完的劲,对劝他休息的工人说"不累",一直干到中午收工。工人们围着他交口称赞,雷锋笑着说:"向你们工人师傅学习,我也要为社会主义建设添砖加瓦啊！"

作为一名战士，雷锋每月的津贴只有 6 元。他省吃俭用，穿的袜子补了又补，热天出门连支冰棒也舍不得吃。1960 年 5 月，抚顺市望花区成立和平人民公社，雷锋把多年节余的 100 元钱寄给这个公社，以便他们开展工作。8 月，辽阳市发生洪涝灾害，雷锋又拿出自己节省下来的 100 元钱，支援灾区人民生产救灾。雷锋在日记中写道："有些人说我是'傻子'，是不对的。我要做一个有利于人民、有利于国家的人。如果说这是'傻子'，那我是甘心愿意做这样的'傻子'。"

雷锋认为，能帮助别人是最大的快乐。星期天，班里的战友纷纷外出，雷锋留在军营里帮助班里的战友洗床单、补被子，打扫室内外卫生，他还为战友理发，帮助炊事班洗菜。一次，排里组织上山砍草，每人带上一盒中饭。吃中饭时，雷锋见一位战友坐在一旁看别人吃饭，他走过去询问，战友告诉他中饭已被自己和早餐一起吃掉。他当即把自己这份饭的一大半送给战友吃。雷锋身为班长，把班里每个同志都看成亲兄弟。1961 年年底的某一天，班里有位战友的母亲病了，领导准了他三天假回去探望，可是他没有钱乘车回家。雷锋心里想，战友的母亲就像自己的母亲一样，战友的困难也等于是自己的困难，他当即拿出 10 元钱递给这位战友，又为战友买了 1 斤饼干，让其带回去给母亲吃。这位战友感动得热泪盈眶。

雷锋是个永远闲不住的人。有个星期天，他上午填平了几个坑洼，把一段长 200 米的车行道修好了。下午，他去郊区向老农学习犁地。他没有忘记自己是农民的儿子，经常和战友们去郊区农村参加义务劳动。营房的厕所堵塞了，他想法将它掏通。城区的几个偏僻角落大便狼藉，他多次把它清理集中起来，送到农村做肥料。他每次乘火车外出，总是忙着打扫车厢卫生，给旅客们送递开水。一次，一位大尉军官见他忙得满头大汗，从座位上站起来握着他的手说："好样的，大家应该向你学习。"

雷锋每次出门上路，总是留心照顾老人小孩。1960年6月初的一天，他因公去沈阳汽车站，看见一位老太太在一辆汽车旁焦急地徘徊着，像是有什么困难。他走到老人面前询问，知道她是从山东来东北探望当兵的儿子的，身上带的钱用光了。雷锋当即请老人吃了饭，并给她买了去她儿子部队驻地的车票。老太太儿子所在部队给雷锋所在部队写来了感谢信。1961年4月某日，雷锋应旅顺海军某部邀请做报告，下午1点乘火车离旅顺回沈阳。在车上，他看见一位有病的老大爷。他把座位让给老人，问老人有什么困难。老人告诉他，自己身上的钱基本花光了，中饭还没吃，要买去丹东的车票还差1元钱。雷锋当即给了老人一点钱，帮助他解决了困难。1962年4月初，抚顺下了一场大雪，气温骤降，屋外格外寒冷。雷锋去团部开会，路上遇到一个10来岁的男孩，男孩身上穿的衣服很单薄，冻得直打哆嗦。他当即脱下自己的棉裤，让小男孩穿上。

见到别人有困难，雷锋总是挺身而上。1962年5月2日傍晚，雷锋保养好汽车，突然天下大雨。他看见附近路上有一位大嫂抱着一个幼儿，右手拉着一个五六岁的孩子，左肩上还背着两个行李包,冒着雨吃力地走着。雷锋冲上去问她要去哪儿,大嫂说要去樟子沟,并连连叹气说:"解放军同志,我今天算是遭罪了,带着两个孩子,还背这些东西,不巧天又下雨,眼看天快黑了,还要走10多里路才能到家,我都累迷糊了,哭也哭不到家呀!"雷锋听她这么说,跑回部队请了假,毫不犹豫地帮助大嫂和孩子赶路。他把自己的雨衣披在大嫂身上,抱起走路的那个小孩,顶风冒雨走了一小时四十分钟,终于把他们送到了家。大嫂感激不尽,再三说:"你这个解放军帮了我,我一辈子也忘不掉啊!"雷锋在当天的日记中写道:"他们留我住下,我想,刮风、下雨、天黑,算得了什么? 一定要赶回部队,明天照常出车。我一边走一边想着:我是人民的勤务员,自己辛苦点,多帮人民做点好事,这就是我最大的快乐和幸福。"

　　谁也没有想到,谁也不愿相信,三个月后,在一次车辆调度中,雷锋不幸因公牺牲,年仅22岁。

【简评】

　　雷锋的生命短暂而壮丽,他以"毫不利己,专门利人"的思想和行动铸造了人生的辉煌。伟大领袖毛泽东号召全国人民"向雷锋同志学习"。20世纪六七十年代,学雷锋热潮在中国大地如火如荼。这一学习活动,美化了人们的心灵,培养了良好的社会风气。当今"向钱看"成为相当一部分人的价值取向。这种社会风气比起当年人们学雷锋的思想境界,显然是倒退了。可见,坚持以正确的人生观、价值观教育群众,摈弃唯利是图的社会浊流意识,是精神文明建设必须把握和坚持的主要内容。虽然社会发展日新月异,但雷锋精神没有过时,永远不会过时。它已成为中华民族宝贵的精神财富,将永远激励一代又一代的后来人,去积极进取,奉献社会。

郭明义捐钱献血帮助比自己困难的人

张天志等著《郭明义的故事》、中华文明网资料记叙,郭明义1958 年出生于辽宁省鞍山市一个工人家庭,父亲早年是省青年红旗手,受到周恩来总理接见。郭明义从小就受到良好的家庭教育,父亲常对他说:"自己过好了,要想着别人还有谁过得不好。"母亲挂在嘴边的一句话是:"能帮人则帮人,这是做人的本分。"

1977 年,郭明义初中毕业应征入伍,部队驻地位于黑龙江省海林县。入伍后,他决心以雷锋为榜样,做雷锋式的好战士。1979 年,郭明义从报上看到云南省普洱地区发生严重地震灾害,火速赶到 10 多公里以外的邮局,把入伍两年节省下来的 100 元津贴邮寄给了灾区。

1982 年,郭明义荣获"学雷锋标兵"称号,从部队复员,被安排在鞍山钢铁公司任公路管理员。30 多年来,他自甘清贫、舍己为人,像一团烈火一样温暖着困难的人群。

郭明义的工作岗位离他家较远,他一大早得离家出门,骑自行车去上班。他听说有个孩子没钱坐公交车,从家要走 8 里路才能到学校,就把自己的这辆自行车送给这个孩子,自己则提前出门,步行四十分钟上班。妻子孙秀英见他每天走得早,无公交车可乘,给他买了辆新自行车。没过多久,郭明义又把这辆自行车送给另一个上学路远的孩子。接着,妻子又给他买了辆新自行车,他再次把车送给上学路远的孩子。孙秀英有点埋怨,他安慰妻子说,步行上班是最好的晨练。

郭明义资助贫困学生是从一次上门义务劳动开始的。那天,他和同事去帮助一个困难户做家务,见到一个大嫂患严重糖尿病躺在床上,10 岁的小女孩站在一个小凳上给妈妈做饭。郭明义问孩子为什么不去上学,大嫂告诉他,家里没有钱,只好让她退学了。第二天,郭明义给她母女俩邮去一笔钱。小女孩回信说:"郭伯伯,有了你邮来的钱,妈妈可以请医生扎针了,我也可以继续上学了。你是我的大恩人,我可以叫你一声爸爸吗?"

从那以后,郭明义主动找到鞍山市希望工程办公室,定期给失学或特困儿童捐钱上学。20 多年来,他从自己工资中挤出 12 万多元,资助 180 多名贫困学生上学,帮助特困家庭渡过难关。

主动献血,是郭明义又一项感人至深的义举。2009 年春节前一天中午,一位临产孕妇患上严重的溶血症,急需血小板救命。郭明义听说后顾不上吃午饭,当即乘车赶到血站,连续捐了两个单位血小板,使孕妇转危为安。从 1990 年开始,郭明义定期义务献血,多年累计无偿献血有 6 万多毫升,相当他身上流动血液的 10 倍。

郭明义时时处处关爱着困难群体,慷慨解囊,自己家却过着一贫如洗的生活。当今,城乡家庭的居住条件都得到了改善,郭明义一家三口却仍然住在不足 40 平方米的旧房子里。他家里没有一件高档家具,虽然先后也曾买过三台电视机,但都被他捐给了他人。为此,鞍山市团委特意给他送去一台电视机,明确告诉他,这是"公家固定资产"，不能送人。有些人不理解他数十年舍己为人图的是什么，郭明义明确回答："我不图任何个人的名利，图的是为党增光、为国分忧、为民谋利。"

郭明义的事迹经媒体报道后，感动了千千万万的人。中共中央组织部授予郭明义"全国优秀共产党员"称号，中央文明委授予他"当代雷锋"称号。中共十八大选举郭明义为中央候补委员，全国职代会选举郭明义为中华全国总工会副主席。有人问郭明义："你出名了，还在原单位上班吗?"他十分平静地回答："我和以前一样，还是鞍钢一名普通职工。"

郭明义知道，社会需要帮扶的困难群众还不少，个人的力量是有限的，只有带动更多的人奉献爱心，才能汇聚成强大的力量。经上级组织批准，2009 年，郭明义和一批志同道合的战友同事组建了"郭明义爱心团队"，积极开展帮扶困难群体活动。年复一年，"爱心团队"得到大范围推广，2015 年 10 月，全国的爱心团队有 700 多支，志愿者超过 140 万人，共捐款 300 多万元，献血 100 多万毫升。2012 年、2013 年，"郭明义爱心团队"和中央企业爱心团队共筹集 40 多万元资助甘肃省偏远山区 1280 名特困学生。2014 年，郭明义本人共捐款 2.31 万元，救助重病患者和困难群众。

2014 年 3 月 4 日，习近平总书记给"郭明义爱心团队"写了回信，勉励他们以实际行动书写新时代的雷锋故事，郭明义及爱心团队的每一个成员都深受鼓舞。郭明义认为，人生的价值不在于吃多好的饭，穿多好的衣，坐多好的车，而在于为社会多奉献多付出。他决心把雷锋的故事一直续写下去。他把未来的目标概括为

"12345"：每天至少给困难群众做 1 件实事；将爱心团队志愿者发展到 200 万人以上；每月开展大型爱心活动 3 次以上；在退休前为企业多创 400 万元；在捐资助学、无偿献血、捐献造血干细胞、捐献遗体（器官）、红十字志愿者 5 个方面，打造响亮的团队品牌。郭明义说："雷锋的道路就是我的人生选择，雷锋的境界就是我的人生追求！"

【简评】

郭明义说过："接触不同的社会群体，就会有不同的人生思考。我经常接触孤儿院的孤儿、上不起学的孩子、生活困难的职工，和他们相比，我就感觉自己非常富足，我就非常想去帮助他们。"当今社会，许多人都想赚钱发财，郭明义却逆向而行。他舍己为人的义举如同一把巨大的火炬，照耀着大地，温暖着困难的人群。他住的房子虽小，心里却装着千万个比他困难的人。他的物质生活虽然贫乏，可他在精神上要比大多数人富有。几十年来，郭明义以实际行动忠实履行共产党人全心全意为人民服务的宗旨，无愧于"当代雷锋"的称号。他创建的爱心团队，已在中华大地扎根开花，将不断推动伟大祖国的精神文明建设。

身残志坚　自强不息

身体是生命的载体。一个人的身体状况如何,在很大程度上制约其生命的长短和事业的成败。决定一个人的身体状况,有疾病等内在因素,也有创伤等外在因素。身体健全的人可能感觉不到,人一旦有了残疾,生活上会遇到诸多困难,精神上要承受巨大的压力。生活对每个人来说并不公平,许多心地善良身体本来健康的人,由于病创导致残疾,成为弱势人群。厄运一旦降临,至关重要的是要积极应对,而不能消沉。我们这里选叙的几个人,面对厄运都能坚定自己的信念不动摇,以坚强的意志从容应对现实生活的严酷挑战。他们以美好的宏愿为动力,为实现自己的人生目标,百折不挠,自强不息。他们的人生或许因为残疾不尽完美,却能超乎常人想象,绽放出异常绚丽的光彩。

孙膑决胜马陵山下

　　《史记》卷六十五《孙膑列传》记载,孙膑是战国时期齐国人,早年学习军事,成绩超过其同学庞涓,引起庞涓暗中忌恨。后来,庞涓去魏国当上将军。他生怕孙膑的本领比他强,今后自己不是其对手,便假装友善,派人把孙膑接到魏国来。接着,庞涓捏造罪名,下令砍去孙膑双脚,并将他脸上刺上标示犯罪的黑字,企图使孙膑不能走路,不便出面,永远成为一个废人。面对这一飞来横祸,孙膑把满腔怒火压在心底,他明白,喊冤叫屈便会引来杀身之祸。他委曲求全,坚信只要能活下来,总有办法逃出虎口,总会有出头之日。

　　孙膑在服刑期间听说齐国使臣来到魏国,托人向其捎话,齐国使臣暗中帮助,把他带回齐国。将军田忌知道孙膑才智过人,把他收为门客。一次,齐威王诸公子邀请田忌赛马。孙膑估计双方的马力差不多,建议田将军用下等马对赛诸公子的上等马,用中等马对赛其下等马,用上等马对赛其中等马,以两胜一败赛赢对方。孙膑改变常规出牌,出奇制胜,不仅使田忌和诸公子佩服,也受到齐威王赞赏。

　　齐威王四年(前 353 年),魏国军队围攻赵国都城邯郸。孙膑受命为军师,随同田忌将军率军救援赵国。孙膑一改率军救援的通常思路,认为大军无须远赴邯郸,建议乘魏国兵力空虚,直接去围攻其都城大梁,围魏以救赵。田忌拍手称妙,下令向大梁进军。魏军将士听说国都被围,当即从赵国撤回。孙膑设计在魏军返回必经之地桂陵埋下伏兵,将魏军击溃。

齐威王十六年(前341年),魏、赵两国联军攻打韩国,田忌、孙膑受命救援韩国。这次,他们也没有将军队开赴韩国,而是率军直驱魏国都城。魏将庞涓闻讯,下令军队回击齐军。孙膑传令齐军假装败逃,实施减灶法引诱魏军追击。庞涓领军追击三天,见齐军由10万灶减为3万灶,十分得意,以为齐军伤亡惨重。当追至马陵山下时,庞涓发现一棵大树被刮去一块皮,上面写着"庞涓死于此树之下"八个大字。未等他做出反应,两边山头上的箭矢便雨点般朝他飞来。齐军呐喊着从四面冲杀过来,魏军全军覆没,庞涓兵败自杀,孙膑终于报了断足黥刑之仇。

【简评】

在人际关系中存在着生存竞争,由此滋生的忌妒心理是一种狭隘自私的观念,这种观念发展为毁坏对方就是一种罪恶。庞涓因忌妒而陷害孙膑令人发指。孙膑误入狼穴,无可奈何。他忍受肉体上和精神上的痛苦,等待时机,是明智之举。他与田忌率兵救援邯郸,献"围魏救赵"之计,解除了邯郸之围,毛泽东称之为"千古高手"(《毛泽东读书笔记》)。他用减灶法诱敌深入,将庞涓人马围而歼之,再次创造了古代战争的奇迹。庞涓最后兵败自杀,完全是咎由自取。

海伦以病残之躯征服世界

王艳娥著《海伦·凯勒的故事》记叙,海伦·凯勒 1880 年生于美国一个报业老板兼主编的家庭。她刚满周岁时,一场疾病夺去她的健康,她双目失明,双耳失聪,厄运无情地降临到这个蹒跚学步的孩子身上。在父母的悉心护理下,在家庭女教师沙利文的耐心诱导下,海伦 10 岁那年学会说话,12 岁时发表《我的人生故事》,引起社会反响。

从 17 岁起,海伦先后考入剑桥青年女子学校和哈佛大学,就读文学。沙利文老师不仅富有才华,而且心地善良,乐于为海伦的成长而放弃自己的理想追求,一直随同生活不能自理的海伦陪读。在沙利文老师的精心辅导下,海伦克服了常人难以想象的各种困难,不仅完成了学校的各门功课,还学会英、法、德、拉丁、希腊 5 种语言,获得了文学学士学位。

海伦认为,"人生最大的灾难,不在于过去的创伤,而在于把未来放弃"。她以极强的毅力写成《假如给我三天光明》一书,告诫身体健全的人们要珍惜时间、珍惜生命,被誉为世界文学史上无与伦比的杰作。她还写了《我的生活》《再塑生命》等 10 多部作品,向世人展示一个盲聋女子奋斗不息的精神世界。

海伦始终没有忘记,她的成功浸透了沙利文老师的汗水。沙利文从海伦 7 岁起,就守在她的身旁,陪伴她度过 50 多个春秋,直到生命的最后一刻。

海伦功成名就后,不顾残疾之躯,走遍美国,去过欧、亚、非、澳几大洲许多国家,为盲人学校募集资金,为救助残疾儿童、保护妇女权益、争取种族平等事业做出不懈的努力。1953 年,美国上映反映海伦生活和工作的纪录片《不可征服的人》,感动了千千万万的观众。

1960 年,在海伦 80 岁生日的时候,联合国设立"海伦·凯勒国际奖",每年拿出一定数量的奖金,奖励那些为盲哑人教育做出卓越贡献的人。1964 年,海伦荣获"总统自由勋章"。

晚年的海伦,每天大部分时间仍然坐在书房里工作。许多亲友都劝她休养身体,海伦回答说:"不,一直到死为止,我都要不停地工作。这是上帝赋予我的任务,也是沙利文老师对我的期望。"1967 年,88 岁高龄的海伦·凯勒与世长辞,终止了她顽强奋斗的一生。

【简评】

海伦·凯勒的一生几乎没有见到过光明,没有听到过美声,然而,她以坚持不懈的拼搏,铸就了她人生的辉煌,使她的名字响彻世界。海伦·凯勒的伟大之处,不仅在于她克服重重困难写出多部不朽著作,最为可贵的是她那坚韧卓绝自强不息的奋斗精神。它向人们昭示:残疾人的命运仍然掌握在自己手中,仍然能让自己的人生美丽而富有光彩。美国著名作家马克·吐温评论说:"海伦·凯勒和拿破仑是 19 世纪两个杰出人物。拿破仑试图用武力征服世界,他失败了;而海伦·凯勒用笔征服世界,她成功了。"

奥斯特洛夫斯基的意志像钢铁

奥斯特洛夫斯卡娅著，姚宇珍、华山译《尼·奥斯特洛夫斯基妻子的回忆》一书记叙，尼·奥斯特洛夫斯基1904年出生于乌克兰一个工人家庭，11岁起一边做工，一边上学。1920年，他在保卫新生苏维埃政权的战斗中头部受了重伤。此后，他在修建铁路的劳动中得了严重的伤寒病。不久，他双目失明，脊椎硬化，全身瘫痪。

1930年春天，经苏联共产党组织的安排，奥斯特洛夫斯基夫妇从莫斯科一家医院移居该市一处半间房的住所。每天，妻子要给奥斯特洛夫斯基洗脸、喂早饭，然后把门锁上到很远的地方上班。奥斯特洛夫斯基躺在床上构思文学作品，开始投入新的战斗。每天晚上，妻子下班回来，要把他白天摸着写下的东西抄写清楚。他一开始就把书名定为《钢铁是怎样炼成的》。一位英国记者后来问起他为什么选择这样的书名，奥斯特洛夫斯基回答说："钢是在烈火与骤冷中锻铸而成的。只有这样它才能成为良材，什么都不惧怕。我们这一代人也是在这样的斗争中、在艰苦的考验中锻炼出来的，并且学会了在生活面前不颓废。"

后来，奥斯特洛夫斯基的手也不能握笔了，只好每晚等妻子下班回来，由他口述，让妻子为他代笔。当妻子安睡以后，他仍然在构思小说的情节,每天耗时达 18～20 小时。经过近两年艰苦卓绝的努力,1932 年上半年,长篇小说《钢铁是怎样炼成的》第一部终于在《青年近卫军》杂志发表,引起巨大反响。1934 年,该杂志发表了《钢铁是怎样炼成的》第二部。

这部长篇小说是身残志坚的奥斯特洛夫斯基非一般意义的心血凝结。它以震撼人心的精神力量,感染着世界各地的亿万读者。人们都喜爱背诵书中这段论述人生的名言:"人最宝贵的是生命,生命属于每个人只有一次。人的一生应该这样度过:当他回首往事时,不会因虚度年华而悔恨,也不会因碌碌无为而愧疚,这样,在临死的时候,他就能够说,我已把自己的整个生命和全部精力都献给世界上最壮丽的事业——为人类解放而斗争!"这里表达的是无产阶级革命者的理想信念,也正是奥斯特洛夫斯基心灵的真实写照。

1935 年,奥斯特洛夫斯基荣获苏联政府颁发的最高荣誉奖章列宁勋章,发表了《生活万岁》的著名演说。之后,他十分欣慰地对妻子说:"你回忆一下,命运是如何打击我的。可是,我并没有向它低头,我顽强地奔向自己预定的目标。我终于成了胜利者。证人就是我的著作。人生最美好的,就是在你停止生存时,还能以你所创作的一切为人民服务。"

1936 年初,奥斯特洛夫斯基强撑着日益病残的身躯,开始创作第二部长篇小说《暴风雨所诞生的》。12 月,该书第一部定稿不久,奥斯特洛夫斯基耗尽了最后的心血,不幸去世,年仅 32 岁。

【简评】

　　人们熟悉《钢铁是怎样炼成的》描写的英雄保尔·柯察金,对该书的作者却了解不多。奥斯特洛夫斯基是乌克兰人民的优秀儿子,是苏联共产党的优秀党员,他的人生虽然短暂,却壮丽辉煌。早年,他以大无畏的献身精神投入革命和建设的洪流,为国身负重伤,因公致病致残。厄运降临,他没有消沉颓废,而是以钢铁般的意志继续书写壮丽人生。他虽然双目失明,瘫痪在床,却仍然坚持夜以继日地构思故事,进行文学创作。在妻子奥斯特洛夫斯卡娅的全力帮助下,他克服了常人难以想象的种种困难,写成了长篇小说《钢铁是怎样炼成的》。小说塑造的保尔·柯察金这一英雄形象,正是奥斯特洛夫斯基本人的化身。如今,历史虽然发生了变迁,苏联已经解体,乌克兰在苏联解体后成为一个独立的国家,但奥斯特洛夫斯基这位钢铁般的英雄是永垂不朽的,他为人类留下的《钢铁是怎样炼成的》这部英雄史诗是永存的。

朱彦夫挑战人生极限

朱彦夫著《极限人生》后记、中国文明网资料记叙,朱彦夫1933年生于山东省临沂县张家泉村一个农民家庭,14岁参加中国人民解放军,16岁加入中国共产党,历经淮海、渡江等重大战役。在一次激烈的与敌战斗中,全连战士除了他全部牺牲。他虽然幸存,但头部、胸部、腹部都受了重伤,昏倒在零下30多度的冰天雪地里又遭受冻伤。他被兄弟部队抢救回来后,先后动过47次手术,昏迷93次,终于从死亡线上活了过来,但他失去四肢,失去左眼,右眼视力只有0.3,身上还残留7块弹片,成为特级残废军人。

从部队复员退伍后,朱彦夫被安排在荣军疗养院,享受特级护理。他练习能够自己吃饭,装上假肢后能自己站立行走。朱彦夫不愿就这样由国家养活到老,1956年春天,他主动要求获得批准返回自己的家乡。

张家泉村是当地出名的穷山村,村里人大多不识字。朱彦夫回乡后着手的第一件事,就是用自己的抚恤金在村里办起扫盲夜校,并亲自教不识字的乡邻认字。一次,他上完课从夜校回家,路上被雪滑倒了,他坚持着爬了回去。第二年,朱彦夫被村里8名党员推选为党支部书记。他不负乡亲们的重托,拖着17斤重的假肢,和大伙一起顶烈日抗严寒,开山填沟,造出150多亩农田;凿井引水,开通了 1500 米灌溉渠;种植各种果树,变荒山为果园。他们经过 25 年的艰苦奋斗,改变了张家泉村的落后面貌。乡亲们提起朱彦夫的名字,总是赞不绝口。

1982 年,朱彦夫因病不能继续担任党支部书记。卸去公务后,他没有考虑休息养老,又转入一场新的战斗。多年以来,朱彦夫心中一直有个夙愿,就是想把自己亲身经历的一些难忘事件写出来,告诉后人,于是他开始构思写作长篇小说。他入伍前没有上过学,过去几十年从部队到地方,只是空闲时跟着别人识几个字,读书也不多,加之失去双手,只有微弱的视力,从事文学创作的困难可想而知。然而,朱彦夫身残志坚,勇往直前的军人气质不减当年,明知蜀道难,偏向蜀道行。朱彦夫称之"亲如手足"的妻子陈希荣,是他生活和创作的得力助手。

最初,朱彦夫试着用嘴衔笔写字,每写一字,口水就顺着笔杆流下来浸湿稿纸。这样,每天他只能写几十个字。后来,他改用右臂绑着笔写,每天能写几百个字。文化知识贫乏,是朱彦夫从事创作的另一难点。为了弄清楚某个字词的含义,他常常要耗费几十分钟乃至几个小时查阅词典。为了构思、描绘或修改某个故事情节,他往往会不吃不喝沉迷一整天,甚至夜不能寐。

经过七年的艰苦磨砺,超乎常人想象,七易其稿,朱彦夫终于于 1996 年完成了 30 多万字的自传体长篇小说《极限人生》。接着,他又带病口述,完成第二部长篇小说《男儿无悔》。他没有辜负时任中央政治局委员、中央军委副主席迟浩田将军看望他时对他的希望,以刚强的意志"磨炼出人生的光芒"。

朱彦夫在谈及他文学创作的指导思想时坦诚写道:"我把《极限人生》这篇拙作幻化成烈士的遗愿,幻化成一曲悲歌、一副挽联,奉献于烈士,将是我毕生最大的宽慰。读者能从中感悟到先烈的不屈,残废军人的自强,共产党人的凛然正气,从而汲取做人的力量,那么我也不会因空耗时光而羞愧了!"

朱彦夫创造的奇迹见报后感动了千千万万的人。有位见到过朱彦夫的大学生感慨地说:"第一眼,是震惊;第二眼,他就是泰山!你不能不肃然起敬。"2014年,中共中央宣传部授予朱彦夫"时代楷模"的光荣称号,全国各地掀起向朱彦夫学习的热潮。如今,朱彦夫已进入耄耋之年,虽然身体很差,但壮心不已。他总结说:"回看走过的一生,我不相信命,更不相信运。我相信自己的判断,相信党! 只要信念不倒,精神不垮,什么都能扛过去!"

【简评】

朱彦夫被人们誉为中国当代的保尔·柯察金,当之无愧。他身为共产党员,在保家卫国的战场上,虽然失去四肢和左眼,但他"信念不倒",坚持为人民谋利益的人生追求不变,带领乡亲们改变了家乡贫穷的面貌;他"精神不垮",克服常人难以想象的种种困难,写成长篇自传体小说《极限人生》和《男儿无悔》。朱彦夫以特等伤残之躯挑战人生极限,创造了人间奇迹。他让生命的激情充分燃烧,把自己多难的人生推向辉煌的顶点。朱彦夫不愧是真正的英雄,他的英雄壮举惊世骇俗,举世无双,是身残志坚奋斗不息的光辉典范。朱彦夫是一面永不褪色的旗帜，以其挑战生命极限的拼搏精神，永远激励人们去书写自己的美好人生。

遭逢逆境　顽强抗争

　　世界万物都在不停地运动，人的生活境况也处在不断变化之中。人生的历程不可能事事如意，一帆风顺，坎坷总是有的，有时甚至会出乎意料陷入逆境，诸如痛失亲人、初恋失败、考试落榜、投资破产、家庭离散、疾病缠身、蒙冤受难、飞来横祸，等等。上述这些多属于个人的境遇，无论处在哪种情况都需要当事人妥善处置。有一种情况非同一般，当事者不是由于个人原因，而是为了国家和民众的利益陷入逆境。他们虽然处境险恶，却坚持信念，坚持顽强抗争，用热血和生命抒写了人生的壮丽篇章。他们的英勇事迹气壮山河，可歌可泣，在人类英雄史册上永远熠熠生辉。

苏武守节不降

《汉书》卷五十四《苏武传》记载,苏武原是西汉朝廷主管射猎的官员,西汉天汉元年(前100年),汉武帝任命他为中郎将,持汉朝符节,率领外交使团护送历年被扣留的匈奴使臣回国。事情办完后,苏武准备率团回国,不料副使张胜背着他在匈奴谋乱事发,苏武一行受到牵连被扣留。匈奴且鞮侯单于想将他们全部处死,被其大臣劝止。

匈奴单于决定诱迫苏武等人投降,派投降匈奴受封丁灵王的原汉朝使臣卫律前来劝降。苏武断然拒绝,对身边的随行官员常惠等人说:"我们并没有错,个别人背着我们参与谋乱,应由他个人负责,匈奴人扣留我们是毫无道理的。我们是代表朝廷来出使的,如果向匈奴人屈膝投降是能活命,那样还有什么脸面再回到汉朝?"说罢,苏武拔出佩刀刺腹自杀。卫律大惊失色,急忙招来医生抢救,使苏武脱离生命危险。单于听说苏武宁死不屈,赞叹不已,十分钦佩苏武的气节。

苏武伤口痊愈后,卫律又来劝降。他当着苏武等人的面,斩下在匈奴留居与张胜谋乱的汉朝人虞常的头颅,转身要刺杀张胜。张胜吓得魂不附体,连声请求投降。卫律举剑对准苏武,逼他投降。苏武大义凛然,岿然不动。卫律见以死威胁苏武无效,转而改以封官发财加以诱降。苏武嗤之以鼻，厉声痛斥道："你身为汉朝使臣，却忘恩负义投降异族，我不想见到你！"

匈奴单于听说苏武拒不投降，下令将他囚禁在地窖中，停止供给他饮食。苏武吞咽毡毛和积雪充饥，一连抗争许多天没有死去，更没有向匈奴人屈服。匈奴单于无计可施，下令将苏武流放到北海，要他在荒无人烟的地方放牧一群羊，扬言等公羊产奶才放他回国。常惠等人则被囚禁在别的地方。

苏武到了北海边，没有粮食吃，就挖掘野鼠洞，从中拣些野果充饥。他手持汉朝节仗牧羊，起卧出行，汉节始终不离身边。在这样极端恶劣的环境中，苏武胸怀祖国，以顽强的毅力熬过一年又一年艰难的岁月。

兵败投降已在匈奴做官的原汉将李陵是苏武的老朋友，单于便令李陵去北海劝说苏武投降。李陵带上美酒佳肴同苏武一边饮酒，一边叙旧，颇为伤感地对苏武（字子卿）说："子卿，你这辈子看来是不可能再回到汉朝故土了，何必还要守着忠义在这荒无人烟的地方白白受苦呢？你身在北国多年，可能还不知道家中的变故吧！前些年，令堂已经去世，我亲自扶着她老人家的灵柩送回你老家安葬。你因多年杳无音信，听说嫂夫人已经改嫁他人。子卿的两个弟弟长君和武卿，因为得罪了武帝，听说已先后自杀了。两个妹妹是死是活也都不得而知。子卿啊，人生如同早晨的露水，转瞬即逝，你何苦这样没完没了地折磨自已呢？如今，武帝年事已高，法令变化无常，许多有功大臣被杀头灭族，朝中大臣人人自危。一切都时过境迁，你还为谁去效忠啊？"苏武回答说："我只想舍身报国,就是刀斧砍剁、油锅烹煎,也心甘情愿!希望你不要再说了,否则,我今天就为汉朝效死在你面前!"李陵见苏武对国家如此忠贞不移,自惭形秽,只好挥泪与苏武告别。

后来,西汉与匈奴恢复人员往来,要求匈奴释放苏武等人。匈奴人谎称苏武已死,企图将他终身监禁在北方。常惠听说这一情况后,设法见到汉朝使臣,给他出了个主意,要他对匈奴单于讲,汉朝天子在上林苑射到一只大雁,雁腿上系着苏武在北海写在帛上的书信。匈奴单于信以为真,只好将苏武等人释放回国。

始元六年(前81年),苏武一行启程回国。当初,苏武领着100多人出使匈奴,如今只有他和常惠等9人相伴而归。当年,苏武出使时正年富力强,19年后返回汉朝,须发全白了。

【简评】

苏武牧羊的故事流传2000多年,广为人知。这是一曲爱国主义的颂歌,历代志士仁人都受到其激励鼓舞。苏武出使匈奴被扣长达19年之久,不怕威胁,拒绝引诱,受尽折磨,宁死不屈,始终心系祖国,守节不移,其坚贞的民族气节令人肃然起敬。苏武长期身处逆境,把自己的生死荣辱,把与家人的生离死别统统抛诸脑后,其忠于职守的操守堪为永世楷模。

伏契克绞刑架下的报告

伏契克著、蒋承俊译《绞刑架下的报告》记叙，伏契克 1903 年生于捷克一个工人家庭。1939 年春天，德国希特勒侵略军占领捷克，大批共产党员和爱国志士被逮捕。伏契克时任捷克共产党中央委员，在首都布拉格领导人民坚持反抗德国侵略者的地下斗争。他写了《致戈培尔部长的一封公开信》，对这位德国法西斯的宣传部长散布的谎言严加痛斥，用事实揭露法西斯侵略军的暴行，印成传单广为散发。

1942 年 4 月的一天，由于叛徒出卖，伏契克被法西斯秘密警察机构盖世太保逮捕。法西斯匪徒用尽种种酷刑，打得伏契克皮开肉绽，奄奄一息，但他始终坚贞不屈。他躺在囚室里许多天不能动弹，不能进食，仍若无其事地对同室难友说："我这辈子活得很有意义，到临死的时候，怎么能玷污自己的清白呢？"

盖世太保把伏契克押至庞克拉茨监狱，关进只有 7 步之长的 267 号牢房，让他和先前关进来的一老一少挤在一起。伏契克勉励年轻的难友要挺住，坚持同敌人斗争，而他则受到那位 60 岁的难友佩舍克的真诚关照。这位老同志见他伤得很重，彻夜不眠地守护着他，不停地擦洗从他伤口流出的脓血。每当伏契克被押去受审时，老人总是以爱抚的眼神送他出门，伏契克被押送回来后，老人又马上用撕破的衬衣包扎他流血的伤口。在这位难友的精心护理下,伏契克的伤口一天天愈合。

伏契克知道,凡是落入盖世太保魔爪的人,不会再有生还的希望。他只要能活一天,就要同这群魔鬼战斗一天。于是他策划狱中难友开展彼此关爱活动,利用放风的半小时偷递一支香烟,或做一个动作,让难友们互传信息。集体受审时,彼此捏一捏手,或使个眼色,以传递关爱。这样,他把难友们团结成一个整体。伏契克时常同佩舍克一起唱歌,以激励斗志,有时用歌声为赴难的同志送行。

伏契克想到,他随时都会被敌人杀害,他要争取有限的时间,拿起笔同敌人做最后的斗争,揭露盖世太保的罪行,鞭笞无耻的叛徒,歌颂坚贞不屈的同志。他的写作计划得到捷克籍看守科林斯基的大力支持。科林斯基冒着生命危险,每次趁当班之机给伏契克带去纸和笔,并为他写作放哨,下班再把文稿带出去,秘密收藏在好几个地方。这些文稿后来经伏契克的妻子伏契科娃收集整理,出版为《绞刑架下的报告》一书,发行于世。

伏契克本来有着美好的人生和爱情,为了反抗法西斯侵略者,争取民族解放,他义无反顾地舍弃了人生最宝贵的一切。在狱中,他给妻子的信中写道:"我俩要再像孩子似的在一个阳光普照、和风吹拂的临河的斜坡上携手漫步,是没有什么希望了。但我决不屈服,决不让步,坚决不让自己生命的另一部分在这间 267 号白色牢笼里不留丝毫痕迹完全毁掉。我从不后悔,我没有什么可后悔的。"

伏契克在 267 号牢房被监禁 411 天,又被关入柏林勃洛琛斯监狱。1943 年 9 月 8 日,伏契克高唱《国际歌》走向刑场,英勇就义。

【简评】

伏契克是捷克人民的优秀儿子,反法西斯侵略的杰出战士。他在狱中写下的《绞刑架下的报告》,是用鲜血和生命凝结的壮丽华章,字里行间洋溢着共产党人无私无畏的浩然正气,读来感人至深。希特勒法西斯作为祸害人类的恶魔早已被扫入历史坟墓。伏契克这一不朽著作则被译成 80 多种文字,成为人类的精神财富,永泽后世。

江姐临难从容

罗广斌、刘德彬、杨益言著《烈火中永生》、厉华著《红岩档案解密》记叙，江姐原名江竹筠，1920年生于四川省一个贫苦家庭，学生时代加入中国共产党，投身党的地下斗争。人们习惯称她为江姐。1943年5月，江姐遵照党组织指示，离开国民党政治部第三厅下属的合作社，去执行一项特殊的任务，与中共重庆市委第一委员彭咏梧假扮夫妻，以掩护他开展工作。江、彭二人朝夕相处，渐渐产生感情。1945年，党组织批准他俩正式结婚。1946年，江姐生下一个男孩。彭咏梧感慨孩子生于风云变幻的年代，给他取名彭云。为了把更多的精力用于党的事业，江姐毅然做了绝育手术。

1947年11月，党组织决定让彭咏梧去下川东开展反抗国民党反动统治的武装斗争。江姐把孩子临时寄养在好友王珍如身边，随同丈夫前往下川东协助他工作。经过几个月的策划，彭咏梧组建了川东游击队，并任政委，决定近期举行武装暴动。他派江姐回重庆向党组织报告情况并筹措经费和医药。

1948年1月23日，江姐等人返回云阳董家坝彭咏梧外婆家，等待和老彭派来接头的人见面。她万万没有想到，等来的却是彭咏梧牺牲的噩耗。这一晴天霹雳把她惊呆了。当她听说彭咏梧的头颅被敌人砍下来挂在城门口的墙上，犹如万箭穿心，她再也控制不住悲伤的感情,放声痛哭起来。

接着,国民党反动派进行大搜捕,下川东笼罩着白色恐怖的乌云。在严峻的形势下,党组织部署下一步的斗争。考虑彭咏梧牺牲给江姐的精神打击非比一般,党组织决定把她留在重庆工作,也好照顾自己的孩子。江姐决定迎难而上,坚决要求重返下川东,宁愿赴汤蹈火,也要去老彭牺牲的地方工作。党组织只好批准她的请求。

2月,江姐把孩子临时托付蒋一苇、陈曦夫妇照料,乘船去了万县。由于叛徒出卖,6月14日,江姐等人在万县被国民党特务逮捕。第二天,江姐被关进重庆渣滓洞看守所。

国民党特务妄图从江姐嘴里获得中共万县地下党组织的情报,以极其残忍的手段对她进行严刑拷打,想要她屈服。先是把她倒吊起来,用皮鞭抽打,接着对她施以坐老虎凳等酷刑。敌人吼叫着追问:"你供不供?"江姐坚定地回答:"要命,就这一条;要组织,没有!"敌人恼羞成怒,将她的双手绑在柱子上,把竹签子钉进她的手指。江姐疼得昏了过去,敌人往她头上浇泼冷水,泼醒过来又钉。江姐被一群恶魔折磨得死去活来,但始终坚贞不屈。

那天夜晚,渣滓洞牢房的难友们通宵未眠。他们以沉重的心情关注着江姐受刑。当他们看到昏死过去的江姐被抬回牢房后,用烧焦的棉花和水作墨,给江姐写去慰问信,称赞她是真正的英雄。江姐苏醒后请同牢房的女难友代笔回了一封信。信中写道:"同志们太好了!我算不了什么。毒刑拷打,那是太小的考验,竹签子是竹子做的,共产党员的意志是钢铁!"

在彭咏梧牺牲一周年那天,江姐收到难友们的一封信,称赞她和彭咏梧永远是他们学习的榜样。同志们的亲切关照,使江姐心中感到无比温暖,感受到战斗集体在逆境中抗争的力量。江姐怀念已为革命英勇献身的爱人,惦念出生后就饱经磨难没有受到父母关照的儿子。她心中清楚,凶狠的敌人不会放过她,托请被营救出狱的难友曾紫霞给亲友谭竹安捎去一封信。信中说:"假如不幸的话,云儿就送你了。盼教以踏着父母之足迹,以建设新中国为志,为共产主义事业奋斗到底。孩子决不要娇养,粗茶淡饭足矣。"

1949 年 11 月 14 日,中华人民共和国已经成立一个多月,进军大西南的人民解放军兵临重庆城下。困守重庆的国民党反动派丧心病狂,在败逃前对被他们关押的共产党人进行血腥大屠杀,渣滓洞笼罩在血雨腥风之中。

这天,江姐正伏在床上抄写一份学习材料,听到刽子手在门外大声喊叫她的名字。她当即明白:敌人要对她下毒手了,她的生命进入最后时刻。

江姐不慌不忙站起身,把材料交给同室的难友,转过身对着墙上那面镜子,像平常一样拿起梳子梳理自己的头发。接着,她脱去囚服,从枕头下面取出那件被捕时穿的洗得干干净净的蓝士林布旗袍,穿在身上,外面又罩上一件玫瑰色短毛线衣。她理了理旗袍上的折皱,弯腰擦去皮鞋上的灰尘,然后又在镜前看了看,试着走几步,就像要去参加一次外出活动那样平静。

同室的难友哭成一团,一位年轻的女难友哭倒在她的怀里。男牢房伸出一双双饱含深情的手,为她送行。江姐仪态从容,挥手与难友们告别,缓缓地对他们说:"同志们,要坚持到最后胜利! 一个革命者,面临最后考验的时候,要做到面不改色、心不跳!"说罢,江姐昂首阔步迈向刑场,从容就义,年仅29岁。

【简评】

古往今来,刚烈不屈的女性不可胜数,为国赴难的女英杰也屡见记载,江姐就是其中的杰出代表。在人民解放军已经发展壮大、推翻国民党反动统治的斗争早已由游击战转为阵地战,并已进入战略反攻行将取得全国胜利之际,彭咏梧为此付出生命的代价,头颅被敌人悬挂在城墙上。江姐得知亲人被杀后,把悲痛压在心底,主动请求去丈夫牺牲的地方继续战斗,甘愿为革命赴汤蹈火,其英雄气概和献身精神感人肺腑。江姐被捕后,受尽敌人毒刑拷打,始终坚贞不屈,其钢铁般的意志令人敬佩。临难之际,江姐从容镇定,面不改色心不跳,展现了共产党人为民众利益视死如归的高尚情怀。如今,江姐的英勇事迹家喻户晓,她的名字已成为共产党人刚强不屈的象征,她的光辉形象将永远活在亿万人民的心中。

岁月无悔　老有所为

人生是一个有时限的过程，从小到老是不可逆转的自然趋势。重要的是，如何正确看待自己日趋变老。人们在青壮年时期，曾经为社会做过一些有益的事情，回首往事，岁月无悔。步入老年之后，体力和精力会一年不如一年。如何走完人生最后的路程？是安居养老无所事事，还是燃烧余热老有所为？人们可以进行不同的选择。"老骥伏枥，志在千里；烈士暮年，雄心不已。"这是 1800 多年前的曹操功成名就之后写下的豪言壮语，它表达的是一种老当益壮继续进取的情怀，历来为有志不在于年高的老人所称颂、所奉行。这些老人恪守自己的信念，依然豪情满怀，竭力发挥余热，让生命之火像青春时代一样熊熊燃烧，像夕阳一样鲜红美丽。当我们仰望这些白发苍苍，仍然矢志一心报国的老人，不能不向他们深深鞠躬，由衷生起敬意。

冯嫽晚年再赴绝域

　　《汉书》卷九十六下《西域传下》乌孙国记载,冯嫽,女,西汉中期人,年少便知书达理,聪敏出众。由此,她被选入楚王府,充当楚王刘戊的孙女刘解忧的侍女。冯嫽的年龄与刘解忧相接近。

　　西汉太初年间(前104年—前101年),西汉远嫁乌孙的江都公主病逝,汉武帝为了保持同乌孙的联盟,共同抗击匈奴,封刘解忧为公主,将她嫁给乌孙国王军须靡。冯嫽随同解忧公主远赴乌孙,嫁给乌孙右大将为妻。

　　到达乌孙定居后,冯嫽受解忧公主派遣,携带汉朝符节,出使乌孙周边邻国。她言谈举止沉稳有度,每到一处总是向那里的人们介绍汉朝文化,在乌孙周边国家中赢得良好的声誉,被尊称为"冯夫人"。

　　后来,乌孙发生内乱。乌孙王去世后,其匈奴籍妻子生的儿子乌就屠自立为王,与解忧公主闹翻,扬言匈奴将要向乌孙出兵。汉朝廷不能容忍乌孙从此倒向匈奴一边,派遣破羌将军辛武贤率军抵达敦煌,准备讨伐乌就屠。

　　在战火即将燃烧之际,汉朝驻西域都护郑吉指派冯嫽出面斡旋。冯嫽随即奔赴乌就屠设在北山的大本营,凭借其丈夫乌孙右大将同乌就屠的亲密关系,说服乌就屠归附汉朝。

冯嫽随同解忧公主在乌孙生活长达 50 年,历尽艰难困苦,开展了一系列外交活动,为巩固西汉同乌孙的联盟,扩大汉朝在西域各国的影响,做出了可贵的贡献。其间,乌孙国王接连去世数次变更,解忧公主按照当地风俗亦数次改嫁新王。冯嫽亦由风华正茂的少女变成白发苍苍的老太婆。甘露三年(前 51 年),解忧公主以 70 高龄获准回国。冯嫽随同解忧公主回到京都长安。

两年后,解忧公主病逝。解忧公主之子乌孙大王元贵靡,在她们离开乌孙之前已经去世。冯嫽回国后一直担心继位的元贵靡幼子星靡难以控制局势,在陪侍解忧公主度过其最后时光、办完她的后事之后,她不顾年老体弱,主动上书朝廷,请求出使乌孙,去辅佐星靡执政,并安抚乌孙各部众。汉宣帝十分高兴,当即任命冯嫽为出使乌孙的大使,派遣上百名卫士和随从人员,护送她再次远赴乌孙。冯嫽最终是返回祖国,还是长眠于乌孙大地,未见史书记载,不得而知。

【简评】

在解忧公主远嫁之前,汉武帝曾将江都公主嫁给乌孙王。江都公主不能适应乌孙人的生活习惯,在孤寂无奈中写了一首怀乡诗:"吾家嫁我兮天一方,远托异国兮乌孙王。穹庐为室兮旃为墙,以肉为食兮酪为浆。居常土思兮心内伤,愿为黄鹄兮归故乡!"她给汉武帝写信,请求让她返回祖国。汉武帝回信勉励她不可忘记联合乌孙共同抗击匈奴的大事,要她入乡随俗,继续留在乌孙。不久,江都公主便在乌孙病逝。当时,汉朝人把西域以西的地方称为绝域,路途遥远,凶险莫测。汉武帝曾派使臣车令去大宛购买汗血马,竟被当地人杀害,一般人不敢贸然前往绝域,何况女性! 冯嫽身为一名侍女,忠于主人,更忠于国家。为了国家的外交事业,她抛却对父母亲人的牵挂,克服在异域生活的诸多困难,留居乌孙50多年,开展了卓有成效的外交活动,非常难能可贵。更令人赞叹的是,她已完成外交使命返回祖国,在晚暮之年不顾体衰多病,主动请求再赴远域,其为国献身的精神令人肃然起敬。

马援暮年"马革裹尸"

《后汉书》卷二十四《马援传》记载,马援是西汉晚期扶风茂陵人,早年游历陇西一带,以放牧为生。他性格豪放,乐善好施,将自己所养的数千头牛、马、羊和收获的数千斛谷物,分给亲朋好友和生活困难的穷人,慨然宣称:"一个人发了财,贵在能帮助别人,否则,不过是个守财奴而已。"

刘秀借助绿林起义军的力量推翻王莽篡汉所建的新朝后,建立东汉(都洛阳)称帝。马援投附汉光武帝刘秀,并为平定占据天水郡不肯臣服的隗嚣势力立下汗马功劳。

东汉建武十一年(35年),马援受任陇西太守,率领部众平定羌族叛乱。战斗中,他的小腿被箭射穿。汉光武帝亲自写信慰问他,并赏赐给他数千头牛羊。马援随即将这些牛羊分给其部众。六年后,光武帝以马援政绩突出,将他提任为朝廷警卫军将领。这一年,马援55岁。他曾对朋友说:"男儿立志做人,穷困时应当更坚强,老暮后应当更雄壮。"

建武十八年(42年),交阯郡发生叛乱。马援受任伏波将军,领军跋山渡海,克服炎热天气和水土不服等诸多困难,平息叛乱。他所到之处兴利除弊,深受当地民众的拥护。

从交阯返回洛阳后,马援豪情满怀,对接风的老朋友说:"听说

117

匈奴骑兵时常南下侵扰,我真想立即奔赴北边战场。男儿应当战死在疆场,以马革裹尸送回安葬,怎么能无所事事虚度光阴,等着卧病在床靠儿女服侍呢?"

建武二十四年(48 年),武陵五溪发生叛乱。武威将军刘尚奉命领军征讨,被叛军围攻全军覆灭,朝廷内外为之震惊。马援时年62 岁,请求出征。光武帝以他年高,开始没有答应。经马援再三请求,光武帝要他骑马试试看。马援蹬鞍上马,策马扬鞭,左顾右盼,意气昂扬。光武帝笑着说:"老将军英雄风貌不减当年!"他随即下令马援率部出征。马援对送行的友人说:"我一年比一年老了,剩下的光阴不多了,常常忧虑不能死于国事。今天,总算如愿以偿。此次出征,纵使战死也心甘情愿死而瞑目了!"

第二年春天,马援率部抵达临乡,击毙叛军 2000 多名。三月,天气骤热,军中流行起瘟疫,马援也染病在身。他下令部队驻扎在沿江两岸,以流水的凉气驱暑。不久,叛军占领险要地势,马援所部失利。马援拖着病体仍亲自部署防御,部众为其雄壮的气概感动得流泪。不久,马援病情急剧恶化,为平息叛乱坚持奋斗到生命最后一息,实现了他"老当益壮""马革裹尸"的人生宏愿。

【简评】

马援是立志献身国家的忠烈之士,进入暮年仍坚定信念,"壮心不已"。有人认为他"不自贵""天下已定,功名已著,全体肤以报亲,安禄位以戴君,奚必马革裹尸而后为愉快哉?"这差不多是庸人

118

之见。远离沙场的文人墨客怎么能理解壮士以身殉国的情怀！诚然,这个世界离了谁,地球都照转,如果马援不去五溪平叛,光武帝当然会派别的将领前往。奔赴平叛前线,既吃苦又冒险,这该是尽人皆知的常识。马援既然功成名就,就其个人得失来说,无须再去冒险远征。国事当头,他舍弃个人安乐,主动请缨,甘愿为国效死战场,是忠臣烈士的壮举,无可非议。马援一向以"老当益壮"自励,虽年过六旬,自感尚能为国驰骋战场,他忧虑平叛遇到挫折,不顾年高,主动担当,恐怕不能视为"不自贵"。那些自谓年高知难退缩懂得"自贵"的人,恰恰是马援不屑为伍的。马援一生忠正无私,光明磊落,是忠贞爱国的志士仁人。他为国捐躯后受到某些奸邪之徒诬陷,不足为奇。遗憾的是,光武帝竟听信诬告对马援追罪,显然是其一大过错。

杨绛百岁笔耕不辍

罗银胜著《杨绛传》记叙,杨绛,女,1911 年出生于北京,1933年考入清华大学研究院攻读外国文学,同年发表处女作《收脚印》,受到朱自清教授称赞。1935 年夏天,杨绛与上海光华大学讲师钱锺书结婚。婚后不久,钱、杨二人赴英国留学。1936 年,他们生下女儿钱媛。1937 年侵华日军发动"七七事变"后,杨绛一家三口由巴黎大学回国。钱锺书应约去清华大学当教授,杨绛带女儿去上海看望父亲,受任振华女校上海分校校长。

前期成就

杨绛业余时间开始文学创作。

1943 年,杨绛发表剧本《称心如意》《弄假成真》,由此出名。

1944 年—1946 年,杨绛承担全部家务,让钱锺书集中精力创作长篇小说《围城》。此间,她写了《窗帘》《风》等散文。

1950 年,杨绛依据法文版翻译出版了西班牙流浪汉小说《小癞子》。不久,她由清华大学外文系教授调任文学研究所研究员。

1956 年,杨绛翻译出版法国长篇小说《吉尔·布拉斯》,受到业内专家的称赞。

1958 年,杨绛开始自学西班牙语。1961 年,她动手翻译西班牙文学名著《堂吉诃德》。1978 年，该书出版。1986 年，西班牙国王卡洛斯一世颁给杨绛"智慧国王阿方索十世十字勋章"，以表彰她对传播西班牙文学所做的贡献。

1980 年，杨绛写了回忆其"文革"期间在"五七干校"接受思想改造的《干校六记》。

1987 年，杨绛出版散文集《将饮茶》《杂忆与杂写》。

80 年代，杨绛还写了一些小说，其代表作是反映 50 年代知识分子思想改造的长篇小说《洗澡》。

杨绛的作品文如其人，清雅、醇和、隽永，在平淡无奇的白描中，写出社会历史的变迁和人物的命运，令人回味无穷。她在《〈傅译传记五种〉代序》一文中，追忆其老友傅雷特有的性格和形象，读了令人为之击节。她对《围城》的主要内涵概括为："围在城里的想逃出来，城外的人想冲进去。对婚姻也罢，职业也罢，人生的愿望大都如此。"

笔耕不辍

1997 年、1998 年，杨绛的独生女钱瑗和老伴钱锺书相继因病去世。接连遭受沉重的打击，使进入耄耋之年的杨绛沉浸在无比悲痛之中。但她没有倒下。她要继续活下去，完成钱锺书没有做完的事情。

钱锺书卧病期间，杨绛整理出版了钱锺书的《槐聚诗存》《钱锺书散文》。钱锺书去世后，杨绛不顾年高体衰，广泛搜罗资料，坚持伏案数年，整理出版了全套 13 册《钱锺书集》和 40 卷《钱锺书书稿》，为我国文化事业积累了一份宝贵遗产。

2003年，杨绛以92岁高龄出版回忆录《我们仨》，回顾她一家三口共同走过60多年的难忘岁月。

当年，中华文学人物评选揭晓，巴金获得"文学先生"称号，杨绛获"文学女士"称号。

2004年，《杨绛文集》8卷本出版。这是她60多年心血的结晶，它从一个侧面反映了当代知识分子的心路历程。

2007年，96岁的杨绛出版《走在人生边上——自问自答》一书，陈述老人眼下的境况，披露对人生的理性思考。

2009年，杨绛动笔写作中篇小说《洗澡之后》，字斟句酌，多次修改，历时五年才最后定稿。

杨绛百岁之后，思路一直清晰，每天坚持看书写作，笔耕不辍，如同每天要吃饭睡觉一样。

人生感悟

杨绛淡泊名利，不慕荣华，始终保持着从容平静的心态。按照同钱锺书生前的商定，2001年9月，杨绛将她同钱锺书的全部稿酬72万元，捐给清华大学设立"好读书"奖励基金，以奖励那些贫困而好学的优秀学生。2011年杨绛百岁那年，该基金已由起初72万元增至929万元，为268名品学兼优的清华学子颁发了奖学金。

杨绛乐于奉献社会，自己的生活却非常简朴。她超脱了世俗的眼光，家里的住房仍是水泥地、白灰墙，比起当今精装修的住宅，可谓简陋至极。她居住的几个房间都收拾得干净、整洁、雅致，洋溢着沁人心脾的书香气。作为女性,她从不搞珠光宝气之类的装饰,衣着朴素无华。

2011年春节,全国政协主要领导人登门看望杨绛老人,对她说:"你是国家的宝贵财富! 你崇高的精神境界,淡泊谦逊的人生态度,孜孜不倦的学术追求,我们感到由衷的敬佩。"这也可以说是国家和人民对杨绛一生做出的评价。

当年7月,杨绛接受了《文汇报》记者周毅的采访。她谈了自己的人生感悟,从容地对记者说:"我今年100岁,已经走到人生的边缘。我无法确知自己还能往前走多远,寿命是不由自主的,但我很清楚,我快要'回家'了。我得洗净这100年沾染的污秽回家。我没有'登泰山而小天下'之感,只在自己的小天地里平静地生活","细想至此,心静如水。我该平和地迎接每一天,过好每一天,准备回家。"谈到她和钱老60多年相濡以沫,杨绛说:"我是一位老人,净说些老话。对于时代,我是落伍者,没有什么良言贡献给现代婚姻。只是在物质至上的潮流下,想提醒年轻的朋友,男女结合最最重要的是感情","门当户对及其他,并不重要。"

2016年5月25日,杨绛老人走完其105岁的人生里程,安然病逝。

【简评】

杨绛的一生勤于治学,淡泊名利。她不赶时髦,不事张扬,其作品也没有荣登某些奖项,却是中国当代文学的一座丰碑。最难能可贵的是,耄耋之年、期颐之年,她一直泛舟学海,笔耕不辍,让珍贵的文化瑰宝流传后世，并反思流逝的岁月，让自己洗净百年之身沾染的灰尘，这在古今中外的文坛上，恐怕是绝无前例的。

吴孟超宝刀不老

王宏甲、刘标玖著《吴孟超传》记叙,吴孟超 1922 年出生于福建省闽清县一个农民家庭,5 岁随母亲投奔在马来西亚打工的父亲,8 岁开始跟随父亲去橡胶园割胶。长达 10 年的割胶劳动培养了他吃苦耐劳的品格和一双灵巧的手。初中毕业后,吴孟超忧患祖国被日本侵略军蹂躏,放弃父亲为他安排去英国深造的机会,于 1940 年辗转越南回到昆明。他想往延安而没有去成,之后考入同济大学医学院。1949 年,吴孟超大学毕业,应聘华东军区人民医学院(后改名为第二军医大学)当医生。不久,他加入中国共产党,被授予大尉军衔。在裘法祖老师的指导下,他选定肝脏外科为自己的专业。

攻克肝脏外科一个个难关

吴孟超首先从理论上进行学习探讨。1958 年,他与人合作翻译出版美国学者所著《肝脏外科入门》一书。1959 年,吴孟超领导的攻关小组运用瑞士学者提出的原理,经数次实验,成功造出肝脏门静脉、肝静脉、肝动脉、胆管等 4 根血管的标本,摸清了肝脏血流的线路图,为肝脏手术探明了路子。

1960 年 3 月,吴孟超第一次主刀,为一位中年女肝癌患者做切除手术成功。此后,吴孟超等人又做了20例肝叶切除手术,其中3例因术后肝昏迷死亡。他们反复研究,找到了问题的症结:术后肝昏迷是由低温麻醉造成的。于是他们着力攻克这一难关。1963年初春的一天,吴孟超做完手术去洗手,从水龙头一开一关中产生灵感。他想,如果在肝动脉和门静脉出入肝脏的地方装个"开关",把血拦截在肝脏外面,这时进行切除手术,手术完再打开恢复供血,就用不着拿冰降低病人体温。他们用狗做实验获得成功。吴孟超给这项发明命名为"常温下间歇肝门阻断切肝法",采用这种方法使手术成功率提高到95%,从此告别了"低温麻醉法"。

同年2月,吴孟超参加对一位中肝叶癌变病人的会诊。专家们都知道,肝脏的血管好比一棵血管树,中肝叶是主干,主要血管都通过中肝叶向其他肝叶呈放射状展开,是肝脏血管最丰富的地方。手术无法绕开这些血管,手术刀一旦切进去止不住血,患者就会死亡。当时,世界上尚未见到一例中肝叶手术成功的报道,会诊专家几乎一致认为不能手术。吴孟超认为,作为一名医生要敢于承担风险,尽到治病救人的责任。在先做狗的实验取得成功后,吴孟超在张晓华、胡宏楷、陈汉3名助手配合下,经过6小时紧张而又细致的操作,世界首例中肝叶切除手术取得成功。这一突破,在人类肝脏外科史上写下光辉的一页。这位病人名叫陆小芬,是农村妇女,康复出院后照常参加农业劳动。此后,吴孟超又连续做了三例中肝叶切除手术,均获得成功。肝病治疗的禁区被突破,标志着我国肝脏外科技术居于世界前列。截至2011年,吴孟超共做过400余例肝中叶切除手术,成功率达97.3%。

1966 年 9 月,浙江金华造漆厂工人蒋声和入住吴孟超所在的上海长海医院,身患原发性肝癌、结节性肝硬化。吴孟超和陈汉主刀为他切除 5 个肿瘤,大的直径有 20 多厘米,小的也有鸡蛋那么大。术后 33 年即 1999 年,蒋声和肝癌复发,吴孟超和陈汉为他做了第二次手术。2011 年,蒋声和 82 岁,身体依然健康。从首次手术算起,蒋声和已经生活了 45 年,是世界上肝癌手术后存活时间最长的人。

1975 年 1 月,安徽舒城农民陆本海肝部长了一个直径 60 厘米的良性血管瘤,慕名找到吴孟超。当时,美国肿瘤研究中心把肝部肿瘤直径达到 4 厘米视为"巨大",一般不做手术。陆本海的病超过这一禁区 15 倍,还能不能做手术?吴孟超想,手术虽然风险极大,但患者还有存活的希望,如果不做手术,患者旦夕间就会结束生命。他力排众议,决定做。吴孟超和助手张晓华等人经过 12 个小时精心操作,终于成功切除陆本海肝上重达 18 公斤的特大肿瘤,又创造了一个新的世界纪录。陆本海痊愈回乡后还能下地种田,2011 年仍然健在。

在给陆本海手术几个月后,又一个重症病人找到了吴孟超。他肝部的血管癌虽比陆本海肿瘤小些,但部位太靠近大血管。吴孟超想,直接手术风险太大,如果能把病人的肿瘤缩小些,再动手术会方便一些。于是他采用"肝血管内抗癌药物灌注"和"肝动脉结扎或肝动脉栓塞术",对病人进行先期治疗。两个月后,病人的肿瘤明显缩小,手术后不到一个月,病人便康复出院。由此,吴孟超开辟了治疗肝部巨大肿瘤新的途径,他将其命名为"肝肿瘤二期手术"。截至 2011 年,吴孟超运用这一原理共为 800 余例大型肝肿瘤病患者做了切除手术,成功率 100%。

在吴孟超的大脑中一直盘桓着这样一个问题,肝肿瘤早期几乎没有什么症状,而有了不适症状,肝肿瘤一般都长得很大了,手术的风险和难度也随之增大,怎样才能做到早发现早治疗呢? 由此,他成立课题攻关小组。1976 年,课题组对上海 18 万市民进行一次肝功能检查,采用扁豆凝集素、醛缩酶同工酶做试剂,取受检人一滴血就可以判断其是否患有肝癌。这次普查共查出 100 多名早期肝癌患者,并为他们做了切除手术,从而开拓了肝癌诊断早期治疗的新途径。

1979 年 9 月,吴孟超去美国出席第 28 届国际外科学术会议,在会上用英语宣读了《18 年来手术切除原发性肝癌的体会》的论文,媒体报道"旧金山刮起吴旋风",会议增选吴孟超为国际外科学会会员。载誉全球之后,吴孟超感到肩上的担子更重了。他知道,我国是肝癌多发国家,全球的肝癌患者一半在中国,他作为一名肝外科医生任重而道远。

吴孟超意识到,要不断攻克肝癌治疗中的种种难关,光靠他一个人的力量是远远不够的,需要培养年轻的人才接上来。1980 年,吴孟超招收杨广顺、郭亚军两名研究生,之后又招收陈训如、丛文铭两名研究生。接着,吴孟超推荐郭亚军赴美国麻省总医院做访问学者,推荐二军医大高才生王红阳(女)去德国乌尔姆大学进修。吴孟超培养的这批人才,后来都成为国内一流的肝胆外科专家。

步入老年仍操刀手术

60岁以后,吴孟超宝刀不老,仍全力以赴救治一个个病危的患者。1983年春天,吴孟超接诊一个生下仅4个月患肝母细胞瘤的女婴,女婴肝、脾肿大,体温达39℃降不下去。又一个难题摆在他的面前:动手术,难度高风险大;不动手术,女婴生命难保。他知道,世界上还没有为这么小的婴儿做这类手术的先例。那天晚上,吴孟超久久不能入眠,他的爱人吴佩煜医生心情也不能平静。第二天,吴孟超精心细作为该患儿切除重600克的肿瘤,体积比婴儿的脑袋还要大,再次创造了世界纪录。美联社为此发了新闻报道,世界多国报刊予以转载。这个女婴名叫娜娜,18年后她卫校毕业,亭亭玉立地出现在吴孟超面前,请求吴爷爷把她招收为护士,吴孟超十分欣慰地答应了她的要求。如今,娜娜就在吴孟超身边当一名护士。

一对印尼华侨夫妇8个月大的婴儿林兴辉肝上长了一个大肿瘤,他们跑遍印尼各大医院,又辗转日本、美国,求医无路,正准备去德国时,有人向他们提供了美联社有关治疗娜娜的那篇报道,他们当即从美国飞回上海。这时已是1984年春天。吴孟超为他们的宝宝切除重达800克的肝母细胞癌。手术18年后,长海医院收到林兴辉亲笔写来的感谢信,说他已考上悉尼大学。

在攻克肝肿瘤的征途上,吴孟超一直积极进取,丝毫没有停步。1994年,吴孟超和郭亚军共同撰写的论文《肝癌免疫治疗》在美国《科学》杂志发表。美国科技发言人在新闻发布会上称赞这项成果"开启了免疫系统防治肝癌的大门",是"当今最有前途和实用价值的肿瘤治疗方法之一"。

1994年农历腊月二十三,上海某高校一位19岁的大学生遭遇车祸肝脏破裂。吴孟超考虑开腹手术伤者可能难以承受,决定施行腹腔镜下肝破裂修补手术。在吴孟超、陈汉现场指导下,由青年医生周伟平施行手术。手术后6天伤者出院。这是世界上第一例腹腔镜下修补肝破裂手术。

1997年3月,吴孟超的学生杨甲梅接诊了一个患"暴发性肝豆状核变性"的9岁男孩,生命垂危。目前治疗这种病的唯一方法是换肝。这个肝移植手术难度在于,供换肝是成人肝,体积大,而受换者系儿童,胸腔体积小,无法完整接受一个成人肝,必须在手术中切去供换肝的一部分,改造成9岁儿童能接受的状态。吴孟超、杨甲梅知难而上,联手成功完成这台手术,创下国内背驮式减体积性肝移植患者年龄最小的纪录。术后65天,患儿出院。之后,江苏连云港一名小学女生患上同那个9岁男孩一样的病,经吴孟超等人手术后返校读书,大学毕业后成为一名教师,并结婚生了孩子。

2004年春天,北京外国语学院女学生王甜甜肝中部长了一个几乎有足球大的血管瘤,她到处求医无门,万般无奈下上网求救。有人在网上给她留言:上海东方肝胆外科医院吴孟超也许能让你起死回生。王甜甜随即来到上海。专家几次会诊认为,手术的风险确实很大,做肝移植风险是小一些,但患者今后要长期抗排斥治疗,吴孟超反复斟酌后决定手术切除。9月24日,时年82岁的吴孟超和助手姚晓平一起走上手术台。吴孟超主刀，手术中血流不止，在场的人都紧张得不敢出气，吴孟超的脸上也渗出汗珠。5 个小时过去了血还没有止住，已经给王甜甜输入 5000 毫升血，等于把她体内的血换了一遍。8 个小时过去了，突然出现了可怕的情况，不知哪根大血管破了，引起大出血。吴孟超连声要来许多纱布，终于把血堵住。整整 10 个小时，给患者输入 10000 毫升血，终于将王甜甜肝上重达 9 斤的瘤子切除。吴孟超一直在手术台前站了 10 个小时，没吃一口饭，没喝一口水，没上一次厕所。这是一次超常规手术，吴孟超超越了常规的不可能而获得了成功。

王甜甜康复出院后继续上学，大学毕业后成为一名外语教师。2011 年 5 月，她作为吴孟超事迹报告团成员，在人民大会堂对满座听众说："吴爷爷是一个可以托付生命的人，他尊重每个生命，不离不弃，真正做到超越血缘亲情，不分贵贱尊卑。多年来，吴爷爷的故事和他说过的话一直在我心中回响"，"它让我思索，人应该怎样活着，生命的意义究竟在哪里，我珍惜吴爷爷给我的第二次生命，我更珍惜生命的意义！"

王甜甜网上求医使吴孟超受到启示。他知道全国还有许多困难患者没有条件去上海就医，现在已进入网络时代，他们可以开办网络诊室，在网上给病人看病。2006 年 12 月 27 日，吴孟超通过医元网为甘肃、辽宁、福建、新疆 4 位患者进行视频远程会诊，全国各地数千名医生和患者通过电脑视频观摩了会诊全过程。到 2007 年 9 月，医元网总访问量超过 2 亿人次。这一重大举措，为亿万人带来福音。

吴孟超从医 60 多年，共做过 14000 多台手术，挽救了千万人的生命，培养了一批又一批技术高超的人才，按说他可以离开门诊和手术室颐养天年了。然而，他没有退去，90 岁的老人每年还要坚持做 100 多台手术。他要力争用自己的手，挽回更多人的生命！为了救治病人，他宁愿用尽最后一点力气，倒在手术台边。为病人鞠躬尽瘁，死而后已，这就是吴孟超的壮志宏愿！

保持高尚医德拒收红包

吴孟超为人看病，始终把患者的生命、患者的利益放在第一位。2005 年，吴孟超被推荐为国家科技奖候选人，上级派人考察，确定第二天上午同他谈话。院长考虑这事要紧，取消了他原定的手术。吴孟超听说后，坚持手术不能推迟。考察组的同志感到不理解，这是个什么病人，怎么这样重要？下午谈话时考察组的同志特意问了一句："吴老，上午给谁做手术啊？"吴孟超回答说："河南的一个农民，病得很重，家里又穷，乡亲们凑钱才来上海的，多住一天院，对他们都是负担。"考察组同志听他这么说，无不肃然起敬。

2011 年 8 月 5 日，和吴孟超相伴 70 多年的老伴吴佩煜去世，这对吴孟超的打击可想而知。然而，他没有被忧伤击倒。第二天，他按预约走进手术室，拿起手术刀，全神贯注地挽救了一个病危人的生命。吴孟超的医德，可以用毛泽东评价白求恩的话来概括：毫不利己，专门利人。

眼下，病人给名医送红包是一个普遍的社会现象。吴孟超手中的宝刀曾经拯救了千万人的生命，如果他收受红包早该是亿万富翁了。然而,吴孟超并不爱钱,他爱的是病人的生命,他想的是怎样才能减轻病人的经济负担,他关注的是病人的康复。吴孟超认为,他为病人治病,应得的工资国家已经给了,他不应该再从病人那里取得分外的好处。他始终拒收病人的礼物,始终拒收病人的红包。

加拿大华侨项王氏老太太丈夫早逝,儿子车祸丧生,女儿因事自杀未遂留下终身残疾,母女俩在加拿大靠领救济金生活。女儿患上肝癌,母女俩慕名飞回祖国向吴孟超求治。女儿康复出院时,老太太从包里取出一小包东西要送给吴孟超。吴老执意谢绝,对她说:"你很不容易,我做的都是应该做的。"说着,他转身拿出一个盒子,对老太太说:"这是个净水器,你留着用吧。你年纪大了,要注意身体呀!"

吴孟超认为,救死扶伤是医生的天职,收受病人红包是医生的耻辱。这些年来,他也遇到一些推不掉的红包。他总是用这些红包替这些病人预交费用,患者往往出院结账时才知道,吴老已经把红包退了回来。

吴孟超把钱看得很淡。他不仅不从病人那里收取不义之财,恰恰相反,为了发展肝病防治事业造福患者,他多次慷慨解囊。1996 年,他拿出个人积蓄 30 万元,设立吴孟超医学科技基金会,用于奖励对肝胆外科做出显著贡献的优秀人才。2006 年,吴孟超把他荣获的 2005 年度国家最高科学技术奖奖金 500 万元,连同总后勤部奖给他的 100 万元,全部捐出,用于肝胆外科学术研究和人才培养。

2011 年 5 月 10 日,中共中央宣传部、国家卫生部、解放军总政治部、总后勤部、中共上海市委联合在人民大会堂召开"吴孟超同志先进事迹报告会"。会上,吴孟超做了《我的几句心里话》的发言,对他的一生做了回顾和概括。他说:"回顾我的一生,我常常问自己,如果不是选择了跟党走,如果不是战斗生活在军队这个大家庭,我又会是一种怎样的人生呢? 我可能会有技术,有金钱,有地位,但无法体会到为人民服务的含义有多深、共产党员的分量有多重、解放军的形象有多崇高","我从拿起手术刀,走上手术台的那天起,看到一个个肝癌病人被救治,看到一个个肝癌治疗禁区被突破,看到一个个康复者露出久违的笑容,常常情不自禁地喜悦,发自内心地高兴。在医生这个岗位上,我感悟到了生命的可贵、责任的崇高、人生的意义。看来,我这一辈子是放不下手术刀了。我曾反复表达过个人的心愿:如果有一天我真的倒下,就让我倒在手术室里,那将是我一生最大的幸福! 有人说,吴孟超,你拿了那么多第一,拥有那么多头衔,获得那么多荣誉,你这一生值了。是啊,就我的人生来讲,这些东西确实够多了。但是,要说'值',它究竟值在哪里? 我想最重要的是,它凝聚祖国和人民的需要。作为一个知识分子,只有把个人的发展与祖国和人民的需要紧紧联系在一起,我们的知识价值、人生价值才会有很好的体现","岁月真是不饶人,我快 90 岁了。可我觉得还有太多太多的事情需要抓紧去做","为人民群众的健康服务,是我入党和从医时做出的承诺,我将用一生履行这个承诺!"

【简评】

　　吴孟超从医近 70 年来,救死扶伤,孜孜不倦。他以开创性思维,勇于探索,积极进取,攻克肝病治疗一个个难关,取得举世瞩目的辉煌成就。他宝刀不老,耄耋之年仍坚持做手术,发誓为病人献身,宁愿倒在手术室里,雄心壮志恰如"马革裹尸",令人肃然起敬。他淡泊名利,拒收红包,把自己的积蓄和所得的奖金捐给公益事业,堪称"一个高尚的人,一个纯粹的人,一个有道德的人,一个脱离了低级趣味的人,一个有益于人民的人"。

生死抉择　舍生取义

　　人生的结局是肉体的死亡,这是所有人的共同归宿。绝大多数人是顺其自然老病而死,一小部分人死于战争、自然灾害、突发事件或因故被杀,凡此种种都是客观世界强加于人,而人的主观力量难以抗拒的。有一种情况则不同,人是健康的主观能动的,却面临着生与死的抉择,除极少数自杀者外,便是国事当头对人们的生死考验了。在这种考验面前,有的人屈膝退缩,舍义求生;有的人坚强不屈,舍生取义。前者轻如鸿毛,后者重如泰山。历史上为国为民英勇献身的英雄不可胜数,他们的不朽业绩,是辉耀中华民族的巍巍丰碑,永远光照后人。

颜真卿挺身赴烈火

《旧唐书》卷一百二十八《颜真卿传》记载,颜真卿是唐代琅琊临沂人,早年勤奋读书,刻苦学习晋代王羲之、当代张旭的书法,自成颜体,名扬天下。

唐天宝十四载(755 年)十一月,范阳节度使安禄山及其部将史思明发动叛乱。当时,唐朝天下太平日久,军队疏于训练和防范,刀剑入库,马放南山,官兵都没有接触过打仗的事。安禄山率 15 万叛军大举南下,所过州县纷纷投降归附,没有人敢抗拒。唐玄宗为之慨叹说:"河北 24 郡,难道没有一个忠臣吗?"颜真卿时任平原郡太守,率领军民坚决抗击叛军,誓死守卫德州城,并派人向朝廷报告。唐玄宗听说后十分欣喜,对身边大臣说:"我并不认识颜真卿,一次也没有召见过他,他竟然如此忠诚!"

历时七年多的安史之乱被平息后,镇守各地的将领纷纷拥兵割据,朝廷失去对他们的控制。建中三年(782 年)十二月,淮西节度使李希烈反叛朝廷,率叛军占据汝州,自称建兴王。朝廷上下一片惊慌。

颜真卿时年 75 岁,在朝廷和地方任职多年后已退任太子太师。当权宰相卢杞对颜真卿言论刚直久怀憎恶,一直想把他排挤出朝廷而没有得逞。唐德宗向他征询平叛对策时,卢杞想到加害颜真卿的机会来了,他提议说:"颜真卿是天下四方所信服的老臣,派他去传达皇上旨意,无须劳师动众,就可以把李希烈说服。"唐德宗点头同意。朝廷大臣听说要派颜真卿去劝说李希烈,无不感到吃惊。宰相李勉秘密上书唐德宗加以劝阻,称这样做将会葬送国家一位元老,是朝廷的耻辱。唐德宗没有采纳。

颜真卿知道,李希烈既然公开反叛,不会悔罪回头,他此行凶多吉少。但他想到,国难当头,他身为大臣为国解忧义不容辞,便毅然受命上路。当颜真卿抵达洛阳时,河南尹郑叔则劝他说:"眼下这时候,谁代表朝廷去淮西,都必然会有祸难。你还是暂时在我这里住下为好。"颜真卿辞谢说:"我身负皇上重托,怎么能避祸不前呢?"

建中四年(783年)正月,颜真卿抵达许州,当即去会见李希烈。他说明来意正要宣读唐德宗诏书时,李希烈上千名养子冲上来将他团团围住,挥舞刀剑起哄谩骂,叫嚷要割朝廷使臣的肉吃。颜真卿岿然不动,面不改色。李希烈假惺惺喝退众人,令人将他带入宾馆加以软禁。颜真卿义无反顾,决心为国献身,写信给儿子交代后事。

李希烈指使其部下对颜真卿说:"我们久仰太师大名。李大王就要称帝即大位了,你赶来正好可以当宰相啊!"颜真卿嗤之以鼻,怒斥道:"我身为朝廷大臣,坚守气节至死也不会改变,怎么会受你们的诱惑?"

李希烈令兵士在颜真卿所住的宾馆院子里挖了一个四边各一丈的大坑,取名为"坑颜"。颜真卿毫不介意,对李希烈说:"生和死,我都无所谓了,你们何必要多此一举?"

不久,颜真卿被叛军押至蔡州龙兴寺关押。十二月,叛军攻入汴州,李希烈准备称帝,派人向颜真卿询问仪式。颜真卿回答说:"我老了,有些事记不得了。我过去是为朝廷主持过国礼,只知道地方将帅朝拜天子的礼仪。"

李希烈大为恼火,令其部将辛景臻带人在颜真卿居所庭院中堆上干柴,泼上油,点燃烈火,恶狠狠地对颜真卿说:"你再不向我们投降,就投火自焚吧!"颜真卿毫无惧色,当即挺身赴火。辛景臻反而惊呆了,连忙令人把他拉住。

兴元元年(784年)八月三日,李希烈指使辛景臻将颜真卿缢杀。颜真卿临难义愤填膺,骂不绝口,与叛军抗争到生命的最后一息。唐德宗听说颜真卿壮烈殉国极为悲痛,称赞他"才优匡国,忠至灭身","拘胁累岁,死而不挠",深为派颜真卿去淮西叛营而后悔。

【简评】

镇守某地的将领发动叛乱,朝廷在派兵平叛前,可以选派与叛将关系密切的大臣去做安抚工作,即使说服不成也不至于被扣杀。颜真卿虽然为官公正享誉天下,但他不是李希烈的密友,赴命凶多吉少。奸相卢杞嫉贤妒能,他点派颜真卿不是为了平叛,而是借刀杀人。唐德宗不加审思,拒听李勉劝阻,造成重大失误,后悔有何用?颜真卿长期忧患国难,每临大节尤其为国分忧。他的难能可贵之处在于,明知淮西之行凶多吉少,毅然赴命。被叛军扣押后,

139

他置生死于度外，不怕威胁，挺身直赴熊熊烈火，其凛然正气直冲霄汉。人们为他大义殉国扼腕叹息。颜真卿以其颜体书法、更以其用鲜血抒写的壮烈永载史册。

杨邦乂奋笔书"死"

《宋史》卷四百四十七《杨邦乂传》记载,杨邦乂是北宋吉州吉水人,年少时博览群书,通晓古今事理,以超群出众的学识考中进士,步入官场。他亲眼看见金国(都会宁府)军队攻占京都开封,常常以坚守节义激励自己。

南宋建炎三年(1129 年)十一月,金军副元帅兀术领军渡过长江,在马家渡击溃宋军,准备攻打建康。受命镇守建康的右仆射杜充不敢抵抗,率领数千名部众离开建康向金军投降。当时,户部尚书李梲正在建康督查兵饷发放,他同留守建康的沿江都制置使陈邦光串通,决定放弃建康,派人去十里亭向兀术送去投降书。杨邦乂时任建康通判府事。对李、陈二人的投降行径深恶痛绝,却无力阻止。

辛未日,兀术率领其部众进入建康,陈邦光带领属官列队迎接,唯有杨邦乂没有跟从。杨邦乂发誓不向金军投降,决心以身殉国。他咬破手指,在洁白的衬衣上写下"宁为赵氏鬼,不为他邦臣"10 个血字。

第二天,兀术派人引诱杨邦乂投降,许诺保留他原来的官职。杨邦乂回答说:"我死都不怕,难道还会被别的什么利益所诱惑?快快把我杀掉了事!"说罢,杨邦乂用头猛撞石柱,顿时血流满面。

兀术对未经攻战便占领建康十分得意。又过了一天,他请李棁、陈邦光等人饮酒,要杨邦乂站在旁边。杨邦乂见到两个变节投敌的叛徒,义愤填膺,指着他俩厉声痛斥道:"天子委任你们守城,敌军来了,你们不抵抗,放弃建康城向敌人投降。今天,你们又同敌人在一起饮酒取乐,还有什么脸面见我这个堂堂正正的宋臣?"李棁、陈邦光神情沮丧,无言以对。

这时,一个姓刘的金军军官走过来,将一张写有"死""活"二字的白纸展示给杨邦乂看,对他说:"你不要说别的了,想活,就在这纸上写个'活'字;想死,就在这纸上写个'死'字。"杨邦乂坦然接过纸笔,奋笔写了个"死"字。在场的人面面相觑,无不为之大惊失色。

之后,兀术仍不死心,想亲自和杨邦乂谈一次,劝他投降。杨邦乂见兀术远远朝他走过来,破口大骂道:"你们女真人占据我们中原,老天难道能永远宽容你们吗?最终你们一个个都将被碎尸万段!我杨邦乂是不可侮辱的!"兀术没有想到会碰个大钉子,勃然大怒,当即下令将杨邦乂杀死。

【简评】

奉命镇守一个地方的长官,面临敌军强大攻势,会有不同的应对。有的坚守阵地,誓与阵地共存亡,如杨邦乂;有的放弃阵地,仓皇而逃,如杜充;有的献出阵地,向敌军投降,如李棁、陈邦光。对于国家领土,是坚守还是弃逃、是宁死不屈还是献地投降?说到底是弃义求生还是舍生取义,即个人生与死的选择问题。杜充、李梲、陈邦光尸位误国,贪生怕死而投降金军,将自己永远钉在耻辱柱上。杨邦乂虽为他们的部下,宁死而不跟随他们投降。他咬破手指写下"宁为赵氏鬼,不为他邦臣"10个血字,气壮山河;他回答金军:"世岂有不畏死而可以利诱者?速杀我!"掷地有声;面对生死抉择,他义无反顾,奋笔书写一个"死"字,惊骇四座。相比之下,杜充、李梲、陈邦光是随风倾折的枯草,杨邦乂则是耸入云天的松柏。

谭嗣同甘洒热血

《清史稿》卷四百六十四《谭嗣同传》、《清通鉴》卷二五五清德宗光绪二十四年记载,谭嗣同是清代湖南浏阳人,其父谭继洵官至湖北巡抚。谭嗣同早年随其父游历近 10 个省,阅览丰富。他性格豪放,关心天下大事。

清光绪二十年(1894 年),中日甲午战争爆发,清北洋水师战败,清朝廷被迫与日本侵略者签订丧权辱国的《马关条约》。谭嗣同为之义愤填膺,奋笔写道:"世间无物抵春愁,合向苍冥一哭休。四万万人齐下泪,天涯何处是神州!"

目睹民族危机日益严重,谭嗣同由攻读中国旧学转而研究西方新学,并与友人结社,探索国家如何变法图强。他参与创办时务学堂和《湘报》,组织南学会,大力倡导新思想,为挑战旧思想摇旗呐喊,认为"今日中国能闹到新旧两党流血遍地,方有复兴之望"。他撰写《仁学》一书,极力主张变法,指出当今中国"外患深矣","民倒悬矣","唯变法可以救之","变法则民生","变法则民智","变法则民富","变法则民强"。

当时,工部主事康有为、长沙时务学堂总教习梁启超等人正在为变法奔走呼号。康有为与光绪帝的老师军机大臣翁同龢等人极力鼓动光绪帝走日本和俄国改革之路,变法图强。年轻的光绪帝虽然已亲政,也深知国难深重,在签批《马关条约》时痛哭流涕,但朝廷的军政大权仍然掌握在已停止训政的慈禧太后手里。

为了摆脱亡国的危机,光绪二十四年(1898年)四月,光绪帝不顾慈禧太后阻挠,颁布"定国是诏",宣布实行新法。七月,谭嗣同奉召入京,参与研制和推行新法。谭嗣同知道朝廷中的守旧势力盘根错节,实行变法势必要触动这些人的既得利益,投身变法难免会有风险。但他早已做好为国献身的思想准备,曾慨然宣称:"块然躯壳,除利人之外,复何足惜!"

由于受到慈禧太后的种种限制,变法一开始就遇到重重阻力,到了七月下旬,变法难以再进行下去。康有为等人图谋废黜慈禧太后,谭嗣同认为,在没有取得军队支持前,此事不可行。康有为执意坚持,谭嗣同只好于八月三日夜,密访刚被光绪帝提任为侍郎手握兵权的袁世凯,劝其领兵杀死慈禧太后的亲信直隶总督荣禄。袁世凯以其部众驻在天津婉言推辞。

八月四日凌晨,慈禧太后突然从颐和园住处返回皇宫,下令将光绪帝软禁,逮捕倡导变法的维新党人。翁同龢此前已被革职还乡。消息传出后,康有为逃入英国商船,梁启超躲进日本驻华使馆。大难临头,谭嗣同没有离开。过了两天,谭嗣同见没有人来抓捕他,便去日本使馆,把所著诗文手稿托付给梁启超,与他诀别说:"如果都不离开,就没有人图谋将来的大事;如果没有人做出牺牲,就无以报答皇上。"谭嗣同义无反顾地向梁启超表明为国效死的决心。

在谭嗣同被捕的前一天,有几位日本友人曾去他的住处,一再苦劝他东游日本。谭嗣同抱定要为变法洒尽热血，对日本友人辞谢说："各国变法，都是通过流血才获得成功的。中国尚没有因变法而流血牺牲的，所以变法没有成功。今天，就让我谭嗣同首先为变法流血吧！"

八月九日，谭嗣同在其住处被捕。入狱后，他在墙上题诗一首，抒发其为国献身的壮志豪情：

> 望门投止思张俭，忍死须臾待杜根。
> 我自横刀向天笑，去留肝胆两昆仑。

八月十三日，清朝廷未经审讯，以大逆不道罪将谭嗣同等 6 人押赴刑场斩杀。谭嗣同时年 33 岁，临刑从容自若，视死如归，对走在身边的人说："有心杀贼，无力回天。死得其所，快哉快哉！"

【简评】

谭嗣同目睹外国列强入侵中国，忧患国难，倡言变法图强，是中国近代最先觉悟的志士仁人的杰出代表。变法失败面临旧势力的屠刀，谭嗣同完全可以抽身脱走，他却滞留住处等待被捕。梁启超和日本友人多次劝他暂去日本避难，他却以甘洒热血为变法成功开路而毅然辞拒。人们或许认为，在生与死的抉择面前，谭嗣同可以选择生，未必要选择死。此话虽不无道理，却淡视了谭嗣同的胸怀。为国为民，不避斧锁，甘洒一腔热血，这就是谭嗣同的信念。

宁愿壮烈而死,不求苟且偷生,这就是谭嗣同对生与死的抉择。为了国家的独立、民众的幸福,谭嗣同舍身赴死,义无反顾,其忠肝义胆,光照日月,永垂千秋。

王杰舍身救群众

　　韩义祥著《王杰》一书记叙,王杰1942年出生于山东省金乡县一个农民家庭,1961年初中毕业后应征参军,被分配到解放军驻徐州坦克二师工兵营一连当战士。第二年,王杰被批准加入共青团,被评为"五好战士",荣立三等功。

　　1963年夏天,王杰所在部队接到去天津抗洪的命令。王杰在出发前给连党支部的决心书上写道:"我入伍当兵,是为人民、为党、为祖国而来的,不管干什么工作,党指向哪里就冲向哪里,就是需要献上青春也没有怨言。"在抗洪战斗中,王杰荣立三等功,年底再次被评为"五好战士"。

　　1964年8月,在一个电闪雷鸣的暴风雨之夜,王杰担心工地上的油桶、木料和土筐被暴雨冲走,只身一人冲到工地,把施工材料往坡上搬。不一会,有两个战士也冲了过来。当他们把材料运到安全地带后,突然山洪暴发。连长隔着山沟朝他们抛过来一根麻绳,他们三人拉着绳子从急流中蹚过来,才脱离危险。

　　王杰入伍后,部队开展了学习雷锋的活动。他在思想上和行动上时刻牢记毛主席"向雷锋同志学习"的教导,以雷锋为榜样,做雷锋式的好战士,哪里艰苦去哪里,专拣重担挑在肩,并且做好了随时为人民献身的思想准备。1963年3月3日,王杰在日记中写道:"为了党,我不怕进刀山入火海。为了党,哪怕粉身碎骨我也心甘情愿!"1965 年 5 月 1 日,王杰在日记中写道:"我们要一不怕苦,二不怕死,做一个大无畏的人。"

20 世纪 50 年代,美国当局对成立不久的新中国一直虎视眈眈,以武力威胁。为了防备美帝国主义的侵略,毛主席号召"要大办民兵师"。直到 60 年代,解放军对驻地民兵进行军事训练,仍是驻军的一项重要任务。

1965 年 6 月,王杰所在的某部工兵营应江苏省邳县人民武装部的邀请,帮助训练该县张楼公社民兵。工兵营派一级技术能手王杰担任地雷班教员。王杰就操作程序给民兵讲了课。

7 月 14 日,按计划进行现场试验,训练的科目是绊发防步兵应用地雷突爆。这种地雷不加导火索,雷管与拉火管直接连接,一经绊触瞬间爆炸。为了确保突爆安全无误,王杰一大早独自跑到几十米外的水渠边,按照操作规范,用拉火管直接连接雷管,试爆两次都获得成功。

7 点 30 分,参加现场试验的民兵和人民武装部干部到齐,试验开始。王杰把炸药放入坑内,边操作边讲解。突然炸药出现异常,瞬间就要爆炸!闪念间,王杰毫不犹豫地扑向炸药,为保护在场的 12 位民兵和人民武装部干部的生命安全,壮烈牺牲,年仅 23 岁。

【简评】

王杰生长的年代,是一个讲无私奉献、不计个人物质利益、崇尚英雄的时代。眼看炸药即将爆炸,容不得半点迟疑,王杰在瞬间必须做出生与死的选择。他可以随即将身体后仰,倒在右边的沟内,保全自己的生命,而在场的民兵和人民武装部干部则会流血牺牲;他也可以将身体扑向前,盖住炸药,让自己粉身碎骨,而使在场的10多人安全得救。避险趋安是人的一种本能。转瞬间,王杰战胜了这一本能,毅然抉择,甘愿前扑而死,放弃后仰而生,从而让其人格升华,成为古往今来舍己救人的光辉典范。王杰为国防建设和人民的利益,奉献了火红的青春和宝贵的生命,凝铸了他"一不怕苦、二不怕死"钢铁般的誓言。他的英雄壮举永远是祖国建设者、保卫者的一面旗帜。

二、亲情——血乳凝铸的情结

　　亲情，是人生的另一根精神支柱。人世间，亲情是一轮不落的红日，永远温暖着亲人的心房；亲情是一份温馨的嘱咐，时时鼓励着亲人奋发向上；亲情是一束永恒的纽带，自然而牢固地把亲人间的情感联结在一起。我们这里所说的亲情，主要是指直系血缘关系的亲属之间所特有的感情。这是由一个家庭的曾祖父母、祖父母、父母、儿媳及其子女、孙子、孙女所铸就的不可更改或替代的亲缘关系。具体地说，包括父母与子女之情，这是亲情中的主要内容，其次是祖父母与孙子、孙女之情，同胞兄弟姐妹之情，由于娶入这个家庭的外家女子在传宗接代上具有不可或缺的作用且已融入该家庭的生活，还应包括公婆和儿媳之情。这种亲人之间的情感，既是家庭生活的基本元素，也是社会生活的组成部分，与每一个人息息相关。中华民族是一个重亲情讲孝道的民族，古往今来的亲情佳话浩如烟海。这里，我们只能摘取亲情中某些闪光的细节，和读者朋友们一起去体会和感悟。

父爱如山　母爱如海

　　在人类的亲情中,父母对子女的爱最纯洁、最真诚、最深挚、最细密,而且是永恒不变的。孩子从出世那天起,父母就为他（她）的吃喝拉尿睡忙个不停,孩子会爬会走的时候,父母总是守在其身边,或委托他人寸步不离,带孩子玩耍;孩子开始懂事的时候,父母要培养他（她）读书,教育他（她）做人;孩子如果生病或出事,父母会日夜不安地为之揪心;孩子长大要离家远行,父母的心会随着孩子的踪迹飞向远方。母亲对孩子的成长,往往比父亲要花费更多的心血。唐代诗人孟郊的《游子吟》"慈母手中线,游子身上衣。临行密密缝,意恐迟迟归",生动地表达了母爱深情。孩子长大成人,父母还要帮助他（她）结婚成家。孩子有了自己的孩子,父母成为爷爷奶奶,也还要为孙子（孙女）操劳,以减轻儿女的负担。所以,每个人心中都有两个最伟大的人,那就是自己的父母。人们用父爱如山、母爱如海,来形容父母对子女的恩情,恰如其分。

郭子仪训斥爱子

《旧唐书》卷一百二十《郭子仪传》、《通鉴纪事本末》卷三十二仆固怀恩之叛、(唐)赵璘《因话录》记载,郭子仪是唐代华州郑县人。唐天宝十四载(755年),范阳节度使安禄山及其部将史思明发动叛乱。第二年七月,叛军逼近京都长安,唐玄宗逃入蜀,退称太上皇,太子李亨在灵武即位为唐肃宗。郭子仪时任朔方节度使,正率领其部众在河东平叛,收复云中等地。唐肃宗传令郭子仪回师共商平叛大计。郭子仪受任兵部尚书、副元帅,与广平王李俶(后改名李豫,唐肃宗长子)率15万大军,于至德二载(757年)收复西京长安、东京洛阳,郭子仪因功受封为汾阳郡王。

郭子仪的部将仆固怀恩,原是铁勒仆固部的一名将领。在历时七年多的平叛战斗中,仆固怀恩领军冲锋陷阵,并从回纥借来援兵,为平定安史之乱立下不可磨灭的功劳。可是,有人竟然诬告他谋反。仆固怀恩上书朝廷喊冤却得不到伸张。

广德二年(764年),仆固怀恩发动叛乱,第二年诱使回纥、吐蕃数十万军队向东进犯,抵达奉天,京都一片惊慌。经过安史之乱,唐军的实力大大削弱。危急关头,唐代宗李豫令郭子仪率万余部众守卫泾阳,以抵御回纥、吐蕃联军继续东进,护卫京都长安。

十月,回纥、吐蕃两军将泾阳包围。在此之前,仆固怀恩病死,

154

两军为争高低产生了矛盾。郭子仪获知这一情况后，便设法对他们进行分化。他派人去回纥军营联络，回纥主将药葛罗表示：如果郭子仪真的在这里，我愿意见见他。于是郭子仪准备亲赴回纥军营。

郭子仪对部将们说："眼下，我们寡不敌众，难以凭借武力取胜。前几年，我们同回纥结盟平叛，交情还是有的。我决定亲赴回纥军营，以大义说服他们，有可能不战而化解敌军对我们的包围。"众将领赞同郭子仪的果敢决定，请求选派500名铁骑兵做他的随从护卫。郭子仪摆摆手说："这样做恰恰是害了我。"

郭子仪带着几名随从将要出门，他的二儿子郭晞拉住他的马缰，哭着阻拦道："他们是虎狼之辈，父亲大人是国家的元帅，怎么能自己上门成为敌人口中之食呢？"郭子仪对儿子说："敌人已经包围了我们，一旦交战，我们父子俩势必都要战死。那样，国家的危难也就加重了。我亲自去他们那里，以诚相见，或许能说服他们。如果此行不能成功，我纵然被他们杀死，也是死得其所。"郭晞听父亲这么一说，放声大哭，死死拉住他的马缰不放。郭子仪挥鞭抽打儿子的手，喝令他走开。

之后，郭子仪带着几名随从策马扬鞭，出城而去。药葛罗见郭子仪轻装而来，只好放下手中的弓箭，迎上去施礼。郭子仪说服药葛罗恢复旧盟，共同对抗吐蕃。吐蕃军听说回纥军与唐军结盟，连夜撤回。

唐代宗以郭子仪平定天下功劳盖世，每次召见他不喊其名，只称他为大臣。他将第四女昇平公主嫁给郭子仪第三子郭暧为妻，两家结为儿女之亲。

一次,郭暖与昇平公主吵架,冲着公主说:"你依仗你的父亲是皇帝吗? 我的父亲还不愿当皇帝哩!"昇平公主怒不可遏,哭哭啼啼当即驱车去奏告父皇。唐代宗对女儿说:"你不知道,他的父亲确实不想当皇帝,他是忠臣,否则,今天的天下哪里还是我们家的!"代宗说着慨然流下眼泪,令女儿立即回去。

郭子仪听说儿子和昇平公主吵架出言不逊,大为恼火,当即将郭暖绑起来,亲自带着他去向代宗请罪。唐代宗没有责怪郭暖,令人将他松绑,安慰郭子仪说:"民间的谚语说得好,'不痴不聋,不做阿婆阿翁'。儿女们在闺房中说的话,大臣不用去管!"他赏赐郭子仪一些财宝,让他把儿子带回去。

郭子仪没有因代宗的宽赦而放过儿子。回家后,他打了郭暖几十板子,又狠狠地教训了他一顿。

【简评】

国难当头,郭子仪做好了为国献身的思想准备,决定亲自赴敌营以寻求和平。生离死别之际,儿子哭着拉住他的马缰不肯让他离去。郭子仪不是儿女情长,同儿子一起流泪,而是挥鞭喝令儿子走开。这一鞭重若千钧,它不仅饱含爱子的深情,而且彰显了亲情服从国事的大义,此情此景堪为壮烈。儿子和公主吵架伤及皇帝,按罪可以论死。郭子仪没有护短掩饰,而是把儿子绑起来领着他去向皇帝请罪。皇帝宽赦后,他回家又将儿子严训一遍,大爱寓于严教之中。唐代宗以开阔的胸襟宽释女婿的过失,宽慰功高的大臣,不失为明智之举。处理儿女纠纷,唐代宗和郭子仪都居高超脱,严格要求自己的子女而宽谅对方,这为两亲家间处理儿女的不和树立了典范。

李太后哭儿无泪

　　《宋史纪事本末》卷四记载,后蜀后主孟昶的母亲李氏是太原人,原是后唐庄宗的后妃,后唐庄宗将她赐给其将军孟知祥。李氏与孟知祥只生下孟昶一个儿子。后来,孟知祥脱离后唐,在蜀建国,史称后蜀。孟知祥称帝后,封孟昶为太子。后蜀主孟知祥去世后,时年16岁的孟昶继位为后蜀后主,尊称其母为太后。李太后更是把这唯一的儿子视若生命。后蜀后主渐渐长大,骄奢放纵,用金银珠宝装饰便器,李太后不能约束他。

　　后蜀广政二十三年(960年),后周殿前都点检赵匡胤发动政变,改国号为宋,即位称帝。三年后,宋军攻灭荆南,后蜀直接面临宋军的威胁。李太后对儿子重用只会纸上谈兵的王昭远主管军事深为忧虑,劝他改用忠诚能战的高彦俦掌兵。后蜀后主没有听取母后的意见。

　　广政二十八年(965年)一月,宋将王全斌领军攻入后蜀,王昭远吓瘫在床上不能动弹,后蜀后主惊慌失措,哀叹危急时刻竟没人为他向东发出一箭! 后蜀后主向宋军投降,后蜀灭亡。

　　六月,孟昶和其母李氏被押至汴京。宋太祖封孟昶为秦国公,宽慰李氏说:"你曾为一国之母,要多加保重,不要为亡国而悲伤,也不要怀念乡土,今后会把你送归本土的。"

入汴京第七天，孟昶突然死去。李氏听说儿子暴死，如雷轰顶，万念俱灰，欲哭无泪。她把酒洒在地上，用以悼念遭遇不测的儿子，念叨说："你没有死在自己的国土上，贪求活命到今天。我所以忍辱含耻没有寻死，是因为你还活着。如今，你既然死了，我还活着干什么！"随后，李氏绝食而死。

【简评】

五代十国时期，国家分裂，战乱不断，由宋朝统一天下是必然趋势，后蜀灭亡只是迟早的事。李太后的举止倒是令人慨叹。后蜀灭亡时，李太后已进入古稀之年。她和后蜀后主虽然都沦为亡国奴，却互相依存。儿子依然健在，是她唯一的精神支柱。不料儿子突然死去，李氏顿时坠入黑暗的深渊。昔日的荣华世家已荡然无存，如今只剩下她孤身一人。想到举世无亲，又身遭软禁，她觉得人生已经走到尽头，了无生趣。李氏洒酒祭儿的一番话，道尽了一个母亲疼爱儿子的无限深情。

王美荣养护瘫女

中国文明网报道，王美荣，女，河南省长葛市冢王村农民，生于1931年。1962年，她生下女儿张梨花。梨花出生后患脑瘫，引起软骨病，导致全身瘫痪。梨花遭遇厄运，更是做母亲的灾难。亲戚朋友、左邻右舍，都为王美荣日后的负担发愁。当时有好几个人都劝她狠狠心，把这个残疾女儿送走。王美荣认为女儿是自己身上掉下来的肉，怎么也舍不得。她对关心她的人说："只要有一线希望，我都要给孩子看病。哪怕再苦再累再穷，只要孩子能好起来，我都心甘情愿。"

王美荣每天下地干活前，都要给女儿梨花喂饭、喂水，服侍她在床上大小便，为她清洗下身，清洗衣物。收工回来，她要陪伴女儿，为女儿收拾料理。日复一日，暑去寒来，漫漫54年，母女俩一直相依为命，艰难度过19000多个日日夜夜。

如今，进入耄耋之年的王美荣老人，满头白发拄着拐杖依然无微不至地养护着瘫痪女儿梨花。人们敬仰王美荣老人海一般的慈母之爱，向她伸来了援助之手。王美荣的事迹经媒体报道后，使千千万万的人感动得流泪。2016年3月，王美荣荣登中国好人榜。

【简评】

王美荣是一位农村妇女,长年靠田间劳动养家糊口。网络资料没有提及她的丈夫,看来养护瘫女主要由她一人担当。人世间最伟大最纯真的爱,或许是母爱,它在王美荣的身上得到最完美的体现。王美荣虽然是个普通妇女,却是一个伟大的母亲。王美荣对亲生女儿不舍不弃,含辛茹苦 50 多年,给这类不幸家庭树立了良好的风范。

范建法扶儿成才

中国文明网报道,范建法是山东省东营市史口镇范家村农民,初中文化。1978年,他的儿子范东明出生两个月后被医生诊断为脑瘫。他和妻子郝金认定,孩子是自己生的,无论如何要把他养着,不能丢弃。于是他俩轮换着,一人下地干活,一人在家照料孩子。孩子吃喝拉撒都在床上,他俩总有一人守在孩子身边。

东明一天天长大。有一天,他对父亲说,他想上学。范建法听孩子这么说,既高兴又难过,他知道儿子的身体状况不能上学读书,就在家里教他认字。东明学习很用心,半年下来就认识了1000多字。为了鼓励儿子学习,范建法借钱为他买了一台电脑。从此,东明开始学习打字。

2005年,东明患了心脏病,因手臂痉挛不能再打字,一念之下他吞下安眠药想结束自己的生命。幸亏抢救及时,他才脱离生命危险。那以后,范建法夫妇对儿子更加关爱体贴,使东明心中重新萌生了希望,增添了生活的勇气。

范东明开始练习写诗,抒发自己对生活的感受。他的双手失去功能,就练习用右脚趾打字。日久天长,东明写了许多诗,萌生一个美丽的理想,把自己所写的诗编在一起,出一本书。

范建法夫妇都已是古稀老人,靠在房前屋后养点家禽家畜,挣不到多少钱,因为长年要给东明看病买药,家里经济十分拮据。尽管这样,他俩听说儿子要出书,仍然十分兴奋,全力支持东明出书。

2015 年 5 月,范东明的诗集《左岸之贝》由团结出版社出版,创造了脑瘫病人出书的人间奇迹。

范东明的双手虽然无力捧起自己写的书,但他能用眼看着自己出的书,能用手抚摸《左岸之贝》。他引以自慰,引以为豪,像他这样的残疾人,居然也能创造人生的辉煌!他知道这一硕果虽然倾注自己多年的心血,但更浸透了父母几十年的汗水。

范建法夫妇看到病儿自强不息的奋斗成果,打心里感到无比欣慰。人们由衷地为他们祝贺,祝愿他老两口扶携病儿的人生路越走越宽广。2015 年 12 月,范建法荣登中国好人榜。

【简评】

范建法、郝金夫妇都是普通农民,几十年来,他俩以山高海深般的大爱,以比别的父母多流数倍的汗水,延续着脑瘫儿子的生命,并让它绽放出异样的光彩。范建法对病儿不仅疼爱有加,而且教养有方。他和妻子细心引导和全力支持儿子识字、写诗、出书,鼓励儿子拖着病残之躯创造人间奇迹,而他们自己也抒写了非凡的人生,为中华民族的美德史增添了新的篇章。

责之严厉　爱之深切

　　父母对自己年幼的子女,总是想方设法让他(她)吃好穿好玩好,在抚养孩子成长的同时,教其懂得事理,认识世界。孩子来到人世间,最先接触的是父母。父母的言谈举止会在孩子幼小的心灵上留下难忘的记忆。孩子渐渐长大,父母对孩子的要求会越来越严,甚至近似苛刻,这是源于厚爱,望子成龙。儿女成人后即使功成名就飞黄腾达,在父母面前永远还是孩子,父母对他们的过失依然会严加责备。这种严正的家风代代相传,是中华民族的优良传统。

孟母断织责儿

（西汉）刘向著《列女传·母仪》记载，孟轲是战国中期邹国人，小时候贪玩，不爱读书。他的母亲心里非常焦急，多次教训他，他仍然常去几个地方玩耍。孟母见居住的环境不利于儿子学习，便不惜破费，接连三次搬家。

后来，孟轲离家求学。一天，他无故辍学回到家里。当时，他的母亲正在家中织布，见儿子回来了，停下织机问道："你在外求学要紧，谁叫你回来的？"孟轲回答说："是我自己要回来的。"孟母听儿子这么说十分生气，当即拿来快刀，把织机上的布割断了。孟轲见状十分惊慌害怕，问母亲干吗要把这未织好的布割断。母亲疾言厉色，狠狠地教训他说："你中途放弃学业，同我把未织完的布割断有什么两样？你身为男儿，应当努力学习知识，修养品德，成为超群出众的人。今天，你放弃学业，明天，你难道想当不劳而获的盗贼吗？或者想去做苦力？"

母亲愤然断织的一番训导，对孟轲的思想触动很大。他当即辞别母亲，拜大学问家子思为师，起早贪黑，坚持不懈地苦学，终于成为天下有名的大儒。人们称孟轲为孟子，把他的名字和孔子的名字连在一起，合称孔孟。

【简评】

　　孟子(约前372年—前289年),我国古代杰出的思想家,他提出的许多观点,至今仍闪耀着真理的光辉。如"民为贵,社稷次之,君为轻""失天下也,失其民也;失其民者,失其心也""天将降大任于是人也,必先苦其心志,劳其筋骨,饿其体肤,空乏其身,行拂乱其所为,以动心忍性,增益其所不能""生于忧患,死于安乐""富贵不能淫,贫贱不能移,威武不能屈""生,亦我所欲也。义,亦我所欲也。二者不可得兼,舍生而取义者也""吾善养吾浩然之气",等等。孟子丰富发展了孔子创立的儒家学说,为中华文明的发展进步做出了不可磨灭的贡献。孟母三迁、孟母断织是人们熟知的故事,从中可以看到母亲的严格教育,对孩子早年的成长何等重要。如果孟母不三迁,任孩子自由玩耍;不断织,对孩子中途退学不加严训,孟子的人生或许不会如此辉煌。

田母斥儿受贿

（西汉）刘向著《列女传·母仪》记载，田稷是战国时期人，曾任齐国（都临淄）宰相。他为官贪财，以权谋私，收受贿赂。

一次，田稷把别人贿赂他的金银送给他的母亲，以表示他的孝意。他的母亲很诧异，问道："你担任国相三年了，俸禄从来没有这么多，该不是收了下属的钱财吧?"田稷向母亲承认是收了别人送的钱财。田母板起面孔，对儿子训斥道："我听说当官的人要注意品行修养，不义之事连想都不能想，非分之财一点也不能据为己有。如今，国王委任你当大官，俸禄已经很丰厚了，你还不满足吗?你送来的这些不义之财，我不要! 你不是孝子，不是我的儿子，你走吧!"

田稷受到母亲训斥后，幡然醒悟，知道自己错了，把所收的不义之财全部退还给人家，并主动到齐宣王（前319年—前301年在位）那里请罪。齐宣王赦免了田稷的罪过，同时赏赐给田母一笔钱，以表彰她廉洁高尚的情操。

【简评】

历代贪官数不胜数，向父母奉献赃物的恐怕也为数不少。田母察觉儿子受贿后，不仅拒纳赃物，而且对其严加痛斥，其清廉的操守令人肃然起敬。这个故事在今天仍有启示意义。当今社会存在着滋生腐败的土壤,贪腐分子锄而复生。贪官在一方当权,往往忘乎所以。他们心目中没有平民群众,对上级则阳奉阴违,骗取信任便无所顾忌。当官的儿女受贿,做父母的未必一点不知,如果都能像田母那样大喝一声,告诫违规子女悬崖勒马,许多贪官或许不会锒铛入狱。可见,父母对子女的监管十分重要,在一定程度上会影响儿女的一生。

寇母砸儿脚背

（北宋）司马光著《涑水记闻》卷七记载，寇准是北宋华州下邽人，小时候十分顽皮，成天带着飞鹰猎犬去游猎，荒废学业。他的母亲多次要他少玩耍，多读书，他总是不听。一天，母亲气急了，拿起铁秤锤朝他的脚狠狠砸去，把寇准的脚背砸破了，鲜血直流。可这一秤锤把寇准砸怕了，也砸醒了。从此，他不再贪玩，发奋读书。后来，寇准以优异成绩考中进士，被召入朝廷做官，官至宰相。这时，他的母亲早已去世。寇准每每摸到脚上的伤疤，总是痛哭不止。他思念母亲，痛悔小时候不听母亲的话，总觉得对不起九泉之下的母亲。

（北宋）邵伯温著《邵氏闻见录》卷七记载，寇准当上大官以后，生活铺张奢华。有一次，他退朝后回到家里，把领来的俸银随意放在厅堂的桌子上。在他家帮工多年的老女佣由此触发心中的隐痛，泪流满面地对他说："宰相母亲大人去世时，家里很穷，想用绢做件老衣都买不起，千恨万恨老妇人没能活到今天啊！"寇准听老用人这么一说，感情失控，放声大哭。从此，他的日常生活去奢从俭，床上的帷帐用了 20 年没有更换。他不羡慕别人有豪宅，决意不为自己建造新住宅。

【简评】

　　寇母对儿子的爱是深沉的,她恨铁不成钢,一气之下随手抓起铁秤锤砸了儿子的脚。儿子功成名就之后,每触及年少时留下的伤疤,就想起慈爱的母亲,就止不住热泪盈眶。寇准感念母亲,不是一时心血来潮。他听说母亲去世时连件老衣也买不起,从此心怀愧疚,去奢从俭,不建豪宅,把薪俸的大部分用于接济有困难的人。寇准的仕途尽管十分坎坷,其生前死后在朝野却享有良好的声誉,这与其母亲对他的言传身教密不可分。

孝养父母　尽心尽意

　　父母养育子女是当然的责任,子女孝养父母是应尽的义务。父母投给子女的爱与子女回报父母的爱,两者是否相等? 一般说来,父母对子女的爱要大于子女对父母的爱,两者之间是个不等号。这是因为子女是父母的血肉,父母对子女的爱出自生命的本能,是专注不二的;子女对父母的爱固然也是纯真的,但他们不可能像父母爱他们那样专注,他们恋爱结婚之后有了夫妻之爱,自己有了孩子以后,又有了亲子亲女之爱,这两种新产生的爱,在时间和精力上,往往自觉不自觉地摆到了对父母之爱的前面。诚然,天下也有不孝甚至伤害父母的子女,那仅仅是极少数,绝大多数人都不会忘记父母的养育之恩,都会不同程度地对父母回报孝意。这里选叙的几个孝敬父母的真实故事,比流传的二十四孝故事还要感人。

柳遐为母吸脓

《北史》卷七十《柳遐传》记载，柳遐是南北朝时期河东解人，后来全家迁居南方。柳遐在担任南梁（都建康）襄阳主簿时，得到其父在扬州病逝的噩耗。他日夜奔丧，行了 6 天才赶到扬州。由于哀伤过度，加之路途劳累，他面容陡然憔悴，熟人见了他都不敢相认。接着，他扶亡父棺柩从水路返回。途中狂风骤起，船在江上剧烈颠簸，船上的人都惊恐失色，柳遐抱住棺柩痛哭，誓与其共存亡，直到风止浪息。

南梁灭亡（557 年）后，柳遐应北周（都长安）朝廷之召，受任骠骑大将军、霍州刺史。柳遐为官清正，乐善好施。

某年，柳遐母亲乳房上长了个疽疮，疼痛难忍，他请来当地有名的医生给母亲治疗。医生对他说："这种病，没有什么好办法医治，只有靠别人替她把里面的脓吸出来，或许稍微能止点痛。"柳遐听医生这么说，当即下跪，趴在床边，用嘴为母亲的乳疮吸脓。他不嫌母亲的脓水脏，也不怕引发自己中毒得病，每天都要吮吸数次。十多天后，母亲的乳房居然消肿了，疮口渐渐愈合。

【简评】

古代的医疗条件和水平，与当代无法相比。为求母亲康复，柳遐坚持每天为母亲疮口吸脓,其情状令人感动。父母年老难免多病,儿女除了及时将其送医外,精心护理照料是对父母精神上的莫大安慰。柳遐尽心侍母,不失为古代的一大孝子。

徐彩鸾舍身救父

《元史》卷二百一《列女传》记载,徐彩鸾是元代蒲城人,年少时便崇尚贞节。她爱读儒学经典和历史,每诵读南宋爱国英雄文天祥的诗文,常常感动得痛哭流涕。

元至正十五年(1355 年),黄岩人方国珍领导的反元起义军攻打蒲城,已经出嫁的徐彩鸾跟随其父亲徐嗣源逃入县城外的山谷中。起义兵士冲上来抓住徐嗣源,叫喊着要杀死他。躲在树丛中的徐彩鸾见状挺身而出,对气势汹汹的兵士说:"他是我的父亲,你们可以把我杀死,但不能伤害他!"于是兵士抓住徐彩鸾而把她的父亲丢开。徐彩鸾仪态从容,毫无惧色,对父亲说:"有儿和他们说,你快快离开。儿奉行节义,今天就是死,也绝不受辱!"

兵士放走了徐嗣源,将徐彩鸾押至桂林桥边。徐彩鸾从路边拾块木炭,在身旁的墙壁上题诗一首,其中两句写道:"惟有桂林桥下水,千年照见妾心清。"之后,徐彩鸾厉声痛骂兵士祸害平民百姓,没有好下场。说完,她纵身一跳,投水自尽。兵士把她从水中救上来,过了一会,她趁兵士不注意,再次投水而死。

【简评】

盐贩出身的方国珍组建的部众,打着反元的旗号时反时降。

174

他们以占地谋利为主,打家劫舍、欺辱百姓是常有的事,徐嗣源父女遭其掳掠是其一例。躲在暗处的徐彩鸾见父亲被抓,毅然冲出来应付这群实为土匪的歹徒,宁愿自己被杀,掩护父亲脱走。她的这一壮举,超越了一般意义上的孝行,在古代不可胜数的孝子孝女中,徐彩鸾应是一颗闪亮的明星。

虞永明孝养患病父母

中国文明网报道,虞永明原是上海市某单位的职工,家住嘉兴街道榆兰新村社区。2004 年 4 月 20 日,虞永明的母亲突发心力衰竭。送母亲入院后,他便收到院方开出的病危通知书。经医生全力抢救,母亲尚未脱离危险,这时,他的父亲又突发脑梗,半身不遂躺倒在床上。

父母身患重病,生活不能自理,虞永明和妻子商量,决定辞去自己的工作,腾出时间集中精力服侍病在床上的父母。他按照医院的一套护理方法,细心护理母亲,使母亲脱离危险期,病情一天天好转。母亲由入院时医生判断只能活三天,多活了将近一年的时间,虞永明创造了延续母亲生命的奇迹。

2008 年,虞永明的父亲突发第二次脑梗,四肢都不能动弹,丧失了说话和吞咽的功能。虞永明每天给父亲喂饭喂水喂药,擦洗下身,帮他翻身,协助他排解大小便,从不嫌烦。有时,父亲大便排不出来,他就用手指一点一点将粪便抠出来,从不嫌脏。他成天守候在父亲身边,从父亲的眼神或嘴唇嚅动,领会父亲的需求,及时帮他解决。

六年多来,虞永明舍弃个人的一切爱好,陪伴父亲艰难地度过 2000 多个日日夜夜,使父亲的病情基本稳定。左邻右舍和社居委的人都称赞虞永明是个孝子,他问心无愧地说:"我就是要以孝心来延续父亲的生命。"2011 年 1 月,虞永明荣登中国好人榜。

【简评】

父母同时身患重病,对儿女的压力无疑是十分沉重的,尤其是独生子女。虞永明在妻子的支持下,毅然辞去工作,守候在家里,服侍卧床的父母,把父母的生命看得高于一切。虞永明深深懂得,没有父母当年辛勤的抚育,就没有他的今天。虞永明是一个真正的孝子,他长年服侍瘫痪的父亲,颠覆了"久病床前无孝子"的古老谚语,谱写了中华传统美德的新篇章。

唐红梅与瘫父相依为命

中国文明网报道,唐红梅,女,1991 年生于江苏省扬州市西来桥镇。1996 年,唐红梅的父亲唐华在建房工地施工时不慎从三楼摔下,当场昏死过去。经医生抢救,唐华虽然脱离生命危险,但全身瘫痪,生活不能自理。唐红梅的母亲不能承受这一飞来之灾的打击,离家而去。唐红梅当时只有 5 岁,照顾父亲的事由奶奶顶着。

唐红梅 10 岁那年,奶奶病逝。从此,她与瘫父相依为命。她知道,父亲没人照料就活不下去,便把一颗稚嫩的心完全贴在父亲身上。每天,小红梅起得很早,做好饭,照料好父亲才去上学。由于肌肉萎缩,父亲手上一点力气也没有,躺在床上起不来。小红梅每天都要把父亲扶起来好几次,喂饭喂水。由于力气小,她扶不动父亲,常常累得满头大汗,急得直哭。她的父亲咬着牙往上撑,有时也伤心落泪。最难的是帮助父亲排解大小便,小红梅要给父亲端尿盆,擦屁股,清洗下身,她从来不嫌脏,不嫌累,没有一声叹息,没有一句怨言。

为了减轻女儿的负担,唐华尽量控制自己的饮食,少吃少喝。有时候,他甚至想一死了之。小红梅察觉后,哭着劝父亲不能抛下她,不能让她一个人留在世上。她安慰父亲说:"只要能把你服侍好,哪怕只有一线希望,我都会去争取。"女儿火一般的亲情温暖了父亲的心,坚定了父亲活下去的信心。唐华想方设法配合女儿护理。父女俩在厄运的磨难中艰难度日。

唐红梅一边护理父亲,一边读完小学和初中。后来,红梅去本地一家工厂上班。第一次拿到工资后,她给父亲买回许多药。从此,父女俩的生活开始走出困境。2013 年,唐红梅与邻村小伙子姚磊结婚。姚磊像孝敬亲生父亲一样照顾岳父,使唐华的生活扬起新的风帆。2016 年 3 月,唐红梅荣登中国好人榜。

【简评】

天有不测风云,人有旦夕祸福。唐华跌伤致残,给他和他的家人带来灾难。其妻只顾自己弃家出走,丢下瘫夫、婆母、幼女,显然有失情理道德。唐华老母极度伤心自不用说,最为不幸的还是小红梅。她没有享受到别的孩子童年所享受的幸福,却过早地承担了别的孩子未曾承担过的重担。多难的磨砺,使她的花样年华绽放出灿烂的光彩。唐红梅有着水晶般的心灵,是世上最美丽的女孩。她高尚的品格,就像一朵鲜艳的红梅,香气四溢,沁人心脾。

为人处事　相互砥砺

　　父母入世比儿女早,为人处事的经验一般比儿女丰富,品行操守也应是儿女的楷模。但儿女在成长过程中,也渐渐学会用自己的眼光观察世界,了解社会,安排生活。在某些具体问题上,儿女的观点及处置方法,未必不及父母。当儿女成年以后,父母对儿女所说的话固然出于关爱,但不可武断;儿女听父母的话是对他们的尊重,但不可盲从。父母和儿女无论是否生活在一起,彼此都要经常沟通思想,清除"代沟",日常生活要相互关照,每临大事要相互砥砺,共同谱写两代人之间美好的生活乐章。

田文说服父亲

《史记》卷七十五《孟尝君列传》记载,孟尝君,名叫田文,是战国时期齐国(都临淄)宰相田婴的儿子。田文的母亲是田婴的妾,不受宠爱。田婴对田文生于五月五日很忌讳,要他的妾把她所生的这个孩子丢掉。田文的母亲偷偷把他养大成人。田婴知道后对田文的母亲痛加责备。田文向父亲叩头,问父亲为什么不愿抚养他。田婴回答说:"五月五日出生的儿子会长得与门头一样高,对他的父母不利。"田文不赞成父亲这一说法,辩解说:"人生是受命于上天,还是受命于门头呢?如果受命于上天,父亲大人担心忧虑也没有用;如果受命于门头,把门头加高一些就是了。"田婴觉得儿子说得有道理,默认了自己说得不妥,对儿子说:"你不要再说了。"从此,他改变了对田文的看法。

此后有一天,田文瞅准父亲特别高兴,假装似懂非懂的样子问父亲:"儿子的儿子叫孙子,孙子的孙子叫什么?""叫玄孙。"父亲答道。田文又问:"玄孙的孙子叫什么?"父亲想了想,不知如何回答。田文借机劝告父亲说:"你在齐国当宰相已经侍奉过三代君王,齐国没有富强,而我们家里却积累千金。我听说普通老百姓生活很苦,吃不饱穿不暖,而我们家的财富吃不完用不完。看来父亲大人是想把财产留给后代,传给你所不知道的什么人,却没有看到民众的生活一天比一天困难,国家的危机一天比一天加深。我这个做儿子的,对父亲大人的所作所为不能理解!"田文这番话使父亲深为触动。

田婴在职时贪赃枉法,营私舞弊,声名狼藉。齐宣王即位(前319年)后罢免他的相职。田婴退居其封地薛,让田文主管家政。

【简评】

父母靠合法收入积攒点家产留给儿女,是人之常情,无可非议。父母若是贪官以权谋私,贪得巨额财产,除了供个人挥霍外,也要留给子女,这可要另当别论。孟尝君的高明之处在于,他看到父亲贪赃枉法不得人心,从无须将千金传给后代这一角度,劝说其父不要再受贿敛财,以堵塞其父的贪欲,不失为一味苦口良药。当今官员贪赃腐败屡禁不止,贪官家属如果能像孟尝君那样,经常在家庭内部吹吹冷风、泼泼凉水,或许不会出现那么多锒铛入狱致使家庭破碎的贪夫贪妻、贪父贪母、贪子贪女。

范母为儿壮行

《后汉书》卷六十七《党锢列传》记载,范滂是东汉汝南征羌人,年少时便以良好的操行和清正的气节闻名乡里。范滂成年后,受州府举荐,被召入光禄勋府为后备官员。

不久,翼州发生饥荒,当地官府贪腐成风,反而加重对百姓的盘剥,民不聊生。范滂受任清诏使前往监察。上路后,范滂慷慨陈词,决心要扫除翼州的贪官,太守县令听说后吓得纷纷弃官而去。

之后,范滂受任三府掾。一次,三府长官太尉、司徒、司空听取下属对官员的评价,范滂一口气举报 20 多名朝廷部门长官和地方州府长官结党营私。有位尚书指责他弹劾的人太多,怀疑他在泄私愤。范滂回答说:"只有把奸臣除掉,朝野的风气才能清正。我弹劾的人和事如有半点不实,甘愿受到国法制裁。"范滂看到朝政腐败,知道自己的意见不会被采纳,便辞官回归故乡。

当时,宦官在朝廷当权,以权谋私,祸国殃民,引起太学生和正直官员的义愤。他们与宦官势力展开针锋相对的斗争,其代表人物有司隶校尉李膺、太仆杜密等人。范滂回乡后被汝南太守宗资聘为功曹,因反对录用自己没有德行的外甥李颂为府吏,得罪了中常侍唐衡。

东汉延熹九年(166 年),宦官诬告李膺、杜密、范滂等人结党,汉桓帝下令将李、杜、范等 200 多人逮捕入狱。城门校尉窦武的女儿是汉桓帝皇后,窦武上书称被捕的党人都是忠节之士,受奸臣诬陷,使"天下寒心,海内失望"。汉桓帝有所醒悟,第二年下令将被捕的党人释放,但规定终生不得做官。

经过这次劫难,党人名声大震。人们称大将军窦武、录尚书事陈蕃等三人为"三君",意为"一世之所宗";李膺、杜密等八人为"八俊",意为"人之英";范滂、太学生夏馥等八人为"八顾",意为"能以德行引人者"。

建宁元年(168 年),窦武、陈蕃谋杀当权宦官曹节、王甫事泄。曹、王等人发动政变,反将窦、陈等人处死。第二年十月,曹节等人追究陈蕃、窦武为李膺等人辩护的旧事,蒙骗年仅 14 岁的汉灵帝,下令再次逮捕党人。

汝南郡督邮吴导奉命逮捕范滂,抵达征羌后,他紧闭旅馆房门,伏在床上哭泣。别人都不知道发生了什么事,范滂听说后对人说:"他一定是为我的事来的。"县令郭揖听说要逮捕范滂,愤愤不平,抛弃官印和绶带,要领着范滂一起逃走。他对范滂说:"天下大得很,你何必待在这里,等他们抓你?"范滂回答说:"我死了,祸难也就消除了,怎么能因为我而连累你,还要让我的老母亲流离失所呢?"

范滂来到母亲身边,同她诀别说:"我不能再孝敬你老人家了,仲博弟会尽心尽意孝养母亲大人。我这次要到九泉之下拜望父亲了。儿只求你老人家从心里把我放下,不要为我太悲伤。"

范滂的母亲抑制着巨大的悲痛,对儿子说:"你今天能与李膺、杜密齐名,死也没有遗憾了！我这个做母亲的能有你这样的儿子,感到荣耀,感到宽慰,不会难过!"范滂跪在母亲面前,聆听母亲最后的教诲,与母亲挥泪而别,遇难时年仅 33 岁。

【简评】

东汉后期宦官当权,一大批正直之士被诬为"党人"惨遭迫害,李膺、杜密、范滂等100多人被迫害致死。回看这段历史,至今令人感到沉重。临难之际,范滂向母亲辞别,从容镇静。范母把巨大的悲痛压在心底,没有抱住儿子痛哭流泪,而是鼓励儿子坚持名节,以壮语激情为儿子送行。范母的凛然大义为天下的母亲所钦佩。北宋著名政治家、大文豪苏轼年少时,由母亲程氏辅导读书。一次,苏母阅读《范滂传》,慨然为之叹息。苏轼向母亲试探问道:"儿今后如果像范滂那样为人做官,母亲赞许还是不赞许?"苏母回答说:"你如果能像范滂那样为人做官,我这个做母亲的何尝不能像范母那样鼓励你奉行忠义!"可见,范母为儿壮行的故事曾使许多后人受到激励。

何父教子戒骄

(明)陆树声著《耄余杂识》记载,五代时期(907 年—960 年),何敬容(生平不详)担任吏部郎中后,朝廷和地方的官员纷纷趋附于他,一些尚未入仕的文人书生也想方设法和他套近乎交朋友。何敬容感到求他的人越来越多,心花怒放,沾沾自喜。

一次,何敬容回家和父亲谈起这些事,显得很得意。他的父亲害怕他以此骄傲而忘乎所以,告诫他说:"这些来向你讨好的人,是敬畏看中你吏部郎中的官职,而不是真正敬重你何敬容本人。处在尊贵显要地位的人要虚心谨慎,不要借以谋取什么好处,到你失去权势时也不会有什么失落。无论是得势之时还是失势之时,都要以平和的心态处事待人。"何敬容点头称是,从此把父亲的这番话记在心中。

【简评】

何敬容身居要职后,有求于他的人纷纷向他靠拢,他为此而得意忘形。何父看出儿子这一思想苗头,在儿子头脑发热时给他泼了一盆冷水,教他以平和的心态处事待人,一旦失势也不会感到失落。何父的话具有真知灼见,其对儿子的教导高人一等。为人父母对得势而骄纵的儿女经常敲敲警钟,让其保持清醒的头脑,不是没有必要。

谢母励儿做人

（民国）易宗夔著《新世说·忿狷》记载，清人谢济世18岁那年去参加一场考试，主考官赤着脚坐在厅堂上，令考生考完后跪着呈上试卷。谢济世看不惯主考官这副放浪的派头，不肯向他下跪，被主考官轰了出去。

谢济世回到家里，向母亲说了事情经过，承认没有拿到考试成绩是他的过错。母亲笑着说："孩子，你有什么错呢？今天，你如果为了混到儒生蓝布衫而屈膝下跪，日后一旦当了官便会钻狗洞，做上司的干儿子。自古以来，许多人都被'忍辱求荣'这句话误导了，看你今天这样有骨气，我放心了！"

后来，谢济世考中进士，担任监察御史，以刚正不阿出名。

【简评】

儿子应试没有交上试卷就回来了，母亲严加责备亦在情理之中，可谢母对儿子的举动反而大加赞赏，出乎儿子的意料。主考官要考生跪着交卷毫无道理，这样的教育方式，只能培养阿谀奉承的奴才。谢母教育儿子挺起腰杆做人，语重心长，鞭辟入里。父母以正气言传身教，是引导儿女健康成长的重要基础。历史上许多志士仁人所彰显的贫贱不移、威武不屈的品格，都与从小受父母教育有关。

杳无音信　喜获重逢

　　父母是儿女生命的根,父母是儿女心灵的家。儿女长大了,有的要离开父母远走高飞,去闯荡社会,去创造自己的人生。远走的儿女与父母虽然天各一方,一根无形的亲情主线还是把彼此紧紧相连。儿行千里母担忧,天涯儿女想父母,父母和儿女之间的亲情因分离反而会更加深沉。当代社会电信科技日新月异,电话、视频使用起来极为方便,能使遥隔万里的两代人随时联系,天天"见面"。父母与儿女分离并不可怕,可怕的是失联。由于战乱割据、自然灾害、家庭变故、坏人拐骗等,一些父母与自己的儿女失去了联系,年复一年音信全无,彼此牵挂不已。为了寻找亲人,许多人费尽心机,吃尽苦头。我们这里选叙几个幸运的人,他们在茫茫人海中苦苦寻觅,终于找到失联的亲人。久别重逢,悲喜交集,应是人生最庆幸最酸楚的时刻,令人为之感伤流泪。

庾道愍他乡遇母

《南史》卷七十三《孝义列传》记载,庾道愍是南朝宋(都建康)颍川鄢陵人,婴儿时,母亲因故离开了他。庾道愍懂事后虽然不知道母亲长什么模样,却非常想念她。他刻苦读书,学会写文章,准备日后走遍天涯海角也要找到母亲。

后来,庾道愍打听到他的生母可能流落在交州,便千里迢迢去广州绥宁府谋得一份差事。几年下来,他积攒了一点路费,背起行囊,跋山涉水,来到交州。茫茫人海,何处寻母?庾道愍四处奔波,吃尽苦头,花了一年多时间,走遍交州城乡,也没有找到母亲。在僻远的异地他乡,他叫天天不应,叫地地不灵,只好悲伤地哭泣,但无济于事。

一天,庾道愍走进一个村庄,傍晚时下起暴雨,便寄宿在一户人家。第二天天亮时,他见一个老太婆背着木柴从外面进门。庾道愍心里一震动,走上前与老人搭话,听她开口说话是鄢陵乡音,彼此一交谈,站在他面前的人,竟是他苦苦寻访的母亲!庾道愍跪在母亲的膝下号哭不止,母亲抱着她这个从北方赶来已经长大成人的儿子,悲喜交集,泪流满面。左邻右舍看到他们母子重逢的情状,无不为之感伤。

史书没有记叙庾母当时家境情况。这位漂泊异乡几十年日渐衰老的母亲,是随着儿子返回北方,还是留在交州,不得而知。庾道愍返回后入南齐(都建康,立国时间 479 年—502 年)做官,官至射声校尉。

【简评】

庾道愍万里寻母,举动感人至深。当时,没有便捷的交通工具,没有可连接千家万户的媒体,没有遥隔万里可通话照面的手机,苍茫天下,人海寻人,犹如大海捞针,难乎其难。庾道愍寻母的艰难历程,演绎了人世间割舍不断的母子亲情,是一曲凄美的歌谣,令人感伤落泪。

朱寿昌弃官寻母

《宋史》卷四百五十六《孝义列传》记载,朱寿昌是北宋(都开封)扬州天长人,其母刘氏是其父朱巽的妾。朱巽守京兆(代理京都地区行政长官)时,刘氏刚刚怀上寿昌即被朱家赶走。几年以后,寿昌被父亲收归家门。朱寿昌长大后,凭借其父的地位当上官,先后在陕州、岳州等地任职,政绩突出。

随着年龄和阅历的增长,朱寿昌越来越想念自己的亲生母亲。他只听说他的母亲去了北方,四处打听其下落,却毫无音信。于是他不再饮酒吃肉,用佛家的浮屠法烧灼后背和头顶,又刺血书写佛经,如此虔诚仍然没有打听到母亲的下落。

北宋熙宁初年(1068 年),朱寿昌辞去知广德军职务,告别家人,去北方探寻母亲,发誓不找到母亲,决不返回。

此时,朱寿昌离开母亲已有 50 年,母亲该有 70 多岁了。他渡过黄河,向北遍访各地,历尽千辛万苦,终于在同州找到自己的母亲。母亲同他分手后,改嫁给一个姓党的男人,又生了几个孩子。朱寿昌看到满头白发的母亲,看到岁月磨难刻在她脸上的沧桑,潸然泪下,与母亲长时间地哭在一起。

朱寿昌把年迈的母亲和异父弟妹一齐接到开封暂住。开封知府钱明逸把朱寿昌辞官寻母的事奏告皇帝,宋神宗为之感动,下令恢复朱寿昌的官职,考虑他孝养母亲的意愿,没有将他南派,任命他为河中府通判。

朱寿昌的孝行很快传遍天下,人们交口称赞,誉为楷模。当时的大诗人苏轼在其贺诗中赞叹:"嗟君七岁知念母,怜君壮大心愈苦。羡君临老得相逢,喜极无言泪如雨","感君离合我酸辛,此事今无古或闻。"

【简评】

茫茫人世间,有说不尽的骨肉分离之痛,朱寿昌因母亲被弃,幼年便和母亲分离。成年后,他常常想到母亲一个人飘零他乡,惦念母亲能否衣食温饱,成为他无法排去的心病。为了不让自己留下终生遗憾,在与母亲分离50年后他决心弃官寻母,其孝意令人感伤和钦佩。皇天不负有心人。朱寿昌历尽艰难终于寻找到母亲,将她领回身边养老送终,了却了作为儿子的心愿。年近六旬的朱寿昌弃官寻母的事一时间广为传颂,从平民百姓到皇帝高官,无不为之感动。这说明,历经磨难的亲情更加值得珍惜,更能引起人们的思想共鸣。

李芳爆异乡寻父再寻母

《清史稿》卷四百九十八《孝义列传》记载,李芳爆是明代湖南湘乡人,小名叫葵生。明崇祯十三年(1640 年),张献忠、罗汝才领导的农民起义军进入湖南(参阅汤纲、南炳文著《明史》),李芳爆的父母被散兵掳掠,三个兄弟被杀。李芳爆将三个兄弟安葬后,离家去寻找父母。

李芳爆漂泊流浪,四海为家。后来,他来到贵阳,像往常一样,逢人便讲述其父母的相貌,询问是否见过。一天,有人告诉他,某地军队中有个人长得像他父亲。李芳爆随即赶到所指军队驻地,向门卫说明来意。进入营房后,他果然找到了自己的父亲。父亲办理了退伍手续,同李芳爆一同回到故乡。

接着,李芳爆又外出寻找母亲。经过一番奔波,他来到宝庆境内。一天傍晚,他去一个山庄投宿,进门见两个老太婆正在忙活,其中烧饭的老人看上去像是自己的母亲。李芳爆走上去向老人说了他是湘乡人,父母哪一年被兵士掳走。老人一听仔细看了他一眼,惊呼道:"你是葵生吗?我就是你的母亲啊!"老母哭着向儿子叙说,为了躲避兵乱,她四处讨饭,无处栖身,前几天才来到这家帮工。李芳爆随即把母亲接回家,一家人得以团聚。

【简评】

　　李芳燦的父母都是老实巴交的人,其父脱离起义军羁押,转入官军后,没有再与家乡亲人联系,其母大概担心回乡后再遇祸难,也没敢返回家乡。面临家破人亡,李芳燦痛定思痛,最挂念的还是自己的父母。他四处流浪,吃尽苦头,终于找回漂泊在两地的父母,使一家三口重新团聚。李芳燦寻亲经历,创造了人间奇迹,向世人展示了亲情永驻的真谛。

张雪霞寻子二十五年

《京华时报》报道,1991 年 12 月 29 日,家住贵州省都匀市时年3 岁的男孩宋彦智,在匀城电影院门前玩耍时,有个男人走过来拿棒棒糖给他吃,说要抱他一下,他就头晕失去知觉。等彦智醒来时,他已被人带上火车。见不到父母,他哭个不停,哭着哭着又昏睡过去。再次醒来时,他已被人贩子卖给广东乡下的养父母家。

当天,宋彦智的母亲张雪霞、父亲宋怀南跑遍都匀大街小巷,没有找到自己的儿子,也没有好心人将儿子送回,他们判定儿子准是被人贩子拐走了。接连好多天,他俩像掉了魂似的焦急而又无奈。夫妻俩抱定一个决心,无论如何也要把儿子找到,于是他俩踏上艰难而又迷茫的寻子之路。

10 多年没有寻到儿子的音信,使宋怀南患上精神抑郁症。2006 年大年初三,宋怀南留下"我只要我儿子宋彦智"的字条,跳楼自杀。这让张雪霞备受煎熬的心灵雪上加霜。她把悲痛压到心底,重新振作起精神。她没有考虑再婚重组家庭,始终坚持一个信念,一定要把儿子找到。张雪霞先后走访 40 多个城市,把彦智的体貌特征发到多家媒体,一直没有获得儿子的信息。

事过多年,宋彦智早已换了姓名,由养父母抚养长大,在广州做茶叶生意,并且已经结婚,生有两个孩子,日子过得很甜美。当他得知现在的父母不是亲生父母后，也在千方百计寻找他的生身父母。

2011 年，宋彦智在网上看到一个叫张雪霞的母亲在寻找失联的儿子。张雪霞在"寻人启事"中写明其丢失的儿子左手有痣，右屁股有雁形胎记。宋彦智知道自己身上也有这些标志，但和张雪霞提供的位置正好相反。原来是张雪霞记错了，母子俩在网上擦肩而过，未能相认。

2016 年 2 月 22 日，张雪霞提供的宋彦智被拐前的照片在《京华时报》刊登。宋彦智见报后把照片拿给养父母看，养父母对他说，照片上的孩子和他小时候一模一样。宋彦智十分兴奋，当即给张雪霞发去短信："阿姨你好！祝你元宵节快乐，心想事成！"

宋彦智很快赶到都匀，想通过抽血化验，来证实他和张雪霞有血缘关系。3 月 4 日，宋彦智抽出的血型标志，与张雪霞、宋怀南库存的血型标志完全一致。张雪霞终于找到失联 25 年的儿子！母子俩又惊又喜，眼前的一切恍然若梦，而又不是梦，是千真万确的现实！母子俩什么话也没说，只是长时间抱头痛哭。

旁边的人劝慰他们母子俩不要太伤心，说母子重逢，好日子还在后头。宋彦智一直没有停止哭泣，哭着说："爸爸为了我不幸离世，妈妈你，太辛苦了！"张雪霞劝慰说："孩子，我的好孩子！你别哭了，妈妈都不哭了！妈妈找到你，压在心里的一块石头总算落下了。你再哭我的心都要碎了！妈妈看到你这样好好的，也就放心了！"

宋彦智随母亲回到家里，住了几天。张雪霞对儿子说，你是养父母一手养大的,他们是你的大恩人,你要好好地孝敬他们。宋彦智点头称是。他和母亲商定,以后要把母亲接到广州去,和他们住在一起,免得老人家一个人住在都匀孤单。

【简评】

　　幼小的儿子被拐走以后,宋怀南张雪霞夫妇丧魂失魄,四处寻找,宋怀南更是付出生命的代价。作为母亲,张雪霞25年的寻儿历程,闪耀着人世间母爱的春晖。母子俩喜获重逢时的对话,令人为之垂泪,不仅体现了母子情深,同时也表达了尊重历史、尊重他人的大义。

舍弃亲情　留取大义

　　家庭是人类社会的细胞。一个家庭,总是在一定的国家、民族、城市或乡村即人类社会中生活。国家和民族是民众的精神支柱,国家和民族的利益集中反映着每一个家庭的利益。父母和儿女间的亲情是一个家庭的精神支柱,集中反映着每个家庭成员间的情感和利益。国家的利益和每个家庭的利益,总体上是一致的,有家才有国,有国才有家。但有时,国家的利益和某些家庭的利益也会发生矛盾,也就是人们常说的忠孝不能两全。当国家利益的大义和家庭生活的私情发生矛盾,二者不可兼顾的时候,有许多人毅然以大义为重,以对国家的忠贞和无私奉献,谱写出一曲曲英雄的壮歌,令人敬仰赞叹。

石碏大义灭亲

《左传·隐公四年》、《史记·卫康叔世家》记载,石碏是春秋时期卫国(都朝歌)大夫,他发现卫庄公同其爱妾所生的公子州吁行为放纵,劝卫庄公对其严加管教,卫庄公没有听取。石碏的儿子石厚追随州吁为非作歹,石碏对他严加痛斥,石厚没有改正。

卫庄公去世后,太子完继位为卫桓公。州吁不服,企图作乱,卫桓公将他驱逐到国外。卫桓公十六年(前719年),州吁纠集从卫国逃亡到国外的一些人袭杀卫桓公,自立为卫国国君。大臣和民众不接受州吁自立,卫国陷入动乱。

石厚向其父询问怎样才能稳定州吁的君位,石碏不但不为他们出谋划策,反而决意为国除害。他知道卫桓公生前是陈国(都陈)的女婿,陈国君臣对州吁杀害卫桓公十分怨恨,便回答儿子说:"州吁只有去朝见周天子,才能取得合法地位。要不然去陈国,陈国国君陈桓公正受到周天子的信赖,去陈国请他帮忙也行。"

于是石厚随州吁离开卫国去陈国。在他们动身之前,石碏派人与陈国君臣联系,致使州吁、石厚一进入陈国就被抓捕。卫国派右宰丑去陈国濮地杀死州吁。石碏派其管家獳羊肩去陈国将石厚处死。与此同时,卫国大臣扶立卫桓公之弟公子晋即位为卫宣公,卫国的局势很快恢复平稳。时人称赞石碏"大义灭亲",是个忠臣。

【简评】

石碏借助陈国之力,除掉祸国殃民的州吁及追随州吁的亲儿子石厚,大义灭亲,至今仍为美谈。人世间亿万家庭中,孝顺父母有益社会的儿女占绝大多数,但也的确有极少数孽子搅得家庭不和、一方不宁,父母为之伤透脑筋。处理这类问题比较棘手,石碏的举措今天不可效法。父母在无法与孽子沟通思想、亲朋劝解也无效的情况下,唯一可取的办法是求助司法部门,靠法律来裁决。

赵母励儿尽忠

《后汉书》卷八十一《独行列传》记载,赵苞,字威豪,是东汉甘陵东武城人。东汉嘉平五年(176 年),赵苞因"政教清明",由广陵县令升任辽西郡太守。赵苞到任后整肃吏治,加强边防,辽西的社会风气为之一振。

第二年,赵苞派人把他的母亲和妻子接到辽西来。当她们行至柳城时,赵苞的母亲和妻子被鲜卑部众劫持。鲜卑人押着赵苞的母亲和妻子去攻打辽西郡城,赵苞率 2 万步骑兵与之对阵。

鲜卑人把赵苞的母亲捆绑着,推出来给守在城门上的赵苞看。赵苞见状号啕大哭,对城下的母亲说:"我这个做儿子的不成器,本来想为国家供职,以我的俸禄赡养你老人家,万万没有想到会给母亲招来祸难。从前,我在家的时候,唯一的身份就是你老人家的儿子。今天,我职务在身,是国家的大臣,就不能只顾母亲的私恩,毁坏我的名节。我即使万死,也不能抵消对你老人家的罪过!"赵母仰望着儿子,坦然从容地说:"威豪,各人有各人的寿命,你何须顾虑我而损害你的忠义! 你不要挂念我,尽管去为国尽忠吧!"

赵苞当即下令将士向鲜卑人出击,将他们击溃。他的母亲和妻子随即被鲜卑人杀害。汉灵帝听说赵苞舍母尽忠,亲自写信向他慰问,并封他为剑侯。

赵苞将母亲和妻子的遗体送回原籍安葬,对乡邻们说:"吃了国家俸禄而逃避祸难是不忠的,牺牲母亲以保全我的忠义是不孝的。只忠不孝,我还有什么脸面活在世上啊!"由于伤心过度,没过几天,赵苞吐血而死。

【简评】

　　鲜卑人以赵苞的母亲做人质,胁迫赵苞弃城投降。母亲临难之际,赵苞做出抉择,宁可舍弃母亲,也要为国守城。他的母亲更是笃守大义,宁愿被杀,激励儿子为国尽忠。母子俩在敌人兵临城下的对话,是一曲舍亲情取大义的爱国主义壮歌,气贯长虹,回响千古。

王义方弃孝尽职

《旧唐书》卷一百八十七上《王义方传》、《通鉴纪事本末》卷三十《武韦之祸》记载,王义方是唐代泗州涟水人,早年博览群书而有独立的见解。一次,他赴京赶考,路上遇见一个人因父亲病危急着赶路,王义方将自己骑的马送给了他,没有告诉他姓名便离开了。

后来,王义方受任晋王府参军,侍中魏徵看中他的人品和才能,想把自己的侄女嫁给他,王义方没有马上答应。不久,魏徵退居特进,王义方娶了魏徵侄女为妻。他对人说:"开始我没答应娶魏氏,是不肯依附宰相的权势。今天所以娶了魏氏,是感念魏老的错爱之恩。"

唐贞观二十年(646年),刑部尚书张亮蒙冤被杀。王义方时任太子校书,受张亮案牵连,被贬为儋州吉安丞。

显庆元年(656年),中书侍郎李义府看中女犯人淳于氏的美色,指使大理寺丞毕正义释放淳于氏,将其收纳为妾。大理寺卿段宝玄怀疑其中有徇私枉法行为,将此事报告唐高宗。唐高宗令人调查,将毕正义收审。李义府害怕事情暴露,逼迫毕正义自杀以灭口。唐高宗听说毕正义已死,下令停止追查,有意将李义府包庇下来。

当时,王义方刚被召回,受任侍御史,对毕正义被逼自杀愤愤不平。他知道,李义府原为中书舍人,人称"李猫",为人笑里藏刀。宰相长孙无忌厌恶其人品低劣,去年曾动议将其贬为壁州司马。李义府闻讯以攻为守,他知道宰相褚遂良和长孙无忌以武则天曾是唐太宗后妃,反对将她立为皇后,唐高宗极为不快而又无可奈何,便乘机迎合高宗意旨,上书请求废黜王皇后,改立武昭仪为皇后。高宗如获至宝,借此下令废王皇后、立武昭仪为皇后。接着,高宗与武皇后合谋,将褚遂良、长孙无忌罢官流放,同时将李义府提为中书侍郎。眼下,李义府正受到高宗和武后的宠信。

王义方少年丧父,家境贫寒,是寡母历尽艰难一手把他养大的。他想到,自己身为御史,发觉奸臣杀人灭口而受到皇帝保护,站出来维护法律和正义,可能会招致贬官、坐牢、杀头。这样做虽然能尽忠职守,却对不起自己年迈的母亲,不能再为她尽孝。迎合帝意,纵容犯罪,可以明哲保身,为母尽孝,却谈不上忠于职守。两相权衡,王义方拿不定主意,征求母亲的意见。母亲对他说:"你身为朝廷大臣,能尽忠职守,为民除害,我就是受牵连,死了,也毫无遗恨!"母亲的话说得王义方热血沸腾,他决意弃孝尽职,甘冒坐牢杀头的风险,上书弹劾李义府的罪行。

唐高宗看了王义方的上书大为恼火,指斥他"毁辱大臣,言辞不逊",下令将他贬为莱州司户参军,反而将李义府提升为中书令。王义方看出武后干政朝廷黑暗,忠正之臣无力改变这一现状,便辞官而去,在昌乐定居,聚徒讲学,赡养老母。

【简评】

发觉奸臣杀人灭口而受到皇帝包庇,是站出来伸张正义,还是避而不问,对于王义方来说,不仅面临正与邪的选择,更是一场生与死的考验、尽职与尽孝的抉择。他知道,作为监察官对于权臣犯法保持沉默,自己会平安无事,那样便是失职;挺身护法是他责无旁贷的职责,那样自己会受到迫害,更对不起养他成人的母亲。忠孝不能两全,如何选择,他征求母亲的意见。在母亲大义支持下,王义方弃孝尽职,上书弹劾奸臣违法杀人,其浩然正气令人钦佩。他的那位不知姓名的母亲尤其令人肃然起敬。只有这样伟大无私的母亲,才能教育出像王义方这样优秀的儿子。与王义方和其母亲一身正气相比,谄上欺下的李义府显得十分猥琐渺小。

洪母斥儿变节

《清史稿》卷二百三十七《洪承畴传》、(清)刘献廷著《广阳杂记》记载,洪承畴是明代福建南安人,早年入明朝廷做官,官至兵部尚书、蓟辽总督,肩负抗清重任。

明崇祯十四年(1641年),洪承畴受命统率13万官兵抗击南下清军。第二年,洪承畴兵败被俘,投降清军。清太宗赏以重金,把他视为进军中原的向导。明朝灭亡后,洪承畴受任"招抚南方总督军务大学士",引导清军攻打或招抚徽州、南昌、江宁等数十个州府。洪承畴行迹远至广东、广西、云南、贵州,为清军夺取全国充当了向导。

清顺治十六年(1659年),洪承畴回到京都北京,受任武英殿大学士。此时,洪承畴的母亲仍然健在。她听说儿子的斑斑劣迹后,对儿子投降变节为清军效劳深恶痛绝。洪承畴派人把他母亲从福建老家接到京都来,想让她安享晚年。他压根儿没有料到,老母见到他竟怒气冲天,破口大骂,历数他犯下的死罪,指着他的脸斥责道:"你派人把我接到这里来,是想要我成为清朝的老奴婢吗?我今天要把你打死,为天下除害!"说着,洪母举起拳头朝儿子打来。洪承畴见母亲怒不可遏,连忙闪开逃走。他的母亲随即买了南归的船票,返回福建老家。

【简评】

洪承畴的母亲作为明朝的遗民,在思想上一直抵制女真人入主中原,认为其子投降清军,帮助女真人夺取天下,罪该万死,对其入清朝做官更是深恶痛绝。她以国家民族大义痛斥儿子的变节行为,一吐积郁在心中的气恼以解恨。她视儿子领取的清朝俸禄为耻辱,毅然返回老家,与儿子断绝关系,其民族气节令人敬佩。由此可以看出,父母教育子女负有终身的责任,任何时候发现子女违法犯罪,危害人民,都不能姑息纵容,而应严加训斥。洪母的义举,为天下父母鞭挞背离民众的不肖子女树立了典范。

何功伟狱中寄父

中国青年出版社出版的《革命烈士书信》记载，何功伟1915年生于湖北省咸宁县，7岁丧母，是父亲一手把他养大的。他年少时便离开父亲，投身革命事业，1936年加入中国共产党，历任中共湖北省委委员、鄂西特委书记，创建了鄂南抗日游击队。1941年1月6日，国民党反动派发动"皖南事变"，调转枪口，袭击新四军，屠杀坚持抗日的共产党人。因叛徒出卖，何功伟被国民党反动当局逮捕，关进恩施监狱。

敌人威逼利诱何功伟叛党，向他们投降，遭到他严词拒绝。敌人又策划一条毒计，扬言要让何功伟的父亲前来劝他投诚。为此，何功伟给他的父亲写去一封诀别信，表达了对父亲的无限深情和舍亲赴义的耿耿丹心。

何功伟在信中写道："儿不肖，连年远游，既未能承欢膝下，复不克分持家计。只冀抗战胜利，返里有期，河山还我之日，即天伦叙乐之时。""新四军事件发生之日，儿正卧病乡间。噩耗传来，欲哭无泪。孰料元月二十日，儿突被当局拘捕。""系因为共产党人而构陷入罪。当局正促儿'转变'，或无意必欲置之于死，然按诸宁死不屈之义，儿除慷慨就死外，绝无他途可循。为天地存正气，为个人存人格，成仁取义，此正其时。""微闻当局已电召大人来施，意在

208

挟大人以屈儿,当局以'仁至义尽'之态度,千方百计促儿'转向',用心亦良苦矣。而奈儿献身真理,早具决心,苟义之所在,纵刀锯斧钺加颈项,父母兄弟环泣于前。此心亦万不可动,此志亦万不可移。"

"谚云:'知子莫若父'。大人爱儿最切,知儿亦最深。""儿为和平团结、一致抗日而奔走号泣,废寝忘餐,为当局所不谅。大人常戒儿明哲保身。儿激于义愤,以为家国不能并顾,忠孝不能两全,始终未遵严命。大人于失望之余,曾向诸亲友叹曰:'此儿太痴,似欲将中华民国荷于其一人肩上者!'往事如此,记忆犹新。夫昔年既未因严命而中止救国工作,今日又岂能背弃真理出卖人格以苟全身家性命?儿丹心耿耿,大人必烛照无遗。若大人果应招来施,天寒路远,此时千里跋涉,怀满腔忧虑而来;他日携儿尸骸,抱无穷悲痛而去。徒劳往返,于事奚益?大人年逾半百,又何以堪此?是徒令儿心碎,而益增儿不孝之罪而已。"

"儿七岁失怙,大人抚之养之,教之育之,一身兼尽严父与慈母之责。恩山德海,未报万一,今后,亲老弱弟,侍养无人。不孝之罪,实无可逃。然儿为尽大孝于天下无数万人之父母而牺牲一切,致不能事亲养老,终其天年。苦衷所在,良非得已。惟恳大人移所以爱儿者以爱天下无数万人之儿女,以爱抗战死难烈士之遗孤,以爱流离失所无家可归之难童,庶几儿之冤死或正足以显示大人之慈祥伟大。""胜利之路,纵极曲折,但终必导入新民主主义新中国之乐园,此则为儿所深信不疑者也。将来国旗东指之日,大人正可以结束数年来之难民生涯,欣率诸弟妹,重返故乡,安居乐业以娱晚景。今日虽蒙失子之痛,苟瞻念光明前途,亦大可破涕为笑也。"

当年 11 月,何功伟被国民党反动派杀害,年仅 26 岁。

【简评】

这是一位爱国志士临难之际写给父亲的诀别信,表达了父恩未报的无奈,抒发了共产党人抛却私情为国献身的壮志豪情,读来催人泪下。抗日民族统一战线建立以后,蒋介石作为国家首脑没有忘记消灭共产党人,震惊中外的"皖南事变"是他蓄意屠杀共产党人的铁证。国难当头,何功伟一心救国救民,他顾不上报答慈父养育之恩,顾不上谈情说爱建立自己的小家庭,全身心投入抗日战争。因为他是共产党员,"皖南事变"后他被国民党反动派逮捕。敌人逼迫他叛党,向反动势力投降。何功伟坚持党的理想信念不动摇,决心为人民的利益献出宝贵的生命,"纵刀锯斧钺加颈项""此志亦万不可移",耿耿丹心,跃然纸上。他以天下大义安慰父亲:"儿为尽大孝于天下无数万人之父母而牺牲一切","惟恳大人移所以爱儿者以爱天下无数万人之儿女,以爱抗战死难烈士之遗孤,以爱流离失所无家可归之难童。"多么博大的胸怀!浩然正气磅礴于天地之间。作为后来人,我们捧读何功伟烈士的这封家书,心情沉重,久久不能平静。

祖孙情深　相依为命

　　人们常说隔代更亲。对这句话，上了年纪的爷爷奶奶、外公外婆都会有切身的体会。这是因为夫妻度过生儿育女的漫长岁月，日趋衰老，看到自己的孙子孙女（或外孙外孙女，为行文简便下略）来到这个世上，看到自己的生命在孙辈身上得到再一轮延续，出自本能会感到无比欣慰。就当代中国多数家庭而言，儿子媳妇忙着上班，祖父祖祖母带着孙子孙女是一种天伦之乐，接送孙辈上学同样乐在其中。儿子媳妇若在外地创业，年幼的孙子孙女则主要靠祖父祖母抚养。祖父祖母日渐年迈，也要靠长大成人的孙子孙女照应。如果祖父祖母同孙子孙女相依为命，其祖孙之情格外深挚。

李密上书陈情

《晋书》卷八十八《李密传》记载,李密是三国时期蜀国犍为武阳人,幼年丧父,母亲改嫁,靠祖母刘氏一手养大。祖母生病时,李密侍候祖母寸步不离,冷天夜里不脱衣服睡在祖母旁边,随时听从使唤。每次给祖母喝汤吃药,李密总是先尝过才让祖母吃,乡里人都夸他孝顺。

李密早年刻苦读书,才华横溢,以忠孝和才学被朝廷召任为郎。蜀国被魏国军队攻灭后,李密回乡隐居,孝养祖母。

晋王司马炎灭魏建晋(都洛阳)即位为晋武帝后,招揽天下人才。他听说原蜀国郎官李密才学出众,便想起用他。西晋泰始三年(267年),晋武帝召任李密为太子洗马。李密以"祖母年高,无人奉养"辞谢。

李密在给晋武帝的奏书中,陈述了他早年的悲惨命运:臣刚来到世上就很倒霉,屡遭磨难。出生才6个月,父亲便去世了。4岁时,舅舅逼迫母亲改嫁。母亲抛下臣和祖母,离家远去。臣悲伤父亲,想念母亲,以致生了一场大病,9岁还不会走路,生活全靠祖母刘氏照料。臣既没有伯伯、叔叔,也没有兄弟姐妹,既没有亲戚帮助,也没有同龄小朋友串门,孤苦伶仃,唯靠祖母养大成人。

李密在奏书中接着写道:眼下,臣的祖母如同快要落山的太阳,只剩下一口气了,生命非常危险,过了早晨甚至都活不到晚上。臣没有祖母,不会活到今天,而祖母没有我这个孙子在身边,也难以度过余年。我们祖孙二人就是这样息息相关,相依为命。臣为了这点私情,所以不敢赴命。如今,臣44岁,祖母96岁。臣效忠陛下来日方长,而报答祖母的日子不多了。请求皇上允许臣为祖母养老送终。

晋武帝看了李密这封奏书后,称赞他的才名孝名果不虚传,下令暂停对他征召。后来,李密的祖母去世,服丧期满后,朝廷仍然召任他为太子洗马。

【简评】

李密自幼遭受磨难,全靠祖母把他养大成人。祖孙俩无依无靠,相依为命,度日如年。李密这封奏书(即《陈情表》)哀婉悱恻,娓娓道来,感动了晋武帝及其大臣,也感动了后世千千万万的人。它之所以成为千古绝唱流芳百世,不仅在于它表达的思想感情真挚动人,而且在于它运用了精练优美的语言,如用"茕茕孑立,形影相吊",形容他与祖母孤苦伶仃;用"日薄西山,气息奄奄,人命危浅,朝不虑夕",形容祖母年高体衰命在旦夕,为我国的语言文字宝库增添了灿烂的明珠。

刘审礼扶持祖母避乱

《旧唐书》卷七十七《刘审礼传》记载，刘审礼是隋代徐州彭城人，年少时母亲病故，其父刘德威长年在军队中供职，无暇顾家。刘审礼由祖母元氏抚养长大。

隋炀帝即位后祸国殃民，民不聊生。隋朝晚期，天下大乱，长江以北遍地燃起农民起义的烽火。隋大业十年（614年），张大彪领导的农民起义军占领彭城（参阅王仲荦著《隋唐五代史》），封锁了交通要道。兵荒马乱之际，人们成群结队地往南逃难。刘审礼当时还不到20岁，背着年老体弱的祖母夹在人群中，渡过长江，居无定所，四处漂泊。

唐武德元年（618年），唐王李渊灭隋建唐称帝，天下趋于平定。刘审礼侍候祖母在江南度过四年多流浪生活，才返回彭城老家。他经过打听得知，其父随农民起义军归附唐朝，受任左武侯将军，便扶持祖母去京都长安投奔父亲。

祖母年老多病，刘审礼成天守候在她的身旁。他每次把药煨好，总是先尝过汤药才端给祖母喝。祖母常对审礼说："孙儿孝顺，服侍我，心很细，每想到这里，我身上的病马上就减轻了。"

贞观十七年（643年），刘审礼祖母元氏病逝。刘审礼守丧期满后才进入朝廷做官。

【简评】

刘审礼由祖母养大,对祖母感情最深。农民起义军占领彭城后,刘审礼若不背着祖母逃离,祖孙二人极有可能以官军亲属被抓捕处死。从童少时起,一直到祖母去世,漫漫几十年,刘审礼始终陪侍祖母度过,其尽心孝意超过其公务缠身的父亲。其父生前受封彭城县公,死后朝廷决定由刘审礼袭爵,他推让给异母弟没有获准。后来,他把俸禄的大部分都送给继母及其儿子,自己和妻儿却时常难以维持温饱。刘审礼崇高的品德超群出众,令人为之赞叹。

杜伯明抚养孙子孙女

中国文明网报道,杜伯明是从内地去新疆谋生的老汉。1993年,他60岁,远在内地老家的儿子突患重病,儿媳是残疾人生活不能自理。为了给儿子儿媳看病,杜伯明花光了多年的积蓄。他还要承担儿子儿媳和三个未成年孙子孙女的各项开支费用,生活的重担压得他几乎喘不过气来。于是杜伯明辗转来到乌鲁木齐市西郊建设兵团某部三坪农场,承包种植大棚蔬菜。他的老伴带着孙子孙女也来到这里,祖孙5人就住在一间10多平方米的小棚子里。

2004年,杜伯明的儿子受不了疾病的折磨,自杀身亡。儿媳被娘家接了回去。从此,杜伯明老两口丢下对老家的牵挂,把全部的心思都放到孙子孙女身上。这一年,大孙子考上大学,他俩从亲戚朋友那里借一点,七拼八凑才把几千元的学费筹齐。二孙女见爷爷为着一家人的生活太苦太累,决定不再上学,去打工挣钱供哥哥上学。杜伯明安慰孙女说,这么多年都过来了,穷日子不会太长了。他千叮万嘱,鼓励孙女继续上学。

2007年,杜伯明的老伴患了胃癌,查出时已是晚期。去世前,她唯一放不下的是孙子孙女,交代老伴要把他们养大成人。当时,孙子孙女都不在场,过后听爷爷说到这里,心里都很难过,只能把痛永远埋在心中。

杜伯明的老伴去世后,他一个人忙里忙外更累了。随着年岁的增长,他愈来愈感到力不从心,有两次,竟晕倒在大棚中。左邻右舍伸出援助之手,主动帮他忙些农活和家务。2008 年,杜伯明的孙子大学毕业。他没有应聘去南疆工作,而是回到爷爷身边,接过种植大棚蔬菜的担子,一边照料年迈的爷爷,一边扶持两个妹妹上学,为这个多难的家庭扬起新的风帆。

2014 年 5 月,82 岁高龄的杜伯明荣登中国好人榜。

【简评】

在人类社会亿万个家庭中,有一些家庭多灾多难,蒙受多重不幸,杜伯明的家庭就是一例。儿子因病自杀,儿媳身残生活不能自理,他俩丢下三个年幼的子女,只能靠收入微薄的爷爷奶奶来抚养。杜伯明虽然是个穷老汉,却是个硬汉,他和老伴白手起家,艰苦创业,迎接生活的挑战,挺过了艰难的岁月,把 3 个孙子孙女抚养成人,抒写了生活的壮美篇章。杜伯明的人生或许苦多甜少,没有多少享受,但活得十分充实,苦有所值,不愧为孙子孙女心目中的好爷爷。

万传琦辞职孝养祖母

中国文明网报道,万传琦是辽宁省沈阳市一个 80 后年轻人,2 岁时父母离婚,母亲离他而去,靠父亲和奶奶抚养成长。他 10 多岁时,父亲突发心肌梗死去世。从此,他与奶奶相依为命。奶奶常对他说,"眼是懒蛋,手是好汉",教育他从小养成勤劳的习惯。他跟着奶奶从学习做饭开始,分担奶奶的家务。高中毕业后,为了便于照顾年逾八十的奶奶,万传琦报考本市的沈阳大学,每天早出晚归,走读上大学。大学毕业后,他考入沈阳市开发区规划和国土资源部门担任秘书工作,心里十分满意。

万传琦没有想到,刚工作一年多,85 岁的奶奶突发脑梗,瘫痪在床。奶奶生活不能自理,得有人成天服侍。万传琦左思右想,现在他不守在奶奶身边服侍她,以后可能一辈子都没有机会了。他和新婚妻子马丽艳商量,决定辞掉眼下这份理想工作,回到家里专门服侍奶奶。

为了防止奶奶久卧不动生褥疮,万传琦和妻子定时给老人翻身擦洗。妻子见他一个人忙不过来,也辞掉工作,靠在门前摆地摊出售网络拼图和儿童玩具勉强维持生活。他俩给奶奶喂饭、喂水、喂药,帮助老人排解大小便,每天夜晚轮流看护奶奶。为了节省开支,万传琦自己组装制氧机、导尿管、吸痰机,营建"家庭病房",并试制下胃管,帮助奶奶输入流食。

日复一日,三年时光过去,万传琦的奶奶三次病危,都在孙子孙媳的细心照料下转危为安。有人问万传琦怎么这样孝敬奶奶,他回答说:"义不容辞,责无旁贷。"人民网、央视网和沈阳多家媒体纷纷报道了万传琦、马丽艳夫妇的感人事迹。2016 年 3 月,万传琦荣登中国好人榜。

【简评】

人最珍惜看重的是自己的生命,正常情况下,即使到了奄奄一息之际,也还想在这个世上继续活下去。生存是人的基本愿望,也是人的基本权利。万传琦夫妇辞职服侍耄耋之年瘫痪在床的奶奶,正是深深理解奶奶的这一基本愿望,赤诚尊重她的这一基本权利。万传琦孝敬祖母的举动,反映了他坚守道义的做人品德。他没有忘本,始终记着奶奶的养育之恩,把祖母的生命看得高于他自己的个人利益,彰显了人类亲情中最美好最闪光的亮点,令人为之赞叹。

兄弟姐妹　情比金坚

　　共同的父恩母爱像一根扯不断的纽带,把兄弟姐妹之间的情感牢固地联系在一起。孩童时代,兄弟姐妹或跟随父母共患难,或围绕父母共享欢乐;彼此间或跌跌撞起,或吃食谦让,这些保存在大脑中的童年记忆,是兄弟姐妹间难忘的情结。正是这些情结的凝聚,使兄弟姐妹间手足情深。随着年龄的增长,兄弟姐妹先后像离巢的小鸟,离开父母,劳燕分飞,但彼此感情不会因为分离而淡化。当然,兄弟姐妹之间因种种原因,也有关系不和,甚至反目成仇的,诸如皇帝的儿女为争夺皇权,富家子女为争夺遗产等等,但那毕竟是少数。在漫长的人生路途中,兄弟姐妹虽然各自成家,彼此间总还是互相提携,互相砥砺,亲情在孝敬父母和生儿育女等诸多家事中和谐发展,与日俱增。

郑均劝兄廉洁从政

《后汉书》卷二十七《郑均传》记载,郑均是东汉东平任城(位于今山东省济宁市)人,年少时便崇尚清静无为的道家学说,注重品德修养。他的长兄郑仲在县府担任游徼,经常接受别人的礼品和贿赂。郑均认为长兄的思想行为不端正,这样发展下去十分危险,多次劝他要秉公办事,不要收受人家的东西,郑仲总是不听。郑均无力劝阻其兄的贪欲,便离家去给人帮工,年终挣了一点钱,回家全部交给其兄,对他说:"没有钱,可以挣到,没有东西,可以买到,当官受贿,将会毁坏终身。"郑仲为弟弟的言行所感动,从此履行公事时坚持廉洁自律,不再收取别人的钱物。

后来,郑仲病逝,郑均供养寡嫂孤侄尽心尽意,为其侄子娶妻成家,让他与母亲在隔壁另住。郑均在当地乐善好施,名声很高,州府召任他为官,他没有应召。

东汉建初六年(81年),朝廷召任郑均为尚书。他数次进谏忠言,汉章帝十分赞赏。为时不长,郑均以病辞职回乡。元和二年(85年),汉章帝东巡,经过任城时特意去郑均家看望他,赐给他终身享受尚书的俸禄。所以,当时人称郑均为"白衣尚书"。

【简评】

郑均做人的基调是自食其力,安于清贫,对其兄收来的不义之财无喜有忧,在劝告无效的情况下,他外出打工,将工钱全部交给其兄,终于使其兄改邪归正。父母去世后,兄弟姐妹之间保持经常沟通,发现问题及时提醒,十分必要,它往往能起到别人所起不到的作用。郑均对其兄的规劝,是出自兄弟间的真爱。兄弟姐妹就应该像郑均这样相互提醒、相互砥砺,以避免失误。

陈其岗为兄献肝

中国文明网报道,陈其岗是江苏省灌云县的一名工人。他出生20天,父亲便因病去世。8岁那年,他的母亲也去世。他跟着哥哥陈其东、嫂嫂张乃芹生活十几年,长大成人。后来,哥嫂退休,随其儿女住到北京。

2007年,陈其东患肝硬化。6月,病情急剧恶化,必须进行肝移植,否则很难维持生命。陈其岗时年44岁,听说哥哥病重马上赶到北京,他对嫂子说,愿将他的肝一部分移植给哥哥。嫂子深为感动,可陈其东坚决反对其岗为他捐肝。陈其岗只好瞒着哥哥,住进他所住的武警总医院。陈其岗没有对妻子细说真情,只是对嫂子叮嘱:"万一我出事了,你抽空帮我照顾一下儿子。"

7月16日,陈其东、陈其岗两兄弟同时动了手术,其岗捐出三分之二的肝脏移植到其东的体内。手术中,陈其岗下腔静脉被碰破,流血不止。危急关头,院方从天津请来专家,接连进行26小时手术,输入6000毫升血,才使他转危为安。

手术后,陈其东、陈其岗两兄弟虽然同住一间重症监护室,病床相距不到2米,可中间隔着帘子,陈其东仍然不知道是谁捐肝救了自己的命。兄弟俩转入普通病房后,陈其东已猜出是弟弟捐的肝。张乃芹见瞒不住他,才把事情经过一五一十地告诉了丈夫。

当张乃芹把坐在轮椅上的陈其岗从另一间病房推到陈其东身边时,兄弟二人紧握双手,什么也没有说,只是止不住地流眼泪。

2010 年 5 月,陈其岗荣登中国好人榜。

【简评】

兄弟姐妹之间,在经济上互相支援,在事业上互相帮助,是常有的事。像陈其岗这样感恩兄嫂当年的抚养,主动为兄捐肝,把生的希望让给哥哥,把死的危险留给自己,难能可贵。这样的兄弟情义感天动地,是任何语言文字都难以表达的。

陈长山与兄共渡难关

中国文明网报道,陈长山是河北省隆尧县陈家村人,兄妹三人,他排行第二。父亲去世早,体弱多病的母亲把他们兄妹三人拉扯长大。

哥哥陈根山比弟弟陈长山大 10 岁,结婚第二年便有了个男孩,家里充满欢声笑语。谁知好景不长,灾难接踵而至。1963 年,陈根山的妻子患胃癌去世。1966 年邢台大地震,使陈长山家蒙受了更大的灾难,母亲、妹妹和小侄子同时遇难。陈长山把哥哥从废墟中扒出来时,陈根山已不省人事,经过医生抢救,陈根山住了 17 个月医院才康复回家。原来的 6 口之家只剩下他们兄弟二人。不久,陈长山娶妻结婚。

1974 年冬天,陈根山在劳动中右脚被砸断,医院建议他截肢,陈长山再三请求医生做吻合手术,从而保住了哥哥的右脚。2003 年秋天,陈根山患上食道癌。陈长山一直陪护哥哥住院治疗。肿瘤切除后,陈根山的刀口缝合处出现裂口,喝下的流汁进入胸腔,引发高烧,呼吸急促,心跳变弱,几次休克,医生发出病危通知书。陈长山想,只要哥哥还有一口气,都不能放弃治疗。为了筹措医疗费,他以廉价卖了耕牛,把家里收的粮食、棉花卖了还不够,又从亲戚朋友那里借了一些钱。经过医生的抢救治疗,陈根山在医院共住 109 天,终于康复出院。

如今,陈根山肿瘤切除已经过去 9 年。地震致残后靠陈长山照料,已经度过 40 多个春秋。陈长山虽然背负巨大的精神压力和经济压力,但他仍一如既往地照料着病残的哥哥,无怨无悔。有人赞叹他们兄弟情义:历尽劫波兄弟在,不枉人间手足情。2012 年 10 月,陈长山荣登中国好人榜。

【简评】

陈根山的人生之路多灾多难,如果没有弟弟陈长山的全力救助,他不可能越过一道道难坎活到今天。陈长山以长兄为父,数十年如一日照顾病残的哥哥,令人为之感叹。在他身上充分体现了中华民族的传统美德。文中虽然对陈长山的妻子着墨不多,但人们可想而知,她的心灵也一定非常美。

刘秋玲尽心护养异母弟

中国文明网报道,刘秋玲是河南省大有能源股份公司耿村煤矿女工,年幼时父母离婚,失去母爱。父亲和继母结婚后,1978 年生下弟弟刘海军。海军出生后不会哭,不会动,不会发音,经医生诊断为先天性神经发育不全——软骨病。父母带着他四处寻医问药,花光了家中的积蓄,也未能使他的病情好转。继母听说海军活不到 10 岁,想想家境一贫如洗,便远离了这个家。那一年,秋玲只有 12 岁,海军刚满 4 岁。

父亲上班忙,顾不上两个年幼的孩子,只好把他俩送回嵩县老家,寄养在堂兄家里。秋玲的堂伯堂母身体不好,他们也有 6 个孩子,自顾不暇,照顾海军的生活起居,主要还是靠秋玲。

秋玲每天起床第一件事,就是把弟弟海军抱到一张特制的椅子上,给他脑后垫上一个枕头,托起他不能昂立的头部。接着,她帮助弟弟排解大小便,帮他擦洗,给他喂早饭。忙完这些,她才匆匆吃口饭,跑着去上学。课间操时,秋玲要跑回家给弟弟换尿不湿垫子。中午和下午放学回家,秋玲除照料弟弟外,还要帮伯母忙点家务。

对小秋玲来说,最难熬的日子是冬天。弟弟大小便失禁,经常尿床。她每天夜里都要起来好几次,给弟弟换尿布。在最冷的天气里,他俩盖的被子薄,夜里焐不热,秋玲就把弟弟抱在怀里,用自己的体温温暖着弟弟。年幼的秋玲用稚嫩的心灵承担着本来不该由她承担的义务。有多少个夜晚,她望着窗外漆黑的世界,心里一遍又一遍地呼喊:"妈妈,妈妈,你在哪里?"两个妈妈都没有回应,回应她的只有那漫长的黑夜和呼啸的寒风。姐弟俩就这样相依为命,熬过了一个又一个寒冬。

秋玲临近初中毕业时,堂伯因病去世,父亲把她和弟弟接回到身边。她只好辍学,成天在家里照料弟弟。秋玲坚持每天给弟弟泡脚、按摩,使他的头颈功能有所改善,日复一日,年复一年,她的功夫没有白费。海军14岁那年,奇迹终于出现了,有一天,他居然能扶着凳子在家里挪步了!那一刻,秋玲又惊又喜,不由得泪流满面。

这以后,父亲退休在家了,秋玲也打工成家了。邻居们都说:秋玲这孩子太不容易了,这下该从弟弟身上松松手了。谁知没过多久,她的父亲因车祸去世,弟弟失去了依靠。秋玲同丈夫商量后,随即把弟弟接到自己家里。

姐姐的亲情像温暖的太阳延续着弟弟的生命。在秋玲的精心照料下,奇迹再次发生了:海军满20岁生日的时候会独自走路了!学会用勺子吃饭了!会说简单的话了!望着蹒跚学步、牙牙学语的弟弟,秋玲打心里高兴,高兴过后又感到心酸。有人问海军:"谁对你最亲?"他当即回答:"姐最亲!姐最亲!"是的,他这位同父异母的姐姐,对他投入的爱,超过其母亲,也超过其父亲。

秋玲的丈夫是矿井队长,下班回到家里总是帮助秋玲照顾弟弟。秋玲的婆婆年纪大了,腿脚不灵便,看到秋玲忙里忙外,常常劝她歇一会。一次,秋玲看到婆婆忙着去厨房做饭差点跌倒,冲上去一把扶住婆婆,泣不成声地说:"妈,我对不起你老人家!我本该孝敬你的,反让你为我劳累。"婆婆劝慰她说:"你是个好姐姐,也是个好媳妇啊!"

刘秋玲在家照顾病残弟弟有口皆碑,上班工作不怕苦累,多次被评为先进工作者,被评为义煤集团"十大女杰"之一。每当人们夸赞她一手把残疾弟弟养大,她总是淡淡一笑,说:"既然今生姐弟一场,只要他活一天,我就要照顾他一天,一辈子也不舍弃他!"2012 年 11 月,刘秋玲荣登中国好人榜。

【简评】

刘秋玲有着水晶般纯洁美好的心灵,承担了本来不应由她承担的生活重担。后母丢下亲生的残疾儿远离而去,父亲忙于上班养家糊口,刘秋玲从童年开始便挑起照料残疾异母弟的重担。在漫漫的几十年间,她心中涌溢的是至真至纯的姐弟真情。与刘秋玲高尚的人格相比,其继母不负责任的品行显得多么低劣。夫妻生下孩子,即使其有残疾,也应承担义不容辞的抚养责任,而不应推给社会、推给他人。那些只图自己省事而抛弃亲生残疾儿女的父母,应受到道德良心的拷问。

婆媳相依　亲如母女

　　一个家庭,当新媳妇娶进门时,儿子陶醉,父母欢喜,亲朋云集,气象一新。姑娘既然愿意离开自己的父母融入这个新的家庭,自然也会感到称心如意。夫妻之间情投意合生儿育女,婆媳之间和睦相处共持家务,长期的共同生活,会使这个嫁进门来的外姓姑娘与这个家庭融为一体,与各个家庭成员亲密和谐。可是,社会和人生的变故难以预测,有些本来幸福的家庭往往会遭遇突如其来的灾难。在这种情况下,一些媳妇挺起腰杆,以自我牺牲乐于奉献的精神力量,支撑着支离破碎的家庭;也有一些婆婆悉心照料卧病儿媳,演绎着人世间的大爱亲情。

崔氏陪侍婆婆誓不改嫁

《宋史》卷四百六十《列女传》、卷三百一十六《包拯传》记载，崔氏是北宋荆州人，嫁给合肥人包繶为妻。包繶是瀛洲知州包拯的儿子。崔氏与包繶婚后生了一个儿子。

北宋皇祐四年（1052 年），包繶在潭州通判任上病逝，留下年仅 20 多岁的妻子崔氏和年幼的儿子。包拯和夫人董氏心想，媳妇太年轻，不会就此守寡，便委托和儿媳妇谈得来的人去试探她的心意。崔氏从受委托人口中得知这是公婆的意思，哭着对公公说："你老人家是天下有名望的大臣，我这个出身寒门的女子能嫁到你家当媳妇，实在是太幸运！我活着是包家的媳妇，死了也是包家的鬼，绝无其他念头！"从此，崔氏把心思主要放在教养儿子身上，希望他快快长大。可是，没过多长时间，不幸再一次降临到崔氏头上，她的儿子因病夭折。

嘉祐七年（1062 年），包拯在枢密副使任上去世，终年 63 岁。家中只剩下婆媳俩相依为命。此后不久，崔氏的母亲吕氏从荆州来到合肥，私下劝女儿改嫁荆州当地吕氏家族。她问女儿："当年丈夫死了，你守护年幼的儿子；如今儿子也不在了，你还守护谁？"崔氏回答母亲说："我当年留守包家，不只是因为有个儿子，主要是想陪伴公公婆婆度过晚年。眼下，公公去世了，婆婆年老了，我更不能抛下她老人家而改换门庭。"吕母听女儿这么说大为恼火,发誓说:"我宁可死在这个地方,也决不会一个人回去,你必须同我一道回去!"

崔氏见母亲态度非常坚决,哭着说:"你老人家为了我远道而来,从情理上讲,女儿也不能让你一个人回去。我愿意陪同你回荆州去,母亲如果逼迫我做不义的事,我就上吊而死,情愿让我的尸体归还包家。"母亲点头默认。于是崔氏辞别婆母,跟随母亲去了荆州。

回到荆州后,母亲左劝右劝女儿改嫁,崔氏誓死不从。过了一些日子,她只好将女儿放回包家。后来,崔氏一直孝养婆母,为她送终。

【简评】

中国古代的婚姻制度,并不是像人们传说的那样对女子特别严苛,也并没有规定女子必须从一而终,女子若死了丈夫允许改嫁,夫妻反目允许离婚,由各自重组家庭,这在史籍文献中多有记载。崔氏坚守包氏家门,首先是和婆婆相处亲如母女,舍不得与之分离;其次是有感于包拯的刚正清廉,同情包拯这样的好人丧子绝孙;最主要的还是要为孤苦伶仃日渐年迈的婆母孝养送终。崔氏无须返回老家改嫁,她完全可以在合肥当地找一个忠实的男子重组家庭,共同孝敬婆母。然而,她没有这样做。她宁愿牺牲个人,坚持大义美德,传递了人世间的大爱真情。

刘孝妇侍养瘫婆

《明史》卷三百一《刘孝妇传》记载,刘孝妇是元代新乐人韩太初的妻子。农民起义军的首领朱元璋领军攻灭元朝建立明朝之初,规定元朝的旧官吏一般都要流放外地。韩太初曾在元朝某知府任知印,全家被流放和州。

此前,韩太初的父亲已去世。去和州的路上,韩太初的母亲病倒了。刘孝妇侍候婆母百般周到,从自己身上刺血,和药给婆婆服用,使婆婆很快康复。

到达和州流放地不久,韩太初病故。遭逢这一巨大打击,刘孝妇把悲痛埋在心底,安慰婆婆打起精神好好活下去。她开垦荒地,种植粮食和蔬菜,供养婆婆。

两年后,婆婆患中风卧床不起。刘孝妇为婆婆喂饭喂药,驱赶蚊蝇,昼夜不离婆婆身边。婆婆生了褥疮,身上有几处腐烂,生了蛆,爬到床席上。刘孝妇用嘴吮吸婆婆的疮口,把蛆吸出来,用水反复往患处冲洗,把婆婆身上的蛆清理干净。

婆婆病逝后,刘孝妇把她的遗体临时殡放在自家屋后。她想把婆婆的尸骨运回老家,和公公的坟墓葬在一起,但一时没有这个经济能力办这件事。刘孝妇没有再婚成家,孤身一人在流放地艰难度日。

五年后,明太祖听说刘孝妇的孝行,受到感动,赐给她二十锭银子,派官员协助刘孝妇将其婆婆棺柩运回老家,与其公公合葬。

【简评】

刘孝妇陪同丈夫流放,孝敬随行在路上生病的婆婆,刺血为婆婆和药。丈夫在流放地病逝,她独自挑起孝养婆婆的重担。婆婆卧病生疮,她不嫌其脏,悉心照顾。婆婆去世后,她念念不忘婆媳亲情,感动了皇帝,得以将婆婆的棺柩运回老家与公公合葬。刘孝妇的孝行感人至深。古往今来,像刘孝妇这样的孝媳千千万万,正是她们的孝行义举,凝聚为公婆心中的精神支柱,支撑着千万个破损而又多难的家庭。

朱生莲养护病残儿媳

中国文明网报道,朱生莲是江西省瑞金市壬田镇中潭村农民,1931年生,年轻时没有生孩子。许多年前,一个从外地逃荒来的孕妇在她家生下一个男孩,因无力抚养将孩子托付给朱生莲。

朱生莲收下这个孩子,取名郭学有,悉心抚养。一晃二三十年过去,郭学有长大结婚生儿育女,朱生莲和老伴称心如意,享受儿孙绕膝的天伦之乐。谁知人生难测,不幸接二连三地降临到朱生莲的头上。

1992年,朱生莲的老伴因病去世。1999年,儿子郭学有也因癌症去世。腿部原本残疾丧失劳动能力的儿媳范凤娣,因失去丈夫这根顶梁柱成天哭哭啼啼,寻死觅活。面对家庭灾难,朱生莲欲哭无泪。今后的生活怎么办?她左思右想,没有办法,也曾想到以死解脱。转而看看重病的儿媳和年幼的孙子孙女,她不忍心离她们而去,暗暗发誓:"天塌下来我也要顶着!"

朱生莲已是年近古稀的老人,无力再以农业劳动养家糊口,只好靠捡拾废品挣点微薄的收入。每天天还没亮,朱生莲老人就出门去捡废品了。冬天,她拄着一根木棍,艰难地搜寻着一个又一个垃圾桶,寒风像刀子般刮在她的脸上手上;夏天,她不顾垃圾桶气味难闻,顶着烈日,在一阵阵热浪中捡拾可用的废品。每次,朱生莲卖了废品,还要去买回蔬菜、粮食和日用品,还要赶回家做饭,照料不便行走的媳妇。

孙子和两个孙女一天天长大,加之物价不断上涨,生活的费用逐年增加,光靠拾废品的收入难以维持五口之家最低水平的生活。朱生莲请求当地建筑老板,让她去工地做点零工,以添补生活。饿了,她舍不得买一块面包充饥;渴了,她舍不得买一瓶矿泉水解渴。有时,工地上的人见她年老还这么吃苦很不容易,给她一点吃的喝的,她都带回家给儿媳和孙子孙女。

就这样,朱生莲以老迈之躯支撑着这个多难的家庭,磨过十几年艰难的岁月。儿媳的身体近年有所好转,能下床忙点家务了。两个孙女外出打工,使家庭经济生活走出了困境。孙子考取了高中。朱生莲老人紧锁多年的愁脸不见了,换上了开心的笑容。2015 年 12 月,朱生莲荣登中国好人榜。

【简评】

朱生莲是一位老年妇女,是一个没有经济来源的贫民,家庭却连遭不幸,老伴和儿子相继病逝,丢下她和卧床的儿媳,三个年幼的孙子孙女,家庭生活陷入极度困境。面对生活的磨难,她没有悲观消沉,而是振作精神,挺起腰杆,挑起家庭生活的重担。她在和儿媳、孙辈患难相依的漫漫岁月中,从不叫苦叫累,从不怨天尤人,像一株不老的苍松在寒风烈日中亭亭直立,显现了不辞辛苦乐于担当的长辈风范,令人敬佩,令人感叹。

慕桂卿孝养婆婆六十多年

中国文明网报道,慕桂卿是山东省荣成市王连街道乔子头村村民,1937 年生,19 岁那年嫁给本村一户人家。公公身体有病,在她婚后不久病逝。婆婆经受不住这一打击,患病卧床,日常生活靠慕桂卿照料。2001 年,慕桂卿的丈夫患上老年痴呆症,连身边的亲人都不认识了。2004 年,慕桂卿的婆婆因脑梗瘫痪在床,生活不能自理。这接连不断的变故,对慕桂卿的打击实在是太沉重了。但她没有畏难,义无反顾地承担起照顾两个病人的重担。慕桂卿每天早起第一件事,就是检查婆婆的床上有没有大小便,接着给婆婆翻身,擦洗,喂水喂饭。婆婆动动手,歪歪嘴,她便知道婆婆想要什么,想说什么。服侍好婆婆,她再去照料大小便失禁的丈夫。2013年,慕桂卿的丈夫去世。她卸下一份负担,把心思全放在侍候婆婆身上。人们不止一次夸赞慕桂卿尽心尽意孝养婆婆,她总是淡然回答:"我把婆婆看成自己的亲妈妈。"

如今,慕桂卿已是年满 80 满头白发的老人,腿脚不灵便,背也有些驼了,依然在无微不至地孝养着 106 岁瘫痪在床上的婆婆。岁月磨砺着两位饱经风霜的老人,慕桂卿除了让婆母的生命得以延续,把一切都看得很淡。

超越百岁的婆婆每当和人谈起她的媳妇,总是热泪盈眶。她常对人说:"我记不得有几十年了,是儿媳妇撑着这个家。她待我比亲闺女还要亲。我瘫在床上这么多年,要是没有这个好媳妇,哪能活到今天!"

2016 年 8 月,慕桂卿荣登中国好人榜。

【简评】

慕桂卿是一个平凡的农村妇女,却有着非凡的人格和品质。她以坚强的毅力和温馨的孝意,照料有病的婆婆 60 多年,特别是最近 12 年婆婆完全瘫痪在床以后,她精心侍候,使婆婆度过 106 岁生日,如今依然活着,创造了延续瘫痪病人生命的奇迹。这也是人世间孝的奇迹、爱的奇迹,铸就了慕桂卿人生的辉煌。人们由衷地敬佩慕桂卿老人,祝愿她健康长寿。

三、爱情——刻骨铭心的情缘

　　爱情，是人生的又一根精神支柱。人类起源，一开始就有男女之分。在人类漫长的进化过程中，正是由远古男人和女人的自然结合，经过群婚、对偶婚等不同的历史阶段，发展形成现行的一夫一妻制家庭。男女之爱是人类生命的本能。如果说吃喝拉撒是人们日常生活首要的物质需求，男女之爱则是支配人们终身情感的精神需求。爱情、婚姻、家庭，是人生的重要内容。人生本来是美好的，有了爱情才会更加美好。人类进入文明社会几千年以来，人们向往和追求爱情，探讨和描写爱情，留下了许许多多有关爱情的美丽故事。现实生活中，男男女女总是在永不停息地寻觅着爱情，分享着爱情的甜蜜或痛苦，演绎着美好或凄哀的爱情故事。

一见倾心　生死不渝

　　男女之间的爱情,有的萌芽于青梅竹马年代,更多的是长大成人后相识相爱。初恋是一个人终身解不开、挥不去的情结。情窦初开的年轻人初次见到中意的异性青年,眼睛会豁然一亮。这第一印象非常重要,也非常神秘,能把对方看成超群出众,举世无双,以至一见倾心,终生难忘。人们常说:情人眼里出西施。被别人迷上的男或女,未必就是那么优秀出众,但他(她)的一举一动,一颦一笑,却能使一见钟情的人迷醉。当然,有些只是单相思。如果彼此都是心醉神迷,爱情之火就会熊熊燃烧,即使分离万里,即使遭遇祸乱,也会生死不变。

卓文君和司马相如一见钟情

　　《史记》卷一百一十七《司马相如列传》记载,司马相如是西汉蜀郡成都人,长得很美,喜欢读书击剑,才华横溢,风流倜傥。早年,他游历京都长安,不久投附梁孝王。

　　王府中有人提醒梁孝王要防止司马相如以其美貌扰乱后宫,司马相如听说后,随即给梁孝王呈上一篇《美人赋》(见《全上古三代秦汉三国六朝文》汉文),称他司马相如从来就不好色,并举了两个例子加以说明。从前他在故乡时,东边邻居有一个美丽的女孩,常常踮起脚向西边看他,邀他去她家玩,一连缠了他三年,他一直没有答应与她交往。前不久,他来投奔大王的路上,有天晚上住在一个豪华的旅馆里,看见隔壁房间有个美女坐在床边,微笑着和他打招呼,摆酒弄琴招待他。美女即兴而歌:"独处室兮廓无依,思佳人兮情伤悲,有美人兮来何迟,日既暮兮华色衰,敢托身兮长自私。"唱着唱着,美人脱去外衣,走过来和他亲近。他见美女"皓体呈露,弱骨丰肌",闪念间镇定了思想,毅然起身与美女告辞。司马相如所说的两个美女,他都没有看中。

　　梁孝王去世(前144年)后,司马相如返回故乡,投奔他的朋友临邛县令王吉。临邛盛产盐和铁,有个开采大户老板叫卓王孙,听说县令有个好朋友叫司马相如,才学出众。一天,他特意邀请县令和司马相如及当地名流去他家做客。满座宾客都羡慕司马相如的风采。

席间，王吉递上一把琴，请司马相如弹奏歌曲以助兴。司马相如听说卓王孙的女儿长得很美，且喜欢音乐，刚刚守寡住回家里，也想以琴声讨取她的欢心。司马相如出手不凡，委婉悠扬的琴声使主人和满座宾客都拍手叫好，更使待在隔壁房间年方十七岁的卓王孙之女卓文君为之倾倒。卓文君从门缝偷偷瞅了瞅司马相如，一眼就被他的美貌和才气迷住了，一心想嫁给他，只是担心他是否结婚成家。她通过侍从打听到司马相如单身未娶，并得知他的住处，当天夜里便逃出家门，去找司马相如。司马相如见卓文君美若天仙，从天而降，喜出望外。两人如鱼得水，如胶似漆，随即逃回成都。

卓王孙听说女儿与司马相如私奔，大为恼火，认为有伤他的门风，公开宣布与女儿断绝关系。司马相如和卓文君在成都没有经济收入，生活十分清苦。他俩商定，回临邛向兄弟借钱，临街开了一间酒店，司马相如和佣工干些粗活，让卓文君守在店里卖酒。过了一些时日，经临邛的长者和友人劝说，卓王孙心中的气渐渐消了下去，给卓文君100万钱，100个佣工。于是司马相如和卓文君回到成都，购置田地房产，过上富人生活。

汉武帝即位(前141年)后，看了司马相如的《子虚赋》，大加赞赏，把他召入朝廷担任侍从官。西汉元光五年(前130年)，汉武帝任命司马相如为中郎将，派他率领朝廷代表团去安抚巴郡和西南夷的地方官和民众。司马相如完成使命回到蜀郡时，受到当地官员和父老乡亲夹道欢迎。卓王孙为之感叹，反而认为女儿嫁给司马相如为时太晚了。

司马相如患有消渴病（糖尿病），以病辞官后退居茂陵。他不留恋官场生活，极少和权贵旧僚往来，整天和卓文君厮守在一起。此时的卓文君虽已进入中年，但娇艳未退，风韵犹存。西汉刘歆《西京杂记》称卓文君"眉色如望远山，脸际常若芙蓉，肌肤柔滑如脂"。司马相如"悦文君之色，遂以发痼疾"。

元狩六年（前117年），司马相如病逝，终年62岁。卓文君极为悲伤，含泪写下悼念文章，追忆当年她追求司马相如而私奔以及在酒店卖酒的艰难岁月，哀叹没有服侍好司马相如，如今孤身一人，日子难熬，"长夜思君兮形影孤"。她不止一次想到了死，想到自己唯一的归宿是和司马相如安葬在一起，"泉穴可从兮愿殒其躯"（卓文君《司马相如诔》，见王延梯辑《中国古代女作家集》）。卓文君与司马相如形影相随，相爱一生。司马相如离她而去，卓文君如同坠入黑暗的深渊，其孀居生活的孤寂凄凉可想而知。

【简评】

司马相如和卓文君的爱情故事，距今已有2000多年。它传递给人们的是真挚，是坚贞，是永恒，是美好。人们赞美卓文君追求爱情毅然私奔的见识和胆量，更赞美她和司马相如相濡以沫、生死不渝的幸福人生。

崔护题写桃花诗

(唐)孟棨《本事诗·情感》记载,崔护是唐代博陵人,年轻时长得很美,举止有礼,风度翩翩,但他性格孤傲,不与一般人交往。

有一年,崔护赴京都长安参加会考,没有考中进士。清明节那天,风和日丽,他一个人去京城南郊春游,只见桃花盛开,绿满大地。他喝了点酒,信步走进一个村庄,想讨点水喝。村庄不大,绿树环抱,花草丛生,静悄悄的看不见一个人影。他只好贸然敲了一户人家的门。

不一会,里面有个姑娘从门缝看着他,问他是谁。崔护回答说,他是来这儿春游的,口渴得很,想讨口水喝。姑娘开了门,进屋端来一碗水,递给他这个陌生的书生,指着院中的长凳叫他坐下,她自己则斜着身子靠在院内一棵桃树下,以憨厚友好的目光望着他。崔护见姑娘仪态妩媚,面若桃花,主动和她说话。姑娘羞怯害臊,笑而不答,只是用黑豆般的眼睛瞅着他。崔护喝完了水起身告辞,姑娘将他送出门外,似乎有些依依不舍的样子,一直目送他走了很远。快出村时,崔护回头看看,发现姑娘仍然站在那里望着他。他不由得对姑娘产生爱意,心里想,以后恐怕不会再见到这个姑娘了。

崔护离去后,无论在京都还是回到故乡,竟时常想起那不知姓名的姑娘。第二年春天,崔护又来京赶考。清明节那天,他一大早就直奔城南那个小村庄,去探望那个经常浮现在他脑际的美丽姑娘。姑娘家的院墙和院门还是老样子,门却上了锁。崔护不知道姑娘去了哪里,心中无比失落,随即在左边门上题诗一首:

去年今日此门中,人面桃花相映红。

人面不知何处去,桃花依旧笑春风。

诗的后面留下他的名字。

回到住处,崔护一直心神不安。过了几天,他再次来到城南那个小村庄,专程去探望那个姑娘。在门外,他听见里面有哭声,连忙敲门。开门的是一位老父,迎上来问道:"你这位书生是不是崔护啊?"崔护答道:"我正是。"老父哭着说:"就是你害死了我的女儿!"崔护一听大惊失色,老父的话使他心慌意乱,呆若木鸡。

老父接着说:"我女儿自幼知书达理,虽然长大成人,还没有讲婆家。自从去年清明见到你以后,经常恍恍惚惚的,就像丢了魂似的。前几天,我同她一起出门,回来后看见你在门上题的诗,她读了好几遍,进门就倒在床上,一连几天不吃不喝,眼看就要断气了。我老了,就指望女儿找个好女婿养我老,没想到她竟死在你手上啊!"

崔护扶着泪流满面的老父,心如刀绞,请求快点让他进屋看姑娘一眼。老父点头同意。崔护见姑娘安详地躺在床上,鼻前还在微弱地吸气。他轻轻地扶起姑娘的头,流着眼泪说:"我是崔护!

来晚了,现在就在你们家,就在你面前!"不一会,姑娘睁开了眼睛,她见到崔护真的就在她面前,而且扶着她的头,突然又活了过来。

老父万分惊喜,看着女儿和崔护彼此专注的眼神,连声说好,当即将女儿许配给崔护。

【简评】

爱情可以使人憔悴丧命,也可以令人起死回生。这里叙述的就是这样一个动人心弦的爱情故事,没有轰动四邻的场面,也没有卿卿我我的幽会,悄然萌生的爱却像春日桃花那样艳丽姣好。女孩的姓名未见史书记载,但丝毫无损她纯真可爱的形象。崔护文采出众,于唐贞元十二年(796年)考中进士,历任司勋郎中、京兆尹等职。史书没有记述他的家庭生活,从其早年所写《题都城南庄》以及与庄上那位姑娘一见钟情生死不离的情缘看,人们可想而知他的婚姻生活是幸福的。

张克福不忘初恋

中国文明网报道,张克福是安徽省霍山县衡山镇人。1991年,他去深圳打工,一次偶然的机会,遇见了也在深圳打工的家乡姑娘饶玉珍。他乡遇老乡,无形中拉近了彼此的距离。张克福被饶玉珍亭亭玉立的身姿和淳朴清秀的气质所吸引,对她一见钟情。之后,他想方设法主动和她联系,渐渐地两人之间产生了感情,但谁也没有向对方表白。

1992年春节前夕,饶玉珍感觉身体不适,提前返回家乡。经医生诊断,她患了巨脾症,需要手术治疗。张克福听说后非常焦急,随即回乡去看望饶玉珍。马上就要见到朝思暮想的意中人,他心中的甜情蜜意如同泉水一样喷涌。张克福准备见到饶玉珍后当面向她表达爱意,可未等与她见面,他却听说饶玉珍的家人为她介绍了一个经济条件比他好的男朋友,而且准备结婚了。饶玉珍的这一选择完全出乎张克福的意料,他无比失落,跌入痛苦的深渊,只好远离饶玉珍,在心中默默祝愿她生活美好幸福。

这以后,亲友同事曾多次要给张克福介绍女朋友,都被他婉拒了。他不想再接触别的姑娘,饶玉珍那美丽的影子一直活跃在他心中,怎么也无法抹去。10多年过去了,张克福仍然单身一人,漂泊在外。

2007年春节返乡,张克福在一次朋友聚会时意外得知,饶玉珍已经离婚,患上戊肝,正在住院治疗。他心如火燎,随即赶到她所住的医院。当他看到饶玉珍一个人孤零零地躺在病床上,瘦得皮包骨头,面容也有些走相,他心如刀绞,眼泪止不住地往下流。他不怕被饶玉珍的肝病传染,每天护理她吊水用药,陪伴她讲一些让他俩高兴的事情。

等饶玉珍病愈出院,张克福带她同去杭州打工。在饶玉珍40岁生日那天,张克福定做一个蛋糕为她祝福。2009年春节,张克福为饶玉珍烧了几样爱吃的菜,两个人在简陋的工棚里共同度过一个充满温馨的除夕之夜。他万万没有想到,当天夜里饶玉珍的头部突然剧烈疼痛,躺下后几乎昏迷。

张克福打120将她急送医院,经医生诊断,饶玉珍脑血管破裂引发脑水肿。张克福为了治疗饶玉珍的病,四处借钱筹措医药费,仅两个星期就花去了3万多元。脑部病情刚刚稳定,饶玉珍又查出肝硬化、肝腹水、胰腺炎、胆结石。多种疾病降临到饶玉珍的身上,却落在张克福的心上。身受多种疾病的种种折磨,饶玉珍的精神之所以没有垮,全靠张克福这根坚强的精神支柱支撑。面对债务的种种困扰,张克福心里不愁,他最心爱的人终于为他所拥有,这是他最大的财富。他有浑身使不完的力气,能够挣钱还债。

经过一段时间治疗以后,张克福把饶玉珍带回家中休养。家里人有他们看问题的角度,坚决反对他把饶玉珍留在家里,不止一次劝阻他说:"她是一个离了婚的女人,还比你大3岁,一身都是病,有的病是治不好的。说不定哪天都会死,一旦死在你身边,你跟谁能说得清楚？你们又没有领结婚证，你完全可以把她丢开，找一个合适的姑娘成个家。"

张克福也认为家里人说得不是没有道理，他保持沉默，不与家里人争辩。他心里想，饶玉珍已经被丈夫抛弃，她的母亲才去世不久，只剩下她孤单一个人，需要他关照抚慰，需要他的爱。这时候，他如果再丢开她，就等于把她推上绝路。他绝不能这样做，暗自横下一条心，他一生最好的年华只为饶玉珍守候，决不离开她。

自从脑溢血后，饶玉珍再也没有站立起来，她要么躺在床上，要么坐在轮椅上，生活不能自理。长期的疾病折磨使饶玉珍变得焦躁易怒，经常发脾气、摔东西，张克福总是笑着宽慰她。他每天帮她梳头、洗脸、喂饭喂水喂药，照料她大小便，清洗她的脏衣脏物，心甘情愿、无怨无悔。张克福用微笑、用耐心、用赤诚的爱，搀扶着已经病残的初恋情人，共走人生路，期盼幸福的明天。

张克福纯洁美好的心灵使乡邻百姓深为感动。2013 年 3 月，张克福荣登中国好人榜。

【简评】

姑娘选择配偶不讲感情和人品，只图其钱财和名位，是致命的误判。饶玉珍或许就是因为这种误判，使她的人生蒙上浓厚的阴影。张克福是一个纯洁真挚有血性的男子，他爱饶玉珍入迷入痴，刻骨铭心，即使她已嫁给他人，心中仍对她念念不忘；即使她病魔缠身，仍对她不改初心。这种爱的真挚专一，是任何金钱物质都难以买到的，比水晶纯净，比金子珍贵。

不慕富贵　忠贞不移

　　人世间,男人和女人都是在一定的社会层次中生活。家庭出身、身体外貌、经济状况、文化程度、职业类型等诸多因素,构成一个人的社会地位。男女婚恋,不是一时的苟合,而是彼此的终身大事,双方的选择都是十分慎重的。这种选择的实质,是以双方的社会地位为基础,是受利害关系左右的。一般来说,男女谈婚论嫁,总是要衡量彼此条件,婚姻的缔结实际上是由双方的社会地位决定的。对于上层社会来说,"结婚是一种政治的行为,是一种借新的联姻来扩大自己势力的机会"(恩格斯《家庭、私有制和国家的起源》)。对于中层社会来说,婚姻往往讲究郎才女貌,门当户对,挑选的眼光常常望上而不屑于下瞧。对于基层社会来说,要求对方的条件一般不那么苛刻,但婚姻的缔结也要权衡利弊。古往今来,这种计较利害的婚姻观念,一直制约着人们的婚前选择。但也有一些热血男女,他们注重的是感情而不是对方的身价,他们崇尚的是道德而不是见利忘义。他们藐视种种世俗的婚恋偏见,不慕富贵,甘于清贫,只讲情义,无怨无悔,把自己的婚恋升华为无价。

宋弘糟糠之妻不下堂

《后汉书》卷二十六《宋弘传》记载,宋弘是西汉京兆长安人。东汉光武二年(公元 26 年),汉光武帝将他由太中大夫提任为大司空。

一次,光武帝宴请宋弘。宋弘看到皇帝御座旁换上新屏风,屏风上画有许多美女。席间,光武帝多次回头看屏风上的美女。宋弘收起笑容说:"很难见到人们追求美德,如同追求美色一样动真。"光武帝当即下令将屏风撤除。

宋弘为官不治家产,将所得俸禄的大部分都赠送给亲戚朋友,以清正的操守享誉朝廷内外。当时,光武帝的姐姐湖阳公主刚刚成为寡妇。光武帝想为姐姐物色一个丈夫,有意和她在一起谈论朝廷大臣,借以观察她的意向。湖阳公主私下看中了宋弘,对光武帝说:"宋弘容貌端庄,品德优良,大臣中没有人能比得上他。"光武帝明白了姐姐的意思,对她说:"让我想办法为你同宋弘说合。"湖阳公主欣然点头同意。

光武帝知道,宋弘的妻子是他当年贫贱之时娶的,这么多年来一直没有为他生个儿子,猜度宋弘对妻子不会还像当初那样满意。一天,光武帝单独召见宋弘,让湖阳公主坐在屏风后面听他们闲谈。光武帝对宋弘说:"民间有句谚语是这么说的:人一旦当上大官,位尊名显之后,所交的朋友就不是原来的了;人一旦富贵之后,总是要把原来的老婆换掉。这大概是人之常情吧?"宋弘听出光武帝话中有话,有意想把他下面要说的话堵住,当即回答光武帝:"臣也听说有这么一句话:人在贫困时结交的朋友,任何时候都不能忘记;人在吃糠咽菜时娶回的妻子,任何时候都不能抛弃。"光武帝点头称是。宋弘走后,光武帝只好对湖阳公主说:"我和宋弘的谈话,你都听到了。你心中想的事,恐怕难以促成了。"

【简评】

对于一般的大臣来说,皇帝有意想与之结亲,那是求之不得的。宋弘却不然。他无意向皇帝攀亲,坚守结发之妻,显示了高尚的人格和忠贞的情操,令人钦佩。他和光武帝那段对话,已成为千古佳话。他的"贫贱之知不可忘,糟糠之妻不下堂"的名言传诵千古,永远闪耀着中华民族传统美德的光辉。

兰陵公主情注柳述

　　《隋书》卷八十《兰陵公主传》、卷四十七《柳述传》记载，兰陵公主是隋文帝杨坚第五个女儿，容貌美丽，知书达理，说话委婉，性情温顺，最受父皇喜爱。

　　兰陵公主最初嫁给仪同（五品虚职文官）王奉孝。婚后不久，王奉孝病逝。兰陵公主守丧期满后，她的二哥晋王杨广想将她改嫁给他的萧妃之弟萧玚，萧玚时任卫尉卿。兰陵公主因经常出入其大哥太子杨勇的东宫，暗中已看上了太子亲卫柳述。当隋文帝答应由杨广提议将兰陵公主嫁给萧玚时，兰陵公主坚决不同意，执意要嫁给柳述。柳述的地位虽然比萧玚低，但她心甘情愿。

　　柳述成为皇帝女婿后，受到隋文帝信用，几经转岗升任判吏部尚书事。晋王杨广对柳述和兰陵公主却忌恨在心。

　　晋王杨广久有篡夺皇位的野心。他极力在母后面前谗毁太子，致使隋文帝于开皇二十年（600 年）下令废黜太子杨勇，改立晋王杨广为太子。隋仁寿四年（604 年），隋文帝病重。太子杨广借侍候父皇之机，调戏父皇宠爱的宣华夫人。文帝极为气恼，传令摄兵部尚书事柳述等人速召废太子杨勇。太子杨广闻讯，随即假传文帝诏令，派人将柳述等人逮捕，同时指使人将父皇害死，即位为帝，是为隋炀帝。

接着,隋炀帝下令撤销柳述的官职,将他流放到龙川郡。与此同时,隋炀帝令人传话给兰陵公主,要她与柳述断绝关系,准备将她改嫁。

兰陵公主誓死不答应,她上书隋炀帝,请求免去她的公主名号,随同柳述流放南方。隋炀帝看了她的上书勃然大怒,召见兰陵公主质问道:"天下难道没有男人了,你要随同柳述去流放?"兰陵公主毫不示弱,回答说:"父皇把我这个女儿嫁给柳家,我就是柳家的人。如今,柳述有罪,我应当随同他去受处罚。"隋炀帝没有答应她的要求,从此对兰陵公主更为冷淡。

柳述被流放南方后,兰陵公主精神失落,忧愤难平,当年便含恨去世,年仅 32 岁。兰陵公主临终前上书请求隋炀帝,她活着不能随从丈夫同赴死难,死后把她葬到河东解柳家的老坟地。隋炀帝看了兰陵公主这一遗书更为恼火,下令将她葬入洪渎川。朝野上下,人们无不为兰陵公主惨死而悲伤。此后不久,柳述死于南方流放地,时年 39 岁。

【简评】

皇帝女儿在婚恋上一般不能自己做主,且受到朝廷风云变幻裹挟,并非人们想象的那样美好,有的甚至不如平民那样自由自在。兰陵公主就是一例。她的人生悲惨,是因为她是晋王杨广的妹妹,而杨广是个弑父弑兄的杀人恶魔。兰陵公主没有屈从杨广意愿,选择了自己的意中人,遭到杨广忌恨。她对爱情忠贞不移,最后含恨而死。兰陵公主和柳述演绎的是一出皇族内部的爱情悲剧,令人扼腕长叹。

张剑用爱唤醒沉睡女友

周瑜、亦清撰写《唤醒生命的爱》一文记叙,张剑生于江苏省沛县农村,1999 年,他高中毕业刚满 19 岁去广州打工,在经济开发区当保安。当年 10 月,张剑去深圳参加老乡聚会,认识了在深圳一家外资企业打工的陈燕子。陈燕子 18 岁,湖南省常德市人,中专毕业后来到深圳。张剑身高英俊,陈燕子美丽大方,两人萍水相逢,一见钟情。

初次见面分手后,张剑、陈燕子两情依依,电话频繁,很快坠入情网。2000 年初,张剑把燕子接到广州,两人情意绵绵,难舍难分。

当年秋天的某一天,有位姓李的富姐开着高档轿车撞上开发区绿化带。张剑正在附近值班,上前帮了李姐的忙。不料李姐对他产生好感,从此常来电话常登门,对他穷追不舍。为了摆脱李姐的纠缠,年底,张剑带着燕子离开广、深二市,返回江苏老家谋生。

在父亲的帮助下,2001 年他俩养了 2000 只鸭,赚了一万多元。第二年,他俩在镇上经营房屋装修业务,生意渐渐红火。12 月,燕子接到母亲电话,得知父亲患了骨癌。燕子携张剑火速赶回常德。23 日中午,燕子和表妹出门办事,走了不到 50 米,一辆小轿车与一辆摩托车相撞,燕子被撞飞的摩托车击倒,当即失去知觉。

经常德市德山二院抢救和检查,燕子除脑颅重度受伤外,颅内共有广泛脑挫裂伤、左硬膜下血肿等八处重伤,另有肺部感染。当天,医生给燕子做了两次开颅手术,才使她暂时脱离生命危险。

隔着特护病房的玻璃窗,张剑看到燕子的面容肿得难以辨认,昔日美丽可爱的面庞消失不见了,他克制不住自己的感情,冲上医院楼顶放声大哭。他咬着嘴唇和手指自责:那天他若陪燕子出门,燕子或许不会遭此飞来之灾! 燕子家人和医护人员发现,张剑的双唇和双手已被他自己咬得血迹斑斑。

7天危险期过去了,燕子没有醒来。剧烈的痉挛和持续的高烧,使燕子的生命奄奄一息。张剑整天整夜守护着,呼唤她醒来。一个月过去了,张剑的喉咙喊哑了,几近失声,燕子仍然没有醒。张剑一念之下给母亲写下遗书:如果燕子走了,他也不想留在这个世上,只求母亲原谅,不要责怪其他人。

4个月后,燕子没有丝毫苏醒迹象。医生建议暂停治疗,张剑也无力再支付所欠的医药费,只好把燕子接回家中护理。

2003年6月初的一天,一大早,张剑像往常一样附在燕子耳边,低声和她说话。他摸了摸燕子的脸,发现她的嘴唇有些干,便拿着棉签蘸了点水润在燕子的唇上。突然,他看到燕子的嘴唇动了动,还把舌头伸出来舔了一下。张剑一阵惊喜,连忙用棉签又沾了点水滴在燕子的唇上,燕子的嘴又动了一下,听出她喉部有微弱的吞咽声。张剑不由得大声叫起来:"燕子,燕子! 我是张剑!"只见燕子转动一下眼珠,睁开了双眼,苏醒了! 张剑喜出望外,抚摸着燕子的脸,连声说:"好了! 好了!"眼泪止不住地往外流。

此后,燕子的伤情一天天好转,鼻饲管、导尿管、输液管都被取下。渐渐地,她认得人了,能听懂别人说的话了,左手恢复了知觉。张剑不再外出开摩的,守在燕子身边寸步不离。他经常向她讲述过去的美好时光,以训练她的听力和记忆力。燕子的记忆之门终于被打开。她重新用温柔依恋的目光望着张剑,用左手拉着他的手久久不肯松开。有一次,张剑想测试一下她的大脑反应,对她说:"燕子,喜欢我,就伸两个手指;不喜欢,就伸一个手指。"燕子缓缓举起左手,将两个手指伸在张剑面前。这一对遭遇不测之难的恋人执手相视,热泪盈眶。他俩终于走出黑暗,重见光明。

为了使燕子完全康复,医生建议对她补脑修复治疗,预计得花4万元费用。为给燕子治疗,两家都欠了许多债,这4万元又从哪里去借?张剑的心绪一筹莫展。

这时,几年未见的那位李姐突然从广州打来电话。接着,她专程来到常德桃花山燕子家,对张剑说,只要他答应和她在一起,她愿意承担燕子的全部医疗费,并愿意养活燕子一辈子。张剑婉言谢辞。他对李姐说:我不能离开燕子,我要守候她一辈子。李姐认为,他这个漂漂亮亮的小伙子,执意要守候一个植物人女友,实在太傻。她说服不了张剑,只好怏怏离去。

2004年3月的一天,张剑请求《常德晚报》为他刊登一则广告,他愿预售10年劳力,为燕子治伤。接着,《常德晚报》和江苏徐州的《彭城晚报》报道了张剑和燕子凄美动人的爱情故事,引起两地群众的关注,人们用不同的方式表示同情和支持。徐州市某公司张总经理深为张剑对爱情忠贞所感动,决定出资为燕子医治,且不要张剑去其公司上班。4月,常德市第一中医院将燕子收入治疗。

常德市芙蓉小学的孩子们为燕子姐姐扎了 5000 多只纸燕,祝愿她早日康复,和张剑哥哥一起在蓝天飞翔。

2006 年 11 月 5 日,湖南省岳阳市政府、中国妇女报社和中央电视台等单位联合举办的中国当代十大爱情故事评选活动揭晓,张剑和陈燕子的爱情故事入选。

【简评】

张剑和陈燕子在外打工,收入低微,却一见倾心,不可分离。一位富姐向张剑发起强烈的爱情攻势,张剑不为所动,携着燕子避而远之。一场飞来的车祸使燕子变成植物人,张剑不离不弃,用纯真的爱将燕子唤醒。在张剑为医治燕子借债无门的时候,富姐千里迢迢来到张剑身边,表示只要能得到张剑,她宁愿养活燕子一辈子。张剑依然不为所动。他决意典身医治燕子。中国古代有董永卖身葬父的故事,那只是民间的一个传说,张剑典身为女友治伤则是现实生活中的真人真事。它向人们昭示,真爱无价,真爱永恒。

赵南南不舍伤残男友

中国文明网报道,赵南南是安徽省凤阳县武店镇赵拐村农民,1991 年生,与同镇的小伙子沈建相识相爱,情深意笃。2015 年 3 月 30 日,在他俩约定去领结婚证的那一天凌晨,沈建出严重车祸,颈椎骨折,右肋骨断裂。经医生抢救,沈建虽然脱离生命危险,但很可能会造成终生瘫痪。

沈建入院后,赵南南守着他寸步不离。由于肺部感染高烧不退,沈建一直处于半昏迷状态,医院再次发出病危通知书。赵南南为之揪心,一连许多天吃不下睡不着。由于瘫痪在床,血流不畅,沈建身上部分皮下组织坏死溃烂。赵南南每天要给他翻身十多次,擦洗,要定时给他喂饭喂药,照料他大小便,每隔 10 多分钟还要为他吸一次痰。尽管沈建的姐姐和她轮流守夜,赵南南每天也只能睡四五个小时。她明显变瘦了,体重由 140 斤降为 100 斤。

沈建知道自己将是终生残疾,不止一次劝赵南南把他放下,说他不能这样长期牵累她。赵南南总是安慰他说:"我决不会丢下你不管。等你治好了伤,我们一起去镇上领证结婚,一起过我们的日子。"

亲戚朋友也不止一次劝赵南南说:"你还年轻,用不着这样死板。再说,你们没有领结婚证,还不是夫妻,你没有长期照料他的义务。"赵南南总是这样对他们说："我们只是没有来得及领证,恩爱却超过一般的夫妻。我必须履行与沈建立下的誓言,今后无论是贫穷还是富裕,无论谁有病还是遭遇不幸,永远相爱,一直到死!"

沈建的治疗费用十分惊人,半年时间就花去 100 多万元。赵南南把沈建送给她的金戒指卖了,把她打工积攒的钱全部拿出来,还远远不够支付沈建的医疗费。好心人伸出援助之手,村长挨家挨户为她募捐,镇上人也纷纷捐钱给她。赵南南决定把沈建攒钱购置的结婚用房卖掉。可医药费像溪水一样流淌,赵南南的债务还是越背越多。有人替赵南南担心:"欠下这么多债,你以后拿什么还?"赵南南回答说:"只要能治好沈建的病,我累上一辈子还债也心甘情愿。"

赵南南尽心尽意照料沈建使医护人员深受感动。他们说,要不是有南南照顾,沈建不一定能活到今天。沈建的病情在缓慢地好转。赵南南一再向沈建表示,即使他真的一辈子坐轮椅,生活不能自理,她也会养活他一辈子,陪伴他一辈子。赵南南的话像冬天的太阳温暖着沈建的心。

2016 年 3 月,赵南南荣登中国好人榜。

【简评】

以权衡利害缔结的婚约,当某一方暴富或发生灾变,婚约多半会风吹烟灭;以爱情为基础的婚约则不同,它能经得起人生种种意外的考验而真情不变。赵南南没有和沈建履行结婚手续,不具有合法夫妻应尽的义务,她完全可以舍弃沈建另择佳偶。然而赵南南誓守沈建,义无反顾。她以巨大的自我牺牲,奉献给沈建的是赤诚的真爱,毫无世俗的铜臭。赵南南忠于爱情,恪守誓言,冰清玉洁,丹心如火,为中华民族的传统美德谱写了新的篇章。

相爱恨晚　情深意笃

生活是爱情的土壤,男人女人只有生活在共同的环境中才能相见相识;交往是爱情的桥梁,男女之间只有通过交往才能产生友谊,进而产生感情;倾诉是爱情的钥匙,男女双方只有敞开心扉真诚表白,两颗滚烫的心才能紧贴在一起,融化在一起。有些男女,早年互不相识,更没有交往和倾诉;或者虽然认识,互有好感,因种种原因而失之交臂。后来,当他们有缘走到一起时,会感到相识恨晚,相爱恨晚。对这种姗姗来迟的爱,彼此会更加珍惜,唯愿相伴余生,地久天长。

魏氏与樊彦琛的生死情缘

《旧唐书》卷一百九十三《列女传》记载,魏氏是唐楚州淮阴人,嫁给樊彦琛为妻。夫妻俩互敬互爱,常常感慨相识太晚。

后来,樊彦琛得了重病,魏氏极为悲伤,哭着对他说:"像你这样聪明厚道的人,天下难找,我能做你的妻子,是我的福分。光阴飞逝太快了,和你在一起不觉二十多年过去,相伴的时间实在太短。我做梦也没有想到你会得上这治不好的病,万万没有料到大难会降到我们头上! 我不能让你离开我,唯一的心愿是和你同赴黄泉!"

樊彦琛抑制着内心的悲痛,安慰妻子说:"人,生老病死是合乎自然的。你不要为我的病抱恨,而应该振作精神,把我们几个孩子养大成人。如果跟随我去死,恰恰违背我的意愿,增加我的思想负担,我绝对不赞成。"樊彦琛去世后,魏氏强忍着悲痛,按照他的遗愿,独自承担起家庭生活的重担。

唐嗣圣元年(684 年),原眉州刺史李敬业等人在扬州起兵,讨伐皇太后武则天,攻占楚州等地。魏氏被起事兵士掳掠。

兵士中有当地人,知道魏氏精通乐器,逼迫她为他们弹筝。魏氏长叹道:"我的丈夫刚刚去世,我没有跟随他去,算是苟且偷生活在这个世上。今天,你们逼我弹筝,是我的手指惹的祸!"说罢,魏氏拿刀斩断弹弦的手指，扔在地上。在场的人无不大吃一惊。过后，有个兵士小头目要娶魏氏为妻，魏氏断然拒绝。那个小头目将利刀架在她脖子上，威胁说："如果不从，就杀死你。"魏氏坚贞不屈，破口大骂。兵士小头目恼羞成怒，竟将她杀害。

【简评】

夫妻二人除了同时遭遇一场大灾难，离世总有先后。一方病危，一方痛不欲生，欲同赴黄泉，反映夫妻感情无以复加，但在现实生活中却难以成真，因为身体健康的一方尚有种种难以割舍的牵挂。魏氏和樊彦琛相伴20多年，总觉得在一起共度的时光太短，生死永别之际难舍难分，堪称一对情深意笃生死相依的夫妻。

勃朗宁夫妇迟来的爱

　　(英)温沃著、周林东译《流芳百世的情侣》一书,记述了 19 世纪英国勃朗宁夫妇的爱情故事,读后令人难以忘怀。

　　伊丽莎白·巴莱特 1806 年生于英国一个庄园主家庭,自小聪颖,6 岁就会写诗。13 岁那年,她发表史诗《马拉松之役》。15 岁时,她骑马摔下,马鞍砸坏她的脊椎骨,从此,她瘫痪在床。伤残没有挫损巴莱特的意志,她坚持练习走路,坚持读书写作。随家迁居伦敦后,她渐渐能出门散步。1838 年,巴莱特出版诗集《天使们及其他》,使她一举成名。

　　罗伯特·勃朗宁 1812 年生于苏格兰一个船业老板家庭,自幼好学,擅长写诗。1833 年,勃朗宁第一本诗集《坡林尼》出版。两年后,他出版诗剧《巴拉塞尔士》,由此闻名于世。

　　1836 年,《新月刊》杂志刊登介绍勃朗宁诗剧的文章,同期刊登了巴莱特的诗作。此后,这两位才华出众的诗人的名字,开始被人们相提并论。两位诗人虽然互知对方姓名和作品,但一直没有见面。

　　巴莱特的表兄坎宁,是勃朗宁父亲早年的同学,他因爱好文学,与巴莱特和勃朗宁都常有交往,谈吐间想帮他俩接头见面,两位年轻诗人都很欣喜。有一次,坎宁领着勃朗宁来到巴莱特家附近,他先登门传递口信,没有见到巴莱特。巴莱特的家人说她身体不好,不能会见客人。坎宁和勃朗宁只好扫兴而归。

1845年初,巴莱特39岁,虽然已是著名诗人,但仍待字闺中,成天和家人守在一起。勃朗宁33岁,没有爱上任何姑娘,也没有任何姑娘爱上他。巴莱特委托坎宁把她的新作《诗歌集》送给勃朗宁的妹妹,勃朗宁从中看到,巴莱特在一首诗里称赞他的诗作《铃儿和石榴》,颇为兴奋。几天后,勃朗宁见到坎宁时问道:"我如果写信给巴莱特小姐,她会有怎样的反应?""她肯定会很高兴。"坎宁不假思索地回答。

于是勃朗宁于1月10日给巴莱特写去第一封信。信中写道:"亲爱的巴莱特小姐,你那些诗真叫我喜爱极了","我写这信,的确是一种心悦诚服的流露","我太爱你这些诗篇了,而我同时也爱你!"他还在信中提到几年前坎宁引荐他俩见面被阻的往事,颇有未能相见的遗憾。信的落款是:永远是你忠诚的罗伯特·勃朗宁。

巴莱特看信后心潮澎湃,随即给勃朗宁写去回信:"亲爱的勃朗宁先生,我从心坎里感谢你","难道真的是我差点儿有幸相识你吗?难道你想起失去了这个机会果真感到有几分遗憾吗?"从此,两人频频通信,倾诉相互爱慕之情,尽管勃朗宁知道巴莱特脊椎损伤几近瘫痪。

5月20日下午3点,勃朗宁如约按响了巴莱特家的门铃,期盼已久的会面终于实现。初次相见,两人在思想上都受到极大的震撼。勃朗宁首先注意到巴莱特那双黑黑的眼睛非常美丽,最美的还是她的表情,每谈及一个话题,她端庄的脸上便掠过一片光彩,令他心醉神迷,终生难忘。巴莱特一见到勃朗宁英俊的面容,便立即把它刻在脑海里。她心慌意乱,只觉得他是一股无形的力量在逼近她,迫使她束手就擒。两人初次见面就坠入情网。

此后,勃朗宁每周去探望巴莱特一两次,并经常写给她。爱情使巴莱特的身体一天天好起来。在此期间,她写下44首表达爱情的诗歌,这就是名扬世界的《勃朗宁夫人抒情十四行诗》。

巴莱特的母亲去世后,她的父亲变得十分怪僻,他怕亲人离他而去,竟然不准儿女结婚。勃朗宁的家庭则支持他的选择。就在老巴莱特决定举家迁居乡下时,巴莱特撇开她的父亲,于9月12日与勃朗宁在教堂举行了婚礼。老巴莱特听说后,宣布与他这个女儿断绝关系。

勃朗宁夫妇随即途经巴黎,移居意大利。这样的婚后私奔,使他俩更加感到婚姻生活如糖似蜜。结婚一周年那天,他俩回顾共同度过的美好时光,勃朗宁夫人反复地说,她欠夫君的情;勃朗宁则反复订正说,不,是他欠夫人的情。两人就这样比赛偿还由于迟爱迟婚所欠给对方的感情之债。1849年3月,勃朗宁夫人生下一个男孩,使他俩的生活更为红火。

勃朗宁夫妇雇人照料孩子和家务,各自埋头写作,互不打扰。等谁写好了一首诗,便一起吟诵共赏。他俩时有诗作发表,赢得世界声誉。他俩定居文艺复兴的圣地佛罗伦萨,曾不止一次回国与勃朗宁家人团聚,并看望坎宁先生。

1861年6月29日,勃朗宁夫人在勃朗宁温暖的怀抱中辞世长眠,至此,他俩共同生活的人生旅程画上圆满的句号。

【简评】

　　这是一个被人们传为美谈的爱情故事。巴莱特小姐才学超人却不幸跌成瘫痪;青年诗人勃朗宁才华横溢,偏偏爱上比他大 6 岁且身患残疾的老姑娘巴莱特。两人以奔放的诗情产生思想共鸣,以至于情趣相投,互相倾慕,相爱恨晚。他们的爱情跨越身体健康与残疾的思想障碍,冲破令人费解的家庭封锁,虽然姗姗来迟,其绽放的花朵却飘香千里,流芳百世。

刘国江与徐朝清的爱情天梯

2006 年,湖南省岳阳市政府、中国妇女报社和中央电视台等单位,联合举办中国十大爱情故事评选活动,刘国江与徐朝清的爱情入选。周立《情海天梯》一文记叙了他们的爱情故事。

刘国江是重庆市江津区中山镇长乐村人,生于 1935 年。在他 6 岁那年,邻村美丽的姑娘徐朝清嫁到长乐村一户姓吴的人家。刘国江当时正在换门牙。当地风俗,换牙的孩子让新娘摸摸掉牙的牙床,会很快长出新牙来。在大人的怂恿下,小国江冲到新娘面前,让徐朝清摸了一下牙床。童年的记忆是难忘的,这件事一直留存在刘国江的脑海中。

徐朝清婚后第 10 个年头,丈夫患急性脑膜炎去世,留下 4 个孩子,大的 9 岁,小的才 1 岁,全靠她抚养,生活十分艰难。一天傍晚,徐朝清背着最小的孩子到村东头的飞龙河边去取水,不小心掉进河里。刘国江的家就住在河边,听人大喊"有人落水了",他匆忙跳下水把她母子俩救上岸,送回家。他见她家水缸里没有水,摸黑给她挑了一担水送来。刘国江看到徐朝清拖着 4 个孩子很不容易,心中暗暗同情她。从此他经常主动去帮助她干些重活,担水劈柴,耕种收割。

一晃三年过去,19 岁的刘国江和 29 岁的徐朝清产生恋情,青春之火越烧越旺。村子里传出流言蜚语,说这么漂漂亮亮的小伙子干吗要跟比他大 10 岁的寡妇混在一起。徐朝清的婆婆更是常常指桑骂槐,不准刘国江进她们家的门。刘、徐二人无法抗御社会舆论的压力,彼此克制感情,不再接触。

1956 年 8 月的一天,刘国江在镇上碰见徐朝清。他上前和她搭话,徐朝清表情凄哀地对他说:"寡妇门前是非多。我们不能再联系了。你年龄也不小了,找个姑娘成个家算了。"说罢,她转过身低着头走开了。

刘国江听她这么说,心里很不是滋味,独自呆呆地站在街头,仰望苍天,泪流满面。当天晚上,他轻轻地敲开徐朝清家门,对她说:"我谁也不娶,就要娶你!"徐朝清听他这么说,心潮澎湃,激动得泪流满面。她望着眼前比自己年轻的小伙子,又望望靠她养活的 4 个孩子,凄哀地摇了摇头。刘国江急了,一把抓住徐朝清的手,深情地说:"我说的是真的,我愿永远和你在一起,把这几个孩子养大!"两个人剧烈地颤抖着,紧紧地偎依在一起。

在他们居住的村庄南面,是一片连绵起伏的高山,深山中有个叫半坡头的高峰,刘国江上山砍柴不止一次来过这里。几天前,他特意去峰顶察看,看见不知何人盖起的两间草房一直无人居住。为了避开世人的非议,刘国江和徐朝清商定逃到这里隐居。经过一番准备,他俩在村中消失了,带着 4 个孩子逃到这大山深处住下来,寻得了一块爱情的净土。

半坡头山顶海拔 1500 米,云雾缭绕,人迹罕至。刘国江和徐朝清为了让他们的爱不受世俗的干扰,远离现代文明,过起刀耕火种的原始生活。带去的粮食远不充足,他们就去河塘捕鱼,上山挖野菜、采野果补充。他俩在房前屋后挖了几块地,种上土豆、红薯、玉米和蔬菜,又养鸡养猪,还动手养蜂酿蜜,日子渐渐有些起色。

谁知天有不测风云。第二年 6 月,一场暴风雨将他们住的茅草房顶掀走,连下大雨引起山洪暴发。刘国江领着全家人在最高处的一个山洞里住了两天两夜。雨过天晴,刘国江动手修房,做临时栖身之所。他和徐朝清商议,要盖起瓦房,好挡风避雨。于是刘国江带领全家往返 40 里外的山坳里,和泥做砖做瓦,他又砌了个石窑自己烧砖烧瓦。苦累了一年,他们终于将瓦房盖成。

从山下到半坡头山顶本来没有路。当年上山以后,刘国江一有空就拿起铁锤铁钎,在巨石上开凿他们的出行通道。他们凭一双勤劳的手虽然能自给自足,但也需要从市场买些生活用品,出卖他们收获的农产品,接送孩子去山下学校读书。为了开通上下山的通道,刘国江凿山不止,年复一年,坚持不懈,持续 50 多年,竟在陡峭的山岭上开凿出 6000 多级石阶,创造了人间奇迹,被人们誉为"爱情天梯"。

徐朝清带上山的最小的孩子 5 岁时夭折,后来,他们又生了 4 个孩子。孩子们一天天长大,先后在山下结婚成家,他们这对恩爱夫妻则继续隐居深山一年年变老。他们很少下山了,有事交给孩子办,长年厮守在一起,相依为命。偶尔有一人因事下山,另一位到时准会来到山下独木桥头等候,然后携手攀登"爱情天梯"回家。

刘国江对来访的人说:"她年纪大一点。我能照顾她多久,就照顾她多久。我们俩已约好了,谁先走了,后走的就将先走的葬在山上,然后下山和儿女们住在一起,死后再由儿女们送上山,与先走的老伴合葬。"

十分令人遗憾,就在刘国江与徐朝清的爱情故事通过媒体传播感动千家万户之时,2007 年 12 月 7 日清晨,刘国江突发脑溢血去世,享年 72 岁。在抢救的六天六夜里,徐朝清一直守在刘国江身边,拉着他的手,几乎没有吃东西。数百名乡亲和来自江津、重庆的吊唁者为刘国江送葬。他的骨灰就埋葬在他和徐朝清共同生活 50 多年的山上。

刘国江去世后,徐朝清搬下山和儿女住在一起。她陷入孤苦的思念中不能自拔。2012 年 10 月 30 日,徐朝清去世,享年 87 岁。孩子们遵照她的遗愿,把她的骨灰安葬在老伴刘国江的坟旁。

【简评】

这是一个富有传奇色彩的美丽动人的爱情故事。为了躲避世俗的非议,刘国江和徐朝清远离尘世,隐居在人迹罕至的大山深处,过起刀耕火种的原始生活,日子虽然甜蜜却何其艰难。他们凭借年轻的气力,扬起爱情的风帆,将一个个困难踩在脚下,凿开了 6000 多级"爱情天梯",创造了人间奇迹。非议别人是人性的一个弱点,是世俗社会的一个陋习,它能毁坏一个人的美好人生。刘国江和徐朝清就是因此被逼进深山的。两位老人的爱情故事虽然已成过去,但它蕴藏的爱的真谛感动众人,流传后世。

不忘初心　琴瑟和谐

　　除了强力胁迫或家长包办,男女自主缔结婚姻,一般都是称心如意的。由于在日常生活中相互关照,随着岁月的流逝,夫妻之间的感情会与日俱增,不可分离。诚然,夫妻之间因为性格爱好或看问题的角度不同,对某些人或事的看法和处置方法会不尽相同,也会产生一些冲突。这就需要互相体谅,互相包容,在体谅和包容中化解矛盾。夫妻之道的关键是不忘初心。不忘初心,才会彼此忠诚,历久弥新,才会白头偕老,和谐如初。在漫长的人生旅途中,夫妻之间相互提醒、劝导和激励也很重要。遇事相互关爱,及时沟通思想,则是夫妻关系的润滑剂。

晏子不嫌老妻

《晏子春秋》记载:晏子名晏婴,是春秋时期齐国夷淮人,官至齐国国卿。

一天,齐国大夫田无宇(又名田桓子)初次去晏子家拜望。为他开门的是一位头发花白的老妇人,穿一件黑布外衣而没有毛皮里子。田无宇拜见晏子后问道:"刚才迎我进门的那个老妇人是谁?"晏子回答说:"是我的妻子。"田无宇大为吃惊,疑惑不解地问道:"我还以为是你家的用人哩! 你身居国卿高位,享受70万俸禄,还留着这个老妻干什么?"晏子不以为然,心平气和地对田无宇说:"她从年轻时就嫁给了我,陪伴了我几十年,如今,她老了,我也老了。老妻不可休弃啊! 我听说,遗弃老妻叫乱,讨娶少妻叫淫。见到美色就忘记道义,身居富贵就丧失伦理,不是我这个人能够做的。"田无宇对晏子的话深有感触,从此对他更加敬佩。

又有一次,晏子在家中宴请齐景公(前547年—前490年在位),晏子之妻敬酒后退下。齐景公毫不客气地对晏子说:"她就是卿的妻子? 又老又丑! 我有个女儿,长得很美,把她送给你做妻子吧!"晏子听景公这么说,当即从席位上站起来,十分恭敬地贴近国君,缓缓地说:"谢谢国君的厚爱。臣下的妻子的确是又老又丑,但我这么多年与她过习惯了。人总是要变老变丑的,她曾经也是年轻又漂亮。很多年前,她就把一生的命运托付给我了。国君的女儿年轻,是个美女,固然举世无双,但我不能背离妻子把她抛弃啊!"齐景公微笑着点了点头。

【简评】

　　晏子婉言谢绝齐景公的好意,坚守老妻不弃,而无意与国君攀亲,其思想品德达到了极高的境界,非常人可比。

孟光举案齐眉

　　《后汉书》卷八十三《梁鸿传》记载,梁鸿是东汉扶风平陵人,早年入太学读书,崇尚气节。太学结业后,梁鸿没有谋求当官,而是去上林苑以养猪为生。一天,他因不慎失火,烧毁了邻居房屋。梁鸿将他所养的猪全部赔上,这户邻居仍嫌不足。他只好无偿给这户人家干活,以补偿其损失。有几位邻居老人见梁鸿起早摸黑为这家干活,共同出面说服这户主人,于是梁鸿得以回归故乡。

　　梁鸿在上林苑的义举很快在家乡传开,一些有钱有势的人家"慕其高节",都想把女儿嫁给他。梁鸿无意趋炎附势,一概婉言拒绝。本县有个姓孟的姑娘,长得又黑又胖,相貌很丑,挑选丈夫的眼光却很高,为她介绍的许多男子她都不称心。父母眼看女儿30岁了,急着问她为什么还不肯出嫁,女儿回答说:"我只想嫁给像梁鸿那样的贤人。"梁鸿听说后受到感动,主动去孟家求聘其女为妻。

　　梁鸿娶了孟女后,一连7天不与她交谈。孟女不解其意,跪在床前,向梁鸿请罪说:"我听说你情操高尚,富有节义,是因仰慕你的大名才嫁给你的。如今,你把我娶进门来,不知我有什么过失?"梁鸿回答说:"我想要的是穿黑布衣服的女子,好和她一起到深山隐居。我见你进门穿着绸缎,脸上抹着浓妆,这就不合我的心意了。"孟女说:"我用这样的装束打扮,不过是想试探你的志趣罢了,妾自有还未拿出来的衣服。"

于是孟女换上黑衣,绾起发髻,卷起褂袖便忙起家务,家里家外被她收拾得井井有条。梁鸿见孟女不是爱打扮的娇小姐,极为高兴,大声说:"你这样才配做我的妻子,完全能陪伴我一辈子啊!"随即,他给妻子取名为孟光。

此后不久,梁鸿携孟光进入霸陵山隐居。他俩自己动手盖茅房,开荒地,男耕女织,靠劳动吃饭。闲暇时,他俩吟诗弹琴,自娱自乐。小两口日子虽不富裕,但过得十分甜美。

一天,梁鸿有事去东方,路过京都洛阳时,看到朝廷不惜人力财力正在兴建豪华宫殿,相比之下,前汉当年修建的未央宫显得十分简陋。他想到前汉已经灭亡,如今的未央宫萧条冷落,心中油然产生感慨,当即写下了《五噫歌》:"陟彼北芒兮,噫!顾览帝京兮,噫!宫室崔嵬兮,噫!人之劬劳兮,噫!辽辽未央兮,噫!"

汉章帝(75年—88年在位)看了《五噫歌》,大为恼火,下令抓捕该诗作者。梁鸿闻讯后改名运期耀,携孟光逃到齐鲁。之后,他俩又辗转去吴地隐居。

梁鸿携全家来到吴地后,人生地不熟,无以为生,他只好帮富人皋伯通家舂米,养家糊口。每天干完活回到家里,梁鸿都累得筋疲力尽,坐下来不想走动。孟光准时把饭菜烧好,放在一个大木盘内,端到他的面前。她笑容满面,仪态谦恭,所端的木盘总是高高托起,和她的眉毛齐平。人们称赞孟光侍候丈夫"举案齐眉",是贤惠的妻子。

皋伯通看到这对外来夫妻过得虽然苦,却互亲互爱,相敬如宾,又看到他俩待人诚恳,与世无争,觉得他俩不是一般人,主动给了他俩一些资助。梁鸿工余时间闭门写作,共写了 10 多篇文章。

后来,梁鸿在吴地病逝。临终前,他嘱咐孟光将他就地掩埋,不必送归故土。孟光将梁鸿的遗体在吴地安葬后,带着孩子返回平陵老家。

【简评】

不慕富贵,安于清贫,是梁鸿、孟光夫妇共同的志向。他俩虽然长年辛劳,终生穷困,却患难相依,挚爱如初。他们"举案齐眉"的爱情故事,至今仍被人常常提起。它向人们昭示,夫妻生活的幸福不在于拥有多么丰富的财物,而在于情投意合,相敬相爱。

明太祖与马皇后不忘当初

《明史》卷一《太祖本纪一》及卷一百十三《太祖孝慈高皇后传》记载,朱元璋是元代濠州钟离人,少年家贫,帮人放牛。17岁那年,当地闹饥荒,又流行瘟疫,朱元璋的父母和长兄相继去世,经乡人资助才得以安葬。他无依无靠,只好入庙当和尚。元至正十二年(1352年),朱元璋25岁,投入定远人郭子兴在濠州组建的反元农民起义军。郭子兴看到朱元璋是个人才,把他放在身边派用。

郭子兴有个养女姓马,是宿州人,郭子兴早年与她的父亲是好朋友。马氏女很小的时候父母先后去世,由郭子兴把她抚养长大。郭子兴将马氏女许配给朱元璋为妻。

这样一对穷苦人结为夫妻,自然是情深意笃。马氏好读史书,为人仁慈而有智慧。她见朱元璋经常带兵打仗,劝告他说:"平定天下,要尽量不杀人,或者少杀人。"朱元璋认为妻子的话很有见地。

郭子兴统领农民军攻下和州后,令朱元璋镇守。跟随郭子兴起兵的将领孙德崖因部队缺粮,要求率部进驻和州城,朱元璋接纳了他们。有人在郭子兴面前谗毁孙德崖谋乱,郭子兴大为恼火,连夜率部进入和州城,将孙德崖抓捕。朱元璋则被孙德崖部众拘禁(《明史》卷一百二十二《郭子兴传》)。在此期间,马氏常常把烧饼揣在怀里,偷偷送给朱元璋吃,而她自己却饿着肚子。

明洪武元年(1368年),朱元璋在应天府即位称帝,为明朝开国皇帝明太祖,封其妻马氏为皇后。当年,明军攻下元朝都城大都,缴获大量宝玉。马皇后看后深有感触地说:"元朝皇帝可能认为,只要有这些宝贝,天下就无忧了。"明太祖说:"朕明白皇后的意思,贤才才是国家的宝贝。"马皇后十分高兴,对明太祖说:"陛下说得完全正确。妾与陛下从贫贱起家,时至今日,我常常担心奢侈会滋长骄傲,细微的小事如不注意防范也能引起国家动乱,所以最大的心愿是得到贤才共同治理天下。"

后来,明太祖常常同群臣谈论创业艰难,称赞马皇后像唐太宗的长孙皇后一样贤惠。马皇后说:"妾怎能比得上长孙皇后?我听说保持夫妻关系容易,保持君臣关系很难。陛下没有忘记与妾贫贱之时,愿陛下更不要忘记与群臣艰难创业之日!"明太祖点头称是。

明太祖上朝决断大事有时大发雷霆,退朝后还余怒未息。马皇后问清事由后,总是婉言劝谏,使许多大臣得以减缓刑罚。有人告发参军郭景祥的儿子凶狠残暴,曾经拿着长矛要杀死他父亲。明太祖准备将郭景祥的儿子处死。马皇后提醒说:"郭景祥只有这一个儿子,告发的或许不是事实,告发人可能与郭景祥有仇,想要他绝后。"明太祖派人暗中查探,所告果然与事实不符。

洪武十三年(1380年),丞相胡惟庸谋反事发,朝廷礼仪人员宋慎因参与谋反被处死。宋慎的祖父是原侍讲学士宋濂,退休回原籍浦江已经三年,受到牵连被捕。明太祖要将他处死,马皇后劝谏说:"胡惟庸谋乱封锁严密,宋濂远在千里之外的老家,肯定不会知道他这个孙子参与谋乱的内情,罪不当死。普通百姓家,都能以礼善待其儿孙的老师,何况我们还是天子之家哩!"明太祖连连摇头,听不进去。

过一会,马皇后陪明太祖吃饭,不肯饮酒吃肉。明太祖问她为何这样,是不是还为宋濂的事。马皇后回答说:"妾这样做,是祝愿宋濂老师能平安无事。"明太祖的思想受到触动,放下筷子不再吃饭。第二天,他下令赦免宋濂死罪,将他流放茂州。

有一次,马皇后向明太祖询问:"当今天下,老百姓过得安乐吗?"明太祖回答说:"这不是你应该问的事。"马皇后收起笑容,反驳说:"陛下是天下百姓之父,妾虽浅陋,也是天下百姓之母,天下赤子是否安乐,我怎么能不管不问?"明太祖说:"今年有些地方受了灾,朝廷都给予了救济。"马皇后说:"救济固然重要,平时注重防灾防患更为重要。"马皇后保持简朴的生活习惯,每遇灾年,她总是领着后宫妃女改吃素食。

马皇后心胸宽广,她虽然情系明太祖,但对后宫妃女并不忌妒,给予明太祖避着她出入后宫的自由。凡嫔妃宫女受到明太祖宠爱而生有孩子的,她一律优厚对待。马皇后不以地位谋私,明太祖想给她的亲族封官,她以无功而禄私授外戚违法,加以推辞。

洪武十五年(1382年)八月,马皇后得了重病,临终前,明太祖问她有什么话要交代。马皇后呼吸困难,声音低微地说:"愿陛下求贤纳谏,善始善终;愿皇家子孙人人贤能,臣下民众各得其所。"说罢,马皇后安然长逝,终年51岁。明太祖恸哭不止,极为伤感,决意不再立皇后。马皇后之子朱棣即位后，尊称其母为高皇后。

【简评】

　　作为开国帝王，明太祖能与草创之初的贫贱之妻善始善终，难能可贵。与他俩相类似的汉高祖与吕皇后的夫妻关系，就没有他俩和谐。根本原因在于明太祖和马皇后始终不忘初心，马皇后的坦诚大度也是一个重要原因。两人身居极位，经常一起忧患国事。马皇后身处朝廷公议局外，对某些人或事的看法不受人言裹挟更为客观公正。她每每直言进谏，明太祖总是虚心从谏，这在历代帝王家庭中也极为罕见。马皇后劝谏，只是想改变明太祖的误判，她不谋私利，与历史上许多皇后干政谋私是有本质区别的。

蒲义秀甘为盲妻之"眼"

中国文明网报道,蒲义秀是四川省巴中市鼎山乡人,原是四川达县运输公司职工。1958 年 3 月,他与同乡姑娘白玉英结婚。婚后,蒲义秀回达县上班,白玉英在老家务农,两地相距 360 里,夫妻俩离多聚少。

1959 年 2 月,白玉英在老家生下一个女婴,不料第四天夭折。白玉英极为伤心,突发重病瘫倒在床上。蒲义秀收到家里发来的电报,匆匆赶回到妻子身边,连夜和亲朋一起步行近百里,把妻子送到巴中市人民医院。经过医生精心治疗,特别是蒲义秀的细心护理和精神安慰,白玉英的生命保住了,可眼睛永远失去了光明。

一个人双目失明,意味着陷入无边的黑暗之中,不仅看不见世上的一切,连走路及日常生活都十分困难。白玉英想着自己这么年轻就遭到这种厄运,常常以泪洗面,不想再活下去。蒲义秀成天陪着妻子,极力用温馨的话语安慰她。他多次紧闭双眼,体会妻子心灵上的痛苦,不止一次对妻子说,你虽然看不见了,我有一双好眼睛,我就是你的眼睛,会拉着你走好今后的人生路。

为了让妻子适应失明后的生活环境,蒲义秀牵着她的手,带着她抚摸没有改变摆放位置的各种家具,重新熟悉厨房的一切。经过几天的引导摸索,白玉英可以独自摸着操持家务了,可以摸着烧火做饭了。她的脸上露出了笑容,逐步适应了新的生活,蒲义秀这才不无牵挂地回到工作单位。

有人替蒲义秀忧愁,年纪轻轻守着一个双目失明的妻子,今后的日子怎么过? 他总是微笑着回答:"她嫁给我时是健健康康的,因为生我们的孩子才失明的。我们结婚时有过盟誓,无论今后谁怎么样,都要相伴一辈子,现在我怎么能把她推开不管呢? 人活在世上,要有良心!"

1962 年底,白玉英临产。蒲义秀辞去达县运输公司的工作,回乡务农,陪着白玉英过日子。没过几天,白玉英生下一个男孩。1964 年,蒲义秀被招入四川路桥公司上班。当时,城乡居民口粮定量供应,蒲义秀想方设法把妻子和儿子从生产队分得的口粮兑换成粮票,把他俩接到身边一起生活,便于照顾。几十年过去,漫漫岁月,日复一日,蒲义秀总是把妻子的冷暖放在心坎上,摆在第一位。白玉英常对人说:"我这辈子遇上蒲义秀,是我的幸运,是我的福气!"

如今,蒲义秀、白玉英夫妇已进入耄耋之年,住在广汉市雒城镇外北社区。平时,他俩多半时间在家里,相伴不离,蒲义秀把家务全包了。他俩偶尔出门,蒲义秀总是先走出一步,等着白玉英用手扯住他的衣服,挽住他的手臂,然后慢慢朝前走。每当上下台阶,蒲义秀都要搀扶着妻子,生怕她跌跤。有时,他边走边把看到的风景、新建的楼房、桥梁说给老伴听,白玉英的脸上不时露出会心的微笑。这对患难相依 58 年的老夫老妻,就是这样走过一个又一个平常的日子。

2016 年 12 月，蒲义秀荣登中国好人榜。

【简评】

　　人生在世，说不定会有不幸降临到自己头上。蒲义秀万万没有想到妻子会双目失明。在妻子失明后，他坚守"人活在世上，要有良心"，心甘情愿承受生活的磨难。他 50 多年如一日，一直无怨无悔地照顾着盲妻，其高尚的品德令人钦佩。在现实生活中，类似他们的事例还有许多。正是这些不忘初心的老伴，在艰难中时时关照另一方，演绎着充满温暖的人间真情。

患难相依　不离不弃

一般来说,人在漫长的一生中,与配偶共同生活要占大部分时间,比同父母在一起的时间长,比同儿女在一起的时间也要长。男女既然愿意结为夫妻,就意味着把自己的命运同对方的命运拴在一起,决意在今后的人生路上相依为命,同甘共苦。夫妻共同生活几十年,难免经历风风雨雨。无论男方女方,都有可能因为疾病或意外伤害而致残,也有可能因某种社会原因而遭遇祸难。灾难一旦降临到某对夫妻头上,受难者首先要沉住气,应对厄运的挑战,另一方则要感同身受,勇于担当。本是朝夕相处的夫妻,当情况发生骤变时,有的人背离自己的承诺,弃而远之,这无异于将对方推向灾难的深渊。当然,更多的人重情重义,不忘初衷,与蒙难的配偶患难相依,同呼吸共命运,以忠诚的言行续写夫妻生活的新篇章。

萧意辛与耶律奴生死不离

《辽史》卷一百七《列女传》记载,萧氏小名意辛,是辽国(都上京)胡独公主的女儿。萧意辛姿容美丽,知书达理,20 岁那年嫁给耶律奴为妻,以"修己以洁,奉长以敬,事夫以柔",尽其妇道。由此,耶律奴和萧意辛恩爱如山,情深似海。

早先,耶律奴与枢密使耶律乙辛关系不和。耶律乙辛为人奸诈,辽道宗对他委以重任,他却害得辽道宗家破人亡。辽太康元年(1075 年),耶律乙辛仅凭萧皇后的一首诗,诬告皇后与艺人赵惟一有染,致使辽道宗赐萧皇后自尽。萧皇后所生太子耶律睿渐渐长大,耶律乙辛怕太子日后报其杀母之仇,又于太康三年(1077 年)诬告耶律奴参与谋立太子称帝,致使辽道宗下令废黜太子,处死多名被诬告的大臣,耶律奴也被剥夺官爵,流放乌古部(女真族部落)。

辽道宗召见意辛,以她是公主的女儿,要她与耶律奴离婚。意辛婉拒说:"陛下念妾沾上皇亲,免除我流放之罪,实在是天大地大的恩赐。然而,妾以为夫妻的大义,应当是同生共死。我既然嫁给耶律奴为妻,在他犯法遭受祸难之时,离他而去,是背离了夫妻之道,这样做同禽兽有什么两样? 如果有幸能得到陛下开恩,让我随同耶律奴去乌古部,我即使死在那里也没有遗恨!"辽道宗被意辛的一片真情所感动,答应了她的要求。

意辛随耶律奴到了流放地后,亲身参加她从未干过的各种繁重劳动,从不叫苦叫累。她在生活上对耶律奴的照顾,比过去更加恭敬细心。寿隆中(约1097年),辽道宗赞赏意辛二十年如一日以气节自守,下令将她及其全家召回上京。

【简评】

辽道宗在位期间重用奸臣耶律乙辛等人,使国势衰落,他去世不久辽国灭亡。所谓谋立太子为帝完全是无中生有,耶律乙辛借此除掉一批政敌,耶律奴无辜被牵连则是他挟嫌报复。皇帝劝萧意辛改嫁,萧意辛秉持大义,对丈夫耿耿丹心,反而说服皇帝同意她随丈夫流放,令人为之击节赞叹。萧意辛随丈夫流放二十年无怨无悔,堪称坚守为妻之道的典范。

黄氏携丈夫遗骨还乡

《清史稿》卷五百九《列女传》记载,周子宽是清代顺德伦教村村民,年轻时与玩伴在船上游戏,不慎使玩伴落入水中淹死,被判处流放贵定服劳役。周子宽的妻子黄氏去县府哭求,获准陪同丈夫一起去贵定。

途中,周子宽生病,黄氏走村串户,以卖唱的收入为丈夫买药治病。夫妻俩抵达流放地后,相濡以沫,共服苦役,在极其艰苦的环境中生育一子二女。熬过 17 年艰难岁月后,周子宽在当地病逝。黄氏失去主心骨,哭得天昏地暗,她不想再在贵定待下去,决定带着孩子返回顺德,同时将丈夫的遗骨带回老家安葬。黄氏数次去县府请求,县府才同意放行。

黄氏的长女已在当地出嫁,只好留在贵定。黄氏怀揣县府开具的证明,携带丈夫遗骨,用圆形竹筐挑着一对小儿女艰难上路。因为带有遗骨,许多旅店不让他们住宿,黄氏只好寻找附近的寺庙过夜。贵州山区常有老虎出没,黄氏亲眼看见一个人被老虎咬死吃掉。她非常害怕,硬着头皮往回赶路。走了将近两年,黄氏终于将丈夫的遗骨和两个孩子带回原村。

此时,距当年黄氏陪周子宽离村已过去 19 个年头。黄氏饱经风霜过早苍老,又黑又丑,说话夹杂贵定方言,村里许多人不认识她是谁,只有一个白发老翁还记得她。他指着村前的坟墓对她说:"你的公公早死了,就埋在那里。你的婆婆正躺在你家山墙脚下晒太阳,已经有一天没有吃饭了。"

黄氏来到婆婆面前向她打招呼,婆婆两眼昏花几乎失明,认不出站在她面前的竟是她失联多年的媳妇。黄氏拉着老人的手,哭着告诉她:子宽三年前已在贵定去世。婆婆号啕一声,呼天叫地大哭起来。黄氏劝婆婆不要太难过,让婆婆摸摸她儿子的遗骨,又摸摸孙子、孙女,一家人历经人世沧桑,总算又团聚了。

村里老人听说周家的媳妇从远方回来了,纷纷赶过来看望,听她叙说这些年来所经历的艰难困苦,无不为之感伤流泪。他们称赞黄氏对丈夫尽心尽意,主动拿来一些生活用品,让她这个家重新冒起炊烟。

黄氏的义行善举,很快在顺德千家万户传开了。人们把她同当年被匈奴扣留 19 年才返回汉朝的苏武相提并论,称她为"女苏武"。

【简评】

黄氏对丈夫周子宽情深似海。她主动请求陪同丈夫去流放地吃苦。丈夫死后,她不肯将其遗骨丢在异地他乡,千里迢迢将其带回老家,生不离,死不弃,夫妻处到这种份上确属罕见。历史上许多才子佳人的爱情,常常为人们津津乐道。其实,爱情并非才子佳人的"专利",一字不识的穷苦人同样也有他们美好的爱情。黄氏与周子宽,不是佳人才子,也没有留下什么诗文,可他俩却生死不离,攀上了人世间爱情的顶峰。

徐桂兰照料瘫痪丈夫四十年

中国文明网报道,徐桂兰和辛立峰都出生于山东省济南市郊区农村,早年同在当地一家农场上班,在接触交往中产生爱情,于1963年结为夫妻。1965年,他俩响应国家支援边疆建设的号召,满怀热情奔赴新疆,被分配到拜城县桥尔塔拉煤矿工作。远离老家进入异地他乡,更使辛立峰、徐桂兰夫妻相亲相爱,日子过得甜美幸福。

1973年3月,辛立峰在井下打井作业时被落下的大煤块砸伤腰部,脊椎粉碎性骨折。当时,徐桂兰生下小儿子才18天,听说丈夫在井下出事,直感到像天塌下来一样,不顾一切地赶到出事地点,哭哑了嗓子。之后,她怀抱婴儿日夜守在医院,陪伴在丈夫身边,辛立峰由拜城医院转到山东省立第二医院,经过两年治疗,脊椎虽然长好了,造成的下肢瘫痪却无法治愈。

返回拜城以后,单位照顾徐桂兰不要她上班,让她专心在家服侍辛立峰。每天,徐桂兰要照料瘫痪在床的丈夫吃喝拉撒,还要照看年幼无知的孩子,买菜、做饭、洗衣服,从早忙到晚,没有闲下歇一歇的时间。邻居和同事都劝她把一些事放一放,不要把自己的身体累坏了。徐桂兰总是说:"辛立峰也怕我累坏了。可是活摆在眼前,不忙我急。他虽然卧床不起了,人还是那个人,我多忙一些

292

是应该的。"

辛立峰见妻子成天忙个不停,心里很不过意,曾经在她面前说:"像我这样的人,活着自己受罪,还要拖累你,不如死掉算了。你这样成天到晚服侍我,何年何月才有个完啊?"徐桂兰听他这么说,瞪了他一眼之后,改以爱抚的眼光,报以亲切的微笑,安慰他说:"最难的日子都被我们磨过来了,你还愁什么呢?我这辈子就和你拴在一起,决不会离开你,我永远都会陪伴在你的身边!"

为了排解丈夫生活的寂寞,徐桂兰给他订了报纸,让他及时了解外面的世界,给他买了收音机,让他听听音乐和新闻,定时打开电视机,让他收看喜欢的节目。有时,她推着轮椅陪他到户外转转,透透新鲜空气,同熟人打打招呼,聊聊天,放松一下心情。有时,她同他谈心叙旧,回忆过去的好时光,增强他对未来生活的信心。

由于徐桂兰的精心护理,辛立峰伤残40多年来没有生过大病。他常对人说:"这些年来,如果没有老伴这样服侍我,我早就不在人世了!"

徐桂兰夫妇家境艰难,受到社会的同情,许多单位和个人向他们伸出援助之手。辛立峰老人深受感动,他没有别的能力,甘愿死后捐出自己的眼角膜报答社会。徐桂兰老人说,随着年龄增加,他们今后的生活只会越来越难,但不管怎样,她都要同辛立峰携手人间,共度晚年。

2014年6月,徐桂兰荣登中国好人榜。

【简评】

丈夫当班受伤瘫痪,徐桂兰没有怨天尤人,更没有丝毫嫌弃,对人说他"人还是那个人",这朴实的语言表达了多么真挚的夫妻之情!40多年的悉心照料,无怨无悔,对徐桂兰来说谈何容易!她虽然没有创造惊天动地的业绩,却把一生的宝贵年华献给因公致残的丈夫,其充满磨难的人生同样折射出异样的光彩。

王新具不舍重度烧伤之妻

中国文明网报道,王新具是安徽省濉溪县供电公司工人。1995 年 8 月 21 日,是他的家庭蒙受灾难的日子,他的妻子张翠红上班时被突然起火的化学物品二甲苯烧伤,全身烧伤面积达 87%。

经过医院救治,张翠红的生命保住了,可是,她美丽的面容消失了,健康的四肢被烧成残废。王新具长得很帅,每天面对烧得面目全非的妻子,确实不是好滋味。他同情妻子,感同身受,心想妻子虽然换了一副面孔,人还是那个人,心还是那颗心,这不应该影响他俩之间的感情。王新具知道,妻子现在最需要的是他的爱,他责无旁贷要把妻子照料好,让她重新树立生活的信心。

首先是防止妻子烧伤感染。在治疗初期的 101 天里,王新具以医院为家,每天 24 小时守候在妻子身边,给她擦洗伤处,帮她翻身,协助她吃喝排解,还经常讲一些美好往事来宽慰她的心灵。由于王新具的细心护理,张翠红伤口没有感染,身上没有生褥疮,医护人员无不为之感叹。

其次是帮助妻子恢复四肢功能。由于烧伤严重,张翠红失去一只耳朵,两只胳膊因为疤痕皱皮连在一起,伸不直了。同样原因,她的两条腿也只能蜷曲,不能伸直。王新具不能眼看着妻子的四肢就这样蜷曲下去,先后 4 次带她去上海第九人民医院进行整容治疗,终于使张翠红的胳膊渐渐能伸开,双腿也能伸直了。

最难能可贵的是,王新具照料残妻20年从不厌烦。有关单位照顾他不要他去上班,他便一心把精力放在张翠红身上。白天,他除了外出购物或有急事出门去办,整天守在妻子身旁。夜晚,他要多次起床,服侍妻子,很少睡上一个安稳觉。夏天,洗浴后,妻子身上的伤疤奇痒难忍,他总是轻轻地给她挠痒。冬天,妻子血流不畅,腿脚冰凉,他每夜都抱着妻子的双腿,用腋窝夹着妻子的双脚,成夜成夜给她焐。

为了使妻子能起床活动,王新具从锻炼她的四肢张力入手,通过无数次轻缓的拉伸收缩,使妻子的四肢逐步能伸展回收。接着,他让妻子练习起卧,慢慢从床上坐起来,靠着床沿,扶着椅子站到地上,再练习移步、小步走路。他还请人在院子里安装一副高低杠,供妻子身子在上面锻炼。由于王新具多方护理,张翠红的下肢肌肉没有出现萎缩,心情也变得开朗了。

王新具多年如一日照顾烧伤的妻子,使许多人深为感动。2016年4月,王新具荣登中国好人榜。

【简评】

爱美嫌丑是人的共性。人们在选择配偶时,总是首先考虑对方的外貌。张翠红大面积烧伤,不仅使她自己蒙受终生的痛苦,对于她的丈夫王新具来说,更是一场毁灭性的打击。在严峻的考验面前,王新具对被烧得面目全非的妻子义重如山,挚爱如初。这是出自他对妻子的真爱。有了这份永恒不变的真爱,他才能二十年如一日,耐心地尽心尽意地照料妻子,不舍不弃。这当然是出自他的理性思考,他以高尚的道德情操排除了任何私心杂念,始终以美好的心灵,看待妻子,看待现实生活,这一点尤其令人钦佩,是一般人难以企及的。

天各一方　盼望重聚

　　受社会环境变迁的制约,恋人或夫妻常常会有暂时的离别,有的甚至会天各一方,长期杳无音信。这种离别,对男女双方来说都是一杯无言的苦酒,朝思暮想,魂牵梦绕,愁肠百结,夜不能寐。爱的甜蜜、美好的时光在煎熬中度过。然而,这也是一种幸福,一种苦中有甜的幸福。双方虽然离别,毕竟拥有真正的爱情。他们心中只有特定的一个人,宁愿为这个人守候一辈子也不改弦易辙。他们人在两地,心在一起,无时无刻不期盼重逢。他们用忠诚和坚守,演绎着一个个凄婉而又美好的爱情故事。

徐德言与乐昌公主破镜重圆

（唐）孟棨《本事诗·情感第一》记载，南朝陈（都建康）太子舍人徐德言的妻子乐昌公主是南陈后主陈叔宝的妹妹，才学出众，姿色夺冠。徐陈夫妻二人情投意合，琴瑟和谐。

当时，隋朝（都长安）已经控制长江以北广大地区，隋文帝正调集大军向江南进发，而南陈后主荒淫无道，朝政腐败，南陈王朝不堪一击，岌岌可危。

徐德言看到国家所处的这种态势，对乐昌公主说："眼看国家就要灭亡了，我们夫妻俩不会再这样团团圆圆地过下去了。凭你的美貌和才华，即使落入隋军手中也不会有大难，很可能会转入权贵之家，而我的命运就难以预料了。隋军一旦攻来，我们很可能就要永别了！如果我们的缘分还没有完，指望日后还能再见面，就该留下信物才对。"

说罢，徐德言将一面铜镜破成两半，让乐昌公主同他各藏一半，与妻子约定说："记住，明年或者后年，正月十五那天，你叫人拿着这半面镜子到长安旧货市场上去卖。我如果还活着，一大早就会去那个市场等候。见到你这半面镜子，当天我就会想办法去寻找你。"乐昌公主收起半面镜子，不禁泪流满面。

隋开皇九年（589 年）正月，隋朝大军攻入建康，南陈灭亡。徐

299

德言寻机逃走,乐昌公主被隋军掳掠。之后,隋文帝论功行赏,下令将乐昌公主赏赐给行军元帅杨素为妾。

乐昌公主虽然受到杨素的宠爱,心中却依然思念徐德言。而徐德言逃出劫难后隐姓埋名,漂泊流浪,历尽千辛万苦才来到长安。

第二年正月十五,徐德言暗自去旧货市场观察,突然发现有两个侍女装扮的人,在以高价出售半面铜镜,众人瞧过都一笑而去,无人要买。徐德言又惊又喜,对她俩说,不管多贵,他将镜子买下。他把两个侍女领到自己住的地方,向她们询问这半面铜镜的主人是不是乐昌公主,现在落入哪位大官家。两位侍女如实做了回答。徐德言随手拿出自己收藏的半面铜镜,合在一起成为一面整镜。他盛情招待两个侍女吃饭,向她们坦承,当初他之所以将这面镜子破为两半,就是为了今日取得联系。说罢,徐德言当即写了一首诗,托两个侍女带给乐昌公主。该诗写道:"镜与人俱去,镜归人不归。无复嫦娥影,空留明月辉。"

乐昌公主看了徐德言的寄诗,颇为伤感,成天泪流满面,不吃不喝。杨素时任纳言,问明情况后,对乐昌公主和徐德言夫妻的流离产生同情,沉思良久,只好忍痛割爱。杨素随即召见徐德言,当面把乐昌公主还给他为妻,并向他们赠送厚重的钱物,设宴招待这对久别重逢的夫妇。席间,杨素要乐昌公主作诗。乐昌公主感慨万千,作诗一首:"今日何迁次? 新官对旧官。笑啼俱不敢,方验做人难。"

徐德言携乐昌公主辞别杨素,返回江南故乡。劫后生还,破镜重圆,他俩重新过起自己的生活,白头终老。

【简评】

　　徐德言与乐昌公主破镜重圆的故事,是一出爱情的悲喜剧,为人们所熟知。大难将临,徐德言料定会与乐昌公主分手,判断她将落入隋朝某高官家里,以破镜为信物,以便他俩日后寻机重逢,显示了超人的智慧。正因此举,他觅得了消失在茫茫人海的乐昌公主。乐昌公主落入杨素家虽属被迫,似也随遇而安,她思念自己的"旧官",真要离开"新官"也有几分留念,这从她的诗中不难看出。"旧官"找来了,"新官"放行了,跟着"旧官"走就是了,为何还有"做人难"的感慨?她可以背信弃义留下不走,但她毕竟跟着"旧官"走了,"破镜"得以"重圆"。杨素其人,为官奸诈,后来为晋王杨广谋立太子,为他弑父弑兄称帝,出谋划策,起到了特别恶劣的作用,为人们所不齿,但他放还乐昌公主却不失为宽容大度。

裴淑英誓等丈夫回归

《新唐书》卷二百五《列女传》记载,裴淑英是隋朝(都长安)右光禄大夫裴矩的女儿,出嫁刚过一年,她的丈夫李德武因受某事牵连被流放岭南。

临行前,李德武悲伤地对妻子说:"我这一去,没有返回的机会了。你可以另择高门,重新组建家庭,我们俩从此永别了!"裴淑英见丈夫话语凄惨,心里也无比悲哀。她发誓怎么也不答应李德武从此同她分手,对他说:"丈夫就是妻子的天,永远不可背离。我愿到死等你回来,别的什么都不想!"裴淑英想割下自己的耳朵向丈夫盟誓,女佣将她手中的刀夺去。

裴矩当即要其女儿同李德武离婚,裴淑英坚决不答应。李德武走后,裴淑英闭门谢客。夫妻俩天各一方,只能靠书信往来,传递情思。裴淑英惦念丈夫在远方受苦,决意平时不吃大鱼大肉。

斗转星移,人世沧桑。10 年以后,唐朝取代隋朝统治天下,李德武还是没有从流放地放归。裴矩投降唐朝后受任民部尚书,强令其女儿改嫁。裴淑英被逼得走投无路,剪去自己的头发,以绝食进行抗争。裴矩看到不能改变女儿的意志,只好放任不去管她。

后来,李德武遇上皇帝发布大赦令获释。在此之前,他在流放地娶了尔朱氏为妻。在返回的路上,李德武听说裴淑英守节不移,一直还在等着他归来,便将后妻打发,回到长安与裴淑英重聚。夫妻俩经过 10 多年的阔别磨砺,倍感时光值得珍惜,恩爱超过当初。

【简评】

丈夫流放远走之前表示愿与她从此分手,父亲再三逼迫她改嫁,在这种情况下,裴淑英另嫁他人,似无不可。然而她矢志不移,坚决等待丈夫归来,至死也决不改嫁,其对爱情婚姻的忠贞令人钦佩。李德武对裴淑英同样是情真意切,他提出分手只是怕耽误妻子的青春而忍痛割爱。他在流放地续娶的尔朱氏,当是祖居河东的尔朱氏部族成员流放岭南的某官员女儿。裴矩祖籍河东。李德武可能也是河东人,他与尔朱氏"同是天涯沦落人",或许有近乡之情,在当时特定环境下结为夫妻也可以理解,或许,他以为裴淑英已被逼改嫁他人。当他获赦返回途中,得知裴淑英一直还在等他,知错即改,不负裴淑英 10 多年的等待。

金定、刘翠翠死后团聚

（明）瞿佑《剪灯新话》记载，刘翠翠是元代淮安人，自幼聪颖过人，父母让她入学读书，她很快便能诗善文。金定是刘翠翠的邻居，又是她的同学，与她同年出生，长得英俊，儒雅大方。金、刘两人情趣相投，产生恋情，私下订了婚约。金定给翠翠的一首赠诗写道："十二栏杆七宝台，春风随处艳阳开。东园桃树西园柳，何不移来一处栽？"翠翠和其诗写道："平生无恨祝英台，怀抱何为不早开？我愿东君勤用意，早移花树向阳栽。"

过了两年，翠翠的父母见女儿已经长大，不让她继续上学读书，想给她讲个婆家。翠翠听说后伤心哭泣，不肯吃饭。经父母耐心询问，她才吐露真情，说她已经与金定私订终身，除了金定，她决不进别人家的门。如果父母硬要逼她，她只有寻死这一条路。父母见翠翠执意要嫁金定，也就依了女儿的心愿。不久，金定和翠翠结为夫妻，两人终日相伴，形影不离，日子过得如糖似蜜。谁知结婚不到一年，灾难便降临到他们头上。

元至正十三年（1353 年），盐贩张士诚聚众反抗元朝，攻占高邮、淮安等地。兵荒马乱中，翠翠与金定走散，被张士诚部下一个姓李的将军掳掠。金定听说后痛不欲生，但又无法救出翠翠。

此后，张士诚率部南下，攻占平江及浙江西部地区，令李将军驻守湖州。金定探知李将军踪迹后，辞别岳父母，披星戴月，讨乞赶路，很快来到湖州。

李将军坐镇湖州，势焰熏灼，不可一世。金定在其官府外徘徊许多天，不敢上前叩问。门卫见他每天都来，感到奇怪，问他有什么事。金定回答说："我老家在淮安，遭逢兵乱，听说有个妹妹流入贵府，我从千里之外来到此地，只是想和她见上一面，请求门将开恩帮忙。"门卫审视金定不像是歹徒，告诉他府内的确有一个淮安女子，姓刘，是将军的爱妾，答应入内报告，要金定在门外等候。

不一会，门卫传呼金定进门。金定向李将军行了拜见礼后，说明来意，将军信以为真，当即令侍从入内室告诉夫人，要她出来同淮安来的哥哥见面。翠翠心里明白，准是金定找她来了，但又疑惑不定，走进厅堂，一眼便看到站在她面前的"哥哥"真的就是阔别七年令她朝思暮想的丈夫，心中如同倒翻五味瓶，百感交集，直想迎上去与他抱头大哭。但她不能，她不能不克制住奔腾的感情潮水。于是她随机应变，喊了声"哥哥"，上前与金定施了兄妹见面礼。将军下令安排金定住下，听说他识字能文，便委任他为文秘官。金定为人温和谦让，办事妥善，受到将军及其部下的信赖。

金定和翠翠虽是久别重逢，却不能亲近畅谈，两人都是摧肝裂胆，备受煎熬。翠翠平日深居闺房，内外有人守护，犹如关禁闭。金定自那天见了翠翠后，许多天都未能再见上她一面。他不敢贸然约见翠翠，只好写诗抒发情怀："好花移上玉栏杆，春色无缘得再看。乐处岂知愁处苦，别时容易见时难。何年塞上重归马？此夜亭中独舞鸾。雾阁云烟深几许，可怜辜负月团圆。"金定将诗写在纸片上,缝入衣领中,给侍女一些银两,托她将衣服转交给他的"妹妹"。

翠翠会意丈夫转来的衣服,拆开衣领,见到金定的诗,极为伤感,饮泣吞声,当即也写了一首诗,缝入衣领中,要侍女将衣服转交给她的"哥哥"。该诗写道:"一自乡关动战锋,旧仇新恨几重重。肠虽已断情难断,生不相从死亦从。长使德言藏破镜,终教子建赋游龙。绿珠碧玉心中事,今日谁知也到侬。"

诗中所引绿珠是西晋美女、富豪石崇的爱妾,权臣孙秀派人来抢她,她当即跳楼自杀。金定看了翠翠这首回诗,见她许愿以死相随,心中更加忧郁,不久便悲愤成疾,卧床不起。翠翠听说后,征得将军同意,每天以妹妹的名义在金定床前侍候。一天,翠翠见金定奄奄一息,将他扶起来,用手臂托着他。金定吃力地扭了扭头,侧着眼睛凝视着翠翠,热泪盈眶,一句话也没有说。转瞬间,他长长地叹了一口气,含恨死在翠翠的手臂上。

李将军同情金定英年早逝,令人将他葬于城外的山坡上。翠翠送葬回来,当天夜里便得了病。她成天不再说一句话,拒绝服药,病情加剧,不到一个月也含恨去世。临死前,她对李将军说:"妾跟从将军已经八年,身在外乡,举目无亲。我的病看来是好不了啦。我死后,请你将我埋在我哥哥的坟旁,使我们兄妹在黄泉之下互相有个照应,不致成为他乡的孤鬼。"将军答应翠翠这一要求,将她安葬在金定坟的左边。

【简评】

　　这是一个凄哀的爱情故事,读之令人心酸泪下。翠翠被掳后,大概没敢说出她有丈夫,李将军不问青红皂白将她霸占也显得无道。恩爱夫妻久别重逢,即使再善于掩饰,与兄妹见面总不一样,李将军却没有察觉,可见其粗莽无知。然而,他权势在手,不可冒犯,特别是涉及他的爱欲。金定和翠翠只好忍气吞声,最终为难以重聚的爱先后饮恨而死,演绎了生不能团聚死后连坟的爱情悲剧。

刘自平、余琦婚约尘封四十年

2006 年,湖南省岳阳市政府、中国妇女报社和中央电视台等单位,联合举办中国当代十大经典爱情故事评选活动,刘自平、余琦夫妇入选。黄菊珍《四十年一诺的爱情订单》一文,记叙了他俩凄哀而又美好的爱情故事。

刘自平 1914 年生于湖南省桃源县一个富裕家庭,1938 年于北京大学政治系毕业后,他满怀反抗日本侵略者的激情,投入由中华民国政府组织的募捐活动。刘自平外貌端庄,举止文雅,当时有几个姑娘追求他,也有几个亲友要为他牵线搭桥,他都以"匈奴未灭,何以家为",婉言辞谢。1944 年,刘自平因病辞职回乡。不久,他受聘去常德县立中学当教师。在课堂上,当他第一次见到坐在讲台下的余琦,便被她高雅的气质吸引了。

余琦 1922 年生于湖南省常德市一个知识分子家庭,父亲早年曾出国留学,堂兄余嘉锡是著名学者,表姐丁玲是著名作家。余琦长得非常漂亮,被誉为常德女中的校花。她爱好古典诗词,字也写得十分秀气。余琦是 1945 年去常德县中师范班进修认识刘自平的。刘自平第一眼见到余琦时有一种异乎寻常的身体失重的感觉,余琦初见刘自平时,被他的英俊潇洒所倾倒,感到他的眼睛有磁性。于是刘、余二人相爱了。

1947年春节,刘自平和余琦在双方家长支持下,举行了隆重的订婚仪式,留下了珍贵的订婚合影照,之后没有举行婚礼结婚。1948年,余琦经与刘自平商定,辞去在中学的保育员工作,随其大哥去东北另谋职业,准备等安定下来后再接刘自平去东北。过洞庭湖时,余琦思念刘自平,写了一首诗寄给他:"鼎城分袂互叮咛,海誓山盟共此心。暂别实为长聚首,鸿雁传书两地情。"鼎城即是他俩爱的圣地常德。

余琦没有料到,进入山东后道路被封锁,解放军同国民党军准备进行决战,她不能继续北上,也无法退回湖南,只好入当地铁路子弟学校教书。刘自平得知余琦在山东进退两难,便放弃北上计划,留在湖南等待重逢的机遇。二人远隔千山万水,鸿雁频频传书,以慰藉相思之情。

1949年夏天,湖南和平解放,一向怀有报国之志的刘自平投笔从戎,参加了人民解放军。余琦从信中得知此事,写诗表达了思念之情:"忽接家书重万金,书生投笔已南征。柳丝敢系英雄志,红叶深藏儿女情。"

刘自平随第四野战军大部队下潇湘,渡漓江,进入广西剿匪,升任排长。由于行军打仗流动性大,居无定所,难以与外境保持正常联系,加之余琦又几次变动工作单位,不久,刘、余二人便失去联系。他俩都相信总有一天会重聚,各自抱定一个决心:等!

1952年,全国性的肃清反革命运动开始,厄运降到刘自平头上。他因曾在民国政府体系内干过事,被打成"历史反革命",清理出军队,就地安置在南宁市一个印刷厂管理仓库,作为"阶级敌人"

行动受监管。

50年代那些年,余琦仍在山东。她数十次写信探问刘自平的信息,向他家人打听,都石沉大海,杳无音信。一个复旦大学毕业的高才生苦苦地追求她。亲友见她年龄大了,急着要为她选男朋友。可余琦始终不为所动,她坚决要等刘自平,抱定"生要见人,死要见坟",才能死心。

1963年,余琦为了便于寻找刘自平,辞去在山东的工作,回到湖南家乡。她四处打听,千寻万觅,仍然没有得到刘自平的半点音信。那时是计划经济调整年代,公职人员只减不增,余琦连一份临时工作也找不到,只好靠给缝纫店钉扣子,有时拾点废品卖点破烂维持生活。60年代后期,在"我们都有两只手,不在城里吃闲饭"的风潮中,余琦被下放到湖南慈利县一个偏远的山区种田。她不会做农活,也干不动重活,靠生产队所记的劳动工分吃饭,生活极为艰难。

刘自平被打成"历史反革命"后心灰意冷,他不知道余琦后来去了哪里,也无意打听,他不愿牵累她。他虽然思念着余琦,但他情愿她把他忘掉,重新找到幸福。1970年,已经56岁的刘自平被遣送回湖南桃源老家的生产队,受管制劳动,生活极为孤单凄苦。

1973年,余琦获准从下放地返回常德,经人介绍去学校代课,才算有了一份较稳定的工作。1976年,刘自平听说余琦已经回到常德,他自然十分欣喜,可是想到自己仍是"历史反革命",如果去找她,只会给她带来麻烦,便狠狠心,把无限的思念压在心底,打消去找余琦的念头。

又一个漫长的 10 年过去。1986 年底,刘自平的所谓历史问题得到彻底平反,开始享受军队离休副团级待遇。此时,他已是一位白发苍苍的老人。他首先想到的是,去找他日夜思念的余琦。1987 年春天,刘自平来到了常德,四处打听,通过教育主管部门,终于找到了仍然形单影只的余琦。

40 年的相思,40 年的期待,40 年的磨难,人生又能有几个 40 年!刘自平和余琦这对订婚后离散 40 年的有情人终于重新聚首!而此时,他俩已是 74 岁和 66 岁的老人。

这年 8 月 1 日恰好是农历七月七,是传说天上的牛郎织女相会的日子。刘自平、余琦两位老人举办了他们延误 40 年的婚礼。一位大学教授为他俩写下新婚对联:

山盟海誓,四十载凄凄相思,娥英泪何止斑斑点点;
玉露金凤,七十秋欣欣并蒂,郎织乐更在岁岁年年。

对联借用娥皇女英千里寻夫泪洒斑竹、牛郎织女被隔天河喜获重聚的神话传说,写出刘、余二人 40 年凄苦相思的磨难,表达了人们对两位有情人终结良缘的衷心祝福。

两位老人对迟来的婚姻倍加珍惜,日夜相伴,同步出行。心遂意畅唤醒了他俩青春的活力。刘自平老人满怀信心地对余琦老人说:"我至少要陪你 10 年!"也许是天意怜人,也许是爱的保佑,20 年后的今天,两位老人仍然健在,仍然终日相伴在一起。他俩住在常德市城东区新四村一处普通的居民房内,安度幸福晚年。

刘自平老人不纠结往事，心态平和，谈吐幽默，不失知识达人的文雅风度，喜欢养花种草，让自家的小院子总是春意浓浓、芳香四溢。余琦老人的文学兴趣不减当年，经常写诗练字。2002年，她将亲笔书写的《偶感》一诗装裱后，挂在床头上。该诗写道：

> 冷月如霜夜见凉，二九春秋似电光。
>
> 聚短离长虽堪惜，犹胜双星各一方。
>
> 三间陋室遮风雨，中庭花木映纱窗。
>
> 晚来一枕沉酣梦，饭软茶香度夕阳。

"天意怜幽草，人间重晚晴。"流逝的岁月，就让它永远流逝。现实的生活，却要过好每一天。余琦这首诗，是她同刘自平晚晴生活的真实写照。

【简评】

刘自平、余琦40年离别、40年期盼的爱情故事，催人落泪，令人痛心。战争、新中国成立初期开展的政治运动，是造成他俩不幸的主要原因，这是不可抗拒的客观世界强加给他们的。但就其个人来说，恐怕也有不少的遗憾。两人既然缔结了生死不易的姻缘，就不能分手让哪一个人为寻生活新路去远方闯荡。许多恋人由此而永远分手，这应是一个痛苦的教训。刘自平诚心报国却被错判为历史罪人，长期蒙冤受难而没有颓废消沉，更没有忘记心中的爱人，令人钦佩。他和余琦失联，双方都坠入痛苦的深渊。余琦不知道他后来落难,更谈不上嫌弃他,只是一直在找他。刘自平完全可以去找余琦,余琦也不会因为他头上有顶"历史反革命"的帽子而真的以为他是坏人。他只是怕连累她便决意不去找她,不能不使人为之叹惜。余琦年复一年遥遥无期地寻觅等待,忠贞如一,更令人钦佩。刘自平与余琦以40年不变的忠诚和坚守,用血和泪抒写了爱的奇迹。虽然他俩的婚姻会随着时光的流逝而消失,但其凄美的爱情故事会长留人间。

舍爱赴义　千古流芳

当社会处于大变动时期,当人民受难国家危亡之际,总有一批中华民族的优秀儿女挺身而出,共赴国难。本来,他们有着纯真美好的爱情,蜗居家室或许平安无事。然而,他们以民族大义为重,为了民众的利益,割舍与爱人的私情,投身斗争前线,把个人生死置之度外,面临死亡义无反顾,直至献出宝贵的生命,献出比生命更宝贵的爱情。当我们捧读一封封与妻诀别的家书,追思一幕幕生离死别的壮烈,不由得心潮起伏,热血涌流,不能不肃然起立,对他们舍爱赴义的英雄壮举由衷敬佩。他们爱的奉献,是人世间最壮美的乐章,像日月经天光耀大地,像鲜花长开千古流芳。

赵卯发夫妇双双殉国

《宋史》卷四百五十《赵卯发传》记载,赵卯发是南宋昌州人,为人崇尚气节,为官注重操守。南宋咸淳十年(1274年),赵卯发由彭泽县县令调任池州权通判。

赵卯发到池州上任不久,元朝大军自襄阳东下,南宋沿江诸州纷纷投降。池州太守王起宗惊慌失措,弃职逃走。赵卯发坚持抵抗,坚决顶住弃城投降的风潮。朝廷任命赵卯发代理池州太守。赵卯发组织军民加固城防,筹集粮食,准备坚守池州城。

第二年正月,元军进抵池州境内的李王河。都统张林劝赵卯发献城投降,赵卯发瞪着眼睛将他斥退。张林以出城巡防为幌子,暗自投降元军,回城后佯装率500多名官兵协助赵卯发守城。面临元朝大军压境,赵卯发激励身边的官员说:"信守忠义是我们的立身之本,除此之外,什么也不能想,什么也不要说。"

当初,赵卯发赴任池州时就做好了为国献身的思想准备。他知道宋朝国势已经衰落,元军南下锐不可当,城破殉国是迟早的事,特意将州府的一处厅堂命名为"可以从容"堂。一天,他领着客人来到"可以从容"堂,指着他所题写的堂匾说:"城一旦被攻破,我必定死在这个堂屋中。"客人问他为什么要这么说,赵卯发回答:"古人说,慷慨杀身易,从容就义难。我题这个匾,就是预期要在这里从容就义。"

不久,元军包围了池州城。赵卯发知道敌我力量悬殊太大,池州城是守不住的,对妻子雍氏说:"池州城即将被元军攻破,我是朝廷命官,不应当离去。你可以先离城出走。"雍氏是贤惠的妻子,也是刚烈的女人,和赵卯发一样早就做好了为国献身的思想准备,她回答丈夫说:"你是朝廷命官,我是命官的妻子。你是国家的忠臣,我难道不能当忠臣的妻子吗?"赵卯发笑着说:"这哪里是女人所能担当的!"雍氏不肯服气,斩钉截铁地对丈夫说:"我请求为国家现在就死在你面前!"赵卯发摆了摆手,制止了妻子。

二月某一天,元军开始攻城。赵卯发夫妻像平日一样起床梳洗。赵卯发知道,他与爱妻的最后时刻来到了,提笔写下 16 个大字:"君不可叛,城不可降,夫妻同死,节义成双!"写罢,赵卯发携妻一起平静地步入"可以从容"堂,同时自缢而死。

【简评】

这是一曲由夫妻共同演绎的爱国主义壮歌,感人至深,催人泪下。面对强势敌人的进攻和内部官兵的叛变,赵卯发坚持抗战到最后,决意以身殉国,展示了高尚的节操。其妻雍氏完全可以离去,在生死抉择时刻,她宁死不离,毅然随同丈夫赴义,更是令人敬佩。从中可以看出,赵卯发和雍氏的夫妻感情之深,非一般人能比,真正达到了肝胆相照,生死与共的境界。池州城失陷了,南宋灭亡了,但赵卯发和雍氏悲壮的爱情故事却长留人间。

夏完淳舍爱取大义

《清通鉴》卷四记载,夏完淳是明代松江华亭人,自幼聪明果敢,博览诗书,7 岁会写诗作文。

明崇祯十七年(1644 年),李自成领导的农民起义军攻入北京,明朝灭亡。之后,清军入关击败李自成军,迁都北京,并向南向西扩展领地,力图建立全国统一政权。一批逃亡到江南的明朝旧臣,拥立流亡江南的福王朱由崧(明神宗之孙)、鲁王朱以海(明太祖十世孙)等建立南明王朝,江南军民则以各种形式展开了抗清复明的斗争。

夏完淳时年 14 岁,目睹明朝灭亡、清军南下,痛心疾首,立志为匡扶天下献身。夏完淳的父亲夏允彝和老师陈子龙共同创立几社(进步文化社团),夏完淳在他们的思想熏陶下,成长为出类拔萃的人才。当年,他跟随父亲投身明吴淞总兵吴志葵军中,参加保卫江南的战斗。

清顺治二年(1645 年)八月,清军攻占吴淞,守城将领阎应元壮烈牺牲,夏允彝投塘殉国。夏完淳将家产捐献给抗清将领吴易的部队,入吴易军部参议军事,接着转入太湖长白荡坚持抗清斗争。

顺治三年(1646 年),吴易军败遇难,夏完淳回到家乡。失败和挫折没有动摇夏完淳的意志,他随即策划组建义军,并写信联络兵败退居海岛的鲁王朱以海。夏完淳的这封信被清巡逻兵截获,他随即被清军抓捕,押到南京。投降清军的原明朝兵部尚书洪承畴见他还是个孩子,劝他投降,想释放他。夏完淳断然拒绝,反而对洪承畴冷嘲热讽。

夏完淳被捕后即抱定以身殉国。他在《狱中上母书》中写道:"人生孰无死,贵得死所耳!""神游天地间,可以无愧矣。"在狱中,夏完淳写下《遗夫人书》,与爱妻诀别,读来催人泪下。遗书写道:

> 三月结缡,便遭大变,而累淑女相依外家。未尝以家门盛衰,微见颜色。虽德曜齐眉,未可相喻;贤淑和孝,千古所难。不幸至今吾又不得不死;吾死之后,夫人又不得不生。上有双慈,下有一女,则上养下育,托之谁乎?然相劝以生,复何聊赖!芜田废地,已委之蔓草荒烟;同气连枝,原等于隔肤行路。青年丧偶,才及二九之期;沧海横流,又丁百六之会。茕茕一人,生理尽矣。呜呼,言至此,肝肠寸断,执笔心酸,对纸泪滴。欲书则一字俱无,欲言则万般难吐。吾死矣!吾死矣!方寸已乱。平生为他人指画了了,今日为夫人一思究竟,便如乱丝积麻。身后之事,一听裁断,我不能道一语也!停笔欲绝。去年江东储贰诞生,各官封典俱有,我亦曾得。夫人!夫人!亦先朝命妇也。吾累汝,吾误汝!复何言哉!呜呼,见此纸如见吾也!(王彬《古代散文鉴赏辞典》)。

第二年4月,夏完淳被押赴刑场,从容就义,年仅17岁。

【简评】

　　夏完淳能诗善文,其诗文燃烧着对人生对大众火一般的激情,在古代少年才子中堪为一杰。明朝灭亡,女真南下,这对明朝的遗民来说是不能接受的事实,一时间,江南地区抗清复明的斗争如火如荼。夏完淳的父亲和一大批志士为此英勇牺牲,夏完淳继承先辈遗志也奉献了火红的青春。他在狱中泣血挥泪给妻子写下的遗书,在书写爱情的文山字海里,永远是闪闪发光的篇章。

林觉民与妻诀别

《清通鉴》卷二六八记载,林觉民,字意洞,清代福建闽县人,早年就读于福建高等学堂,耳闻目睹清政府腐败无能,忧患外国列强入侵造成的民族危机,怀有以身报国的志向。20 岁那年,林觉民赴日本留学,加入由孙中山组建的革命政党同盟会(后改名中国国民党)。

清宣统二年(1911 年)春天,林觉民接到同盟会领导人黄兴的通知,要他回国参加即将在广州举行的武装起义。他随即从日本回国,途经原籍同妻子陈意映短暂团聚后奔赴广州。林觉民知道起义动刀动枪,要冒着生命危险,做好了为之牺牲的思想准备。

4 月 24 日(农历三月二十六日)深夜,即举行起义的前三天,林觉民夜不能寐,给他的妻子写了一封诀别信。中国革命博物馆编选的《浩然正气》一书,收录了这封信。全信如下:

意映卿卿如晤:吾今以此书与汝永别矣! 吾作此书时,尚是世中一人;汝看此书时,吾已成为阴间一鬼。吾作此书,泪珠和笔墨齐下,不能竟书而欲搁笔,又恐汝不察吾衷,谓吾忍舍汝而死,谓吾不知汝之不欲吾死也,故遂忍悲为汝言之。

吾至爱汝! 即此爱汝一念,使吾勇于就死也。吾自遇汝以来,常愿天下有情人都成眷属。然遍地腥云,满街狼犬,称心快意,几家能够?司马青衫,吾不能学太上之忘情也。语云:仁者老吾老,以及人之老;幼吾幼,以及人之幼。吾充吾爱汝之心,助天下人爱其所爱,所以敢先汝而死,不顾汝也。汝体吾此心,于啼泣之余,亦以天下人为念,当亦乐牺牲吾身与汝身之福利,为天下人谋永福也。汝其勿悲。

汝忆否?四五年前某夕,吾尝语曰:"与使吾先死也,无宁汝先吾而死。"汝初闻言而怒,后经吾婉解,虽不谓吾言为是,而亦无辞相答。吾之意盖谓以汝之弱,必不能禁失吾之悲,吾先死留苦与汝,吾心不忍,故宁请汝先死,吾担悲也。嗟夫!谁知吾卒先汝而死乎!

吾真真不能忘汝也!回忆后街之屋,入门穿廊,过前后厅又三四折有小厅,厅旁一室为吾与汝双栖之所。初婚三四个月,适冬之望日前后,窗外疏梅筛月影,依稀掩映。

吾与汝并肩携手,低低切切,何事不语?何情不诉?及今思之,空余泪痕。又回忆六七年前,吾之逃家复归也,汝泣告我:"望今后有远行必以告妾,妾愿随君行。"吾亦既许汝矣。前十余日回家,即欲乘便以此行之事语汝。及与汝相对,又不能启口,且以汝之有身也,更恐不胜悲,故惟日日呼酒买醉。嗟夫,当时余心之悲,盖不能以寸管形容之。

吾诚愿与汝相守以死,第以今日事势观之,天灾可以死,盗贼可以死,瓜分之日可以死,奸官污吏虐民可以死,吾辈处今日之中国,国中无地无时不可以死。到那时使吾眼睁睁看汝死,或使汝眼睁睁看吾死,吾能之乎?抑汝能之乎?即可不死,而离散不相见,徒使两地眼成穿而骨化石,试问古来几曾见破镜能重圆?则较死为苦也,将奈何之?今日吾与汝幸双健。

天下人之不当死而死与不愿离而离者,不可数计。钟情如我辈者,能忍之乎?此吾所以敢率性就死不顾汝也。吾今死无余憾,国事成不成,自有同志在。依新已五岁,转眼成人,汝其善抚之,使之肖我。汝腹中之物,吾疑其女也,女必像汝,吾心甚慰。或又是男,则亦教其以父志为志,则我死后尚有二意洞在也。甚幸,甚幸!

吾家后日当甚贫,贫无所苦,清静过日而已。吾今与汝无言矣!吾居九泉之下,遥闻汝哭声,当哭相和也。吾平日不信有鬼,今则又望其真有。今人又言心电感应有道,吾亦望其言是实,则吾之死,吾灵尚依依傍汝也。汝不必以无侣悲。

吾平生未尝以吾所志言汝,是吾不是处。然语之又恐汝日日为吾担忧,吾牺牲百死而不辞,而使汝担忧,的的非吾所忍。吾爱汝至,所以为汝谋者惟恐未尽。汝幸而偶我,又何不幸而生今日之中国!吾幸而得汝,又何不幸而生今日之中国!卒不忍独善其身。嗟夫!巾短情长,所未尽者,尚有万千,汝可以模拟得之。吾今不能见汝矣!汝不能舍吾,其时时于梦中得我乎!一恸!

辛未三月廿六夜四鼓　意洞手书

4 月 27 日(农历三月二十九日)下午五点半,林觉民投身黄兴领导的广州起义。由于策划准备不足,起义各部未能按约同时行动,起义失败,林觉民等革命志士受伤被捕。清朝当局下令将逮捕的 72 名革命党人处死。林觉民临刑,"俯仰自如,色不少变",英勇就义时年仅 24 岁。革命志士潘达微冒着坐牢杀头的危险,收殓林觉民等 72 位烈士遗体,合葬于广州黄花岗,供后人瞻仰。

【简评】

林觉民赴义前在手绢上写给妻子陈意映的诀别信,是一篇血泪交融的情书,绵绵情意,浸透绢背;更是一曲革命志士献身大众的壮歌,慷慨激昂,永远在天地间回响。晚清军队虽然丧失战斗力,在外国列强联军面前不堪一击,但镇压几近徒手的书生起义还是游刃有余的。早期的国民党人组织暗杀或暴动,靠先进人物捐献血肉之躯,显然是不能取得革命胜利的。人们为林觉民这样的精英冲锋陷阵倒在反动势力的枪林弹雨中感到惋惜。

陈觉、赵云霄浩气冲霄汉

　　中国革命博物馆编《浩然正气》一书记叙,陈觉 1903 年生于湖南省醴陵县,1923 年加入中国共产党,1925 年受党组织派遣赴苏联中山大学学习。赵云霄,女,1906 年生于河北省阜平县,早年加入中国共产党,于 1925 年赴莫斯科中山大学学习。陈觉和赵云霄在苏联同学期间相识、相爱、结婚。

　　1927 年 9 月,在北伐军总司令蒋介石以及汪精卫等国民党右派破坏国共合作大肆屠杀共产党人的白色恐怖中,陈觉和赵云霄奉党组织之命回国,先后在东北、湖南等地做党的秘密工作。不久,陈、赵夫妇调入中共湖南省委机关从事地下工作。

　　1928 年 9 月,中共湖南省委机关遭受国民党反动当局查抄,赵云霄等人被捕。陈觉随即转移到中共湘西特委,在常德一带坚持地下斗争。10 月,因叛徒出卖,陈觉也被国民党当局逮捕,与赵云霄同被关入长沙陆军监狱。

　　陈觉、赵云霄拒不向敌人投降,抱定为革命牺牲一切。在临难前四天,陈觉给赵云霄写了一封诀别信,全信如下:

　　云霄我的爱妻:

　　　　这是我给你的最后的信了,我即日便要处死了,你已有身,不可因我死而过于悲伤。他日无论生男或生女,我的父母会来扶养他的。我的作品以及我的衣物,你可以选择一些给他留作纪念。

你也迟早不免于死,我已请求父亲把我俩合葬。以前我们都不相信有鬼,现在则唯愿有鬼。"在天愿为比翼鸟,在地愿为并蒂莲,夫妻恩爱永,世世缔良缘。"回忆我俩在苏联求学时,互相切磋,互相勉励,课余时闲谈琐事,共话桑麻,假期中或滑冰或避暑,或旅行或游历,形影相随。及去年返国后,你路过家门而不入,与我一路南下,共同工作。你在事业上、学业上所给我的帮助,是比任何教师任何同志都要大的,尤其是前年我病本已病入膏肓,自度必为异国之鬼,而幸得你的殷勤看护,日夜不离,始得转危为安。那时若死,可说是轻于鸿毛,如今之死,则重于泰山了。

前日父亲来看我时还在设法营救我们,其诚是可感的,但我们宁愿玉碎却不愿瓦全。父母为我费了多少苦心才使我们成人,尤其我那慈爱的母亲,我当年是瞒了她出国的。我的妹妹时常写信告诉我,母亲天天为了惦念她的远在异国的爱儿而流泪,我现在也懊悔此次在家乡工作时竟不曾去见她老人家一面,到如今已是死生永别了。前日父亲来时我还活着,而他日来时只能看到他的爱儿的尸体了。我想起了我死后父母的悲伤,我也不觉流泪了。云:谁无父母,谁无儿女,谁无情人? 我们正是为了救助全中国人民的父母和妻儿,所以牺牲了自己的一切。我们虽然是死了,但我们的遗志自有未死的

同志来完成。"大丈夫不成功便成仁",死又何憾！此祝

健康并问王同志好

觉手书

一九二八年十月十日

陈觉写下此信第四天即英勇就义,年仅 25 岁。赵云霄生下女儿启明后,遗书寄语女儿,于 1929 年 3 月被反动当局杀害,年仅 23 岁。

【简评】

陈觉烈士临难前给妻子赵云霄的诀别信,是一封饱含深情用青春热血写成的家书,生离死别之情感人肺腑,催人泪下;更是共产党人抒发革命理想献身人民大众的宣言,浩然之气惊天动地直冲霄汉。我们每每拜读陈觉烈士这封诀别信,心情总是久久不能平静,对他们夫妻双双公而忘家一心献身革命,为谋求人民解放甘愿牺牲年轻的生命和宝贵的爱情,深深敬仰而不能释怀。习近平总书记要求共产党员特别是党的领导干部要不忘初心。陈觉和赵云霄都是中国共产党初创时期的党员,从陈觉这封家书中,我们可以真切地看到共产党人的初心,看到共产党人不谋私利献身大众的宽阔胸襟和壮志豪情。重读这封家书,对于共产党员重温入党誓词、对于党员领导干部常思"当官图啥,掌权为谁"的问题不是没有好处。人们看到,这些年来革命传统教育丢了不少,而革命传统教育正是党员干部不忘初心、树立正确的人生观权力观所不可或缺的。陈觉烈士的这封家书,情调高昂,语言质朴,是一笔宝贵的精神遗产。

四、友情——相互提携的情谊

人生在世，除了在家庭这个小天地里同亲人相伴外，还要接触家庭以外的世界，和社会上许许多多的人打交道，这就产生了人与人之间的社会交往。小时候在一起玩耍的伙伴、早年的同学和战友、成年后的同事和邻居，甚至素不相识的陌生人，都会给我们留下难忘的记忆。由于彼此生活环境相似，社会地位相近，容易找到共同语言，产生思想共鸣，逐步形成互相关心互相帮助的关系，这即是友谊。友情是友谊的集中体现，它和信念、亲情、爱情并立存在于一个人的感情世界里，是人生的又一根精神支柱。由于人们的性格和爱好不同，交往的方式和内容不同，友谊的形式也多种多样。友情一般不会因为时间和空间的变化而发生质的变化，许多人年少时结交的朋友，终身不会改变；有些朋友多年不见或相距万里，依然是"海内存知己，天涯若比邻"。友好往来、互相帮助，是朋友间必不可少的联系环节，它像阳光、空气和水一样照耀滋润着友谊之树常青。真诚是友情的灵魂，虚伪势利的人不会有长久的朋友。

贫贱之交　情谊深厚

　　人生的早年，思想少有羁绊，谈吐无所顾忌，遇上志趣相投的人，彼此交心换心，往往能成为最好的朋友。特别是双方同处贫贱之时，缺钱少物，偶有所得，彼此分享，这些艰难岁月留下的情谊终生难忘。纵使某一方日后飞黄腾达，彼此不再在同一个社会层面上生活，这种友谊一般都会经得起时间的考验。

汉光武帝与严光的莫逆之交

  《后汉书》卷一《光武帝纪上》及卷八十三《严光传》记载,刘秀是汉高祖刘邦九世之孙。西汉末年,丞相王莽篡政,改建新朝。当时,刘秀家境衰落,9岁成为孤儿,随叔父在南阳蔡阳以种田为生。新天凤年间(14年—19年),刘秀去京都长安攻读《尚书》,费用紧缺。在此期间,他结识同来游学的会稽余姚人严光(字子陵)。严光年少时即崇尚气节,在同学中享有名声。他给了刘秀一点帮助,刘秀十分感激,二人结为好朋友。

  后来,刘秀参加王凤领导的绿林起义军,受任将军,领军推翻王莽称帝的新朝,建立东汉(都洛阳),即位称帝,是为光武帝。严光听说刘秀当上皇帝,随即改换姓名,匿迹隐居,不与他照面。

  光武帝没有忘记严光这位贫贱之交,思念严光为人贤能,想请其出来协助自己治理天下。他派人带着严光的画像四处寻访打听,没有探听到严光的下落。

  又过了很久,齐国(东汉属国)王府上书报告,说有一个男子,相貌与画像相似,常常披着羊皮袄在附近湖边钓鱼。光武帝估猜此人就是严光,随即派官员备专车前去迎接他。严光开始避而不见,朝廷专车往返三次,才把严光接到京都,安排他在警卫军客舍住下。

司徒侯霸（字君房）也是严光的老朋友，他听说严光被接来了，当即派人去问候严光说："司徒公急着要来看望你，无奈公务缠身，要我代表他向你表示歉意。"严光不作回答，要来人在信札上记下他的话："君房足下：位至鼎足，甚善。怀仁辅义天下悦，阿谀顺旨要领绝。"侯霸接信后，封起来奏报光武帝。光武帝看后笑着说："这个狂人，还是从前那老样子！"

当天晚些时候，光武帝便去看望严光。严光躺在床上没有起身迎驾。光武帝坐到床边，抚摸着严光的肚子说："你这个子陵啊，为何不肯出来帮助我治理天下呢？"严光闭着眼睛不答。过了一会，他睁大眼睛望着光武帝，说："古时候，尧做帝王注重以德治天下，隐士巢父不肯出来做官，只是洗耳恭听人们议论他的治政得失。志士自有志士的追求，你何至于逼迫我呢？"光武帝叹息说："子陵啊，看来我是不能说服你啦！"

过了两天，光武帝令人把严光接入内宫，和他叙旧。两位老朋友敞开心扉，畅所欲言，似乎有说不完的话，一连交谈了好多天，言犹未尽。光武帝推心置腹地问严光："我和从前开明的君主相比怎么样？"严光坦诚回答："恐怕还赶不上。"

有天夜晚，光武帝还像同学当年那样与严光同床共寝，严光竟将自己的脚放在光武帝肚子上。第二天一早，太史赶来奏报，有颗客星冒犯皇上，而且来得很急。光武帝笑着说："没有什么事，昨天夜里，我是和我的老朋友严子陵睡在一起啊！"

光武帝想请严光就任谏议大夫，严光执意推辞。之后，他辞别光武帝，去富春山隐居，依然过着自食其力的农耕生活。

东汉建武十七年(41年),光武帝再次派人去请严光入朝廷做官,他再次辞绝。后来,严光活到80岁,在家中去世。光武帝听说严光逝世十分悲伤,下令当地郡县给其亲属一点钱粮,以表示慰问。

【简评】

刘秀当上开国皇帝后未忘贫贱之交,难能可贵。他派人四处寻找老朋友严光,请严光出来做官,这对一般人来说,是天降福禄,求之不得,严光却躲避推辞,不为所动,显现出非凡的人格魅力。严光不想当官,不想发财,也不想为子孙谋取什么遗产,只想凭自己劳动吃饭,过普通人的生活,思想达到了崇高的境界,令人仰慕。千年后,北宋名臣范仲淹被贬为睦州知州,为严光建造祠堂,写了《严先生祠堂记》一文,以"云山苍苍,江水泱泱,先生之风,山高水长",称颂严光的高风亮节。

陈重与雷义争相礼让

　　《后汉书》卷八十一《陈重传》《雷义传》记载,陈重是东汉豫章郡宜春人,雷义与陈重同郡,是鄱阳人。陈、雷二人年少时共同拜师,学习孔子编撰的《春秋》《诗经》等儒学经典,一起吃过苦,也一起有过快乐,彼此谈吐投契,志同道合,成为好朋友。

　　陈重、雷义学成后各自回乡,孝敬父母,在当地做了不少好事。豫章太守张云举荐陈重为孝廉,陈重执意要将这一名誉让给雷义,给太守写信称雷义比他更合适,书信往返多次,太守都没有同意。第二年,雷义也被推荐为孝廉。陈、雷二人同在郎署见习听差,他们共同的志趣是舍己助人。

　　郎署有个同事欠人家数十万利息钱,债主经常来讨要,总是无休止地责难这个同事。陈重看到这个同事无钱还债,暗中代他将钱还上。之后,该同事听债主说是陈重帮他还了钱,一再向陈重表示感谢,并表明一旦把钱凑齐即还给他。陈重对该同事说:"这事我不知道,可能是和我同名的某人替你还了钱。"陈重守口如瓶,一直都没有向那个同事说出真相。

　　雷义为郡功曹时,曾经帮助某人洗冤免去死罪。此人给雷义送去两斤金子表示感谢。雷义拒不接受,态度坚决。那人趁雷义家中没有人时,将金子藏入他的房内。后来,雷义修理房子时才发现那两斤金子。此时,金子的主人已经去世,雷义无法奉还便把它交给了县府。

陈重和雷义为官清正廉洁,同时升任尚书郎。在此期间,雷义有个同事犯有过错应受到处罚,雷义暗中上报司寇,替这个同事承担过错。该同事知道后向上司说明真实情况,请求免去对雷义的处罚。汉顺帝(125年—144年在位)听说此事后,下令免去对雷义和他这个同事的处罚,将他俩削职为民。

陈重见雷义离去,随即借口有病辞职回乡。陈、雷二人回到自由的天地,交往更加随意自在。

后来,郡府又推举雷义为茂才。雷义要让给陈重,太守不同意。雷义便假装得了疯病,披头散发到处乱走,企图以这种方式推辞郡府的举荐。当地民众为陈、雷二人的真情谦让所感动,流传这样的顺口溜:"胶漆自谓坚,不如雷与陈。"丞相府高官看重陈、雷二人的人品官品,先后将他俩召入朝廷担任侍御史。

【简评】

同学同事之间,从某种意义上说是竞争对手,相互忌妒并不少见,情趣相投的也有很多,但像陈重、雷义这样交于贫贱看待对方比自己为重的极为罕见。人在求学时奔前途,当了官奔仕途,这是切身利益所在。陈、雷二人总是把升迁的机遇让给对方,宁愿自己落在对方后面,在民间传为佳话,在朝廷也享有美誉。雷义为人重义谦让值得称赞,但有些做法如替人受过、装疯卖傻,似乎有些过分。

刘、关、张三友情系生死

交于乱世　形影不离

《三国志》卷三十二《先主备传》及卷三十六《关羽传》《张飞传》记载，刘备是东汉涿郡涿县人，系西汉皇族后代，少年丧父，跟随母亲编织席子，贩卖鞋子为生。15岁那年，母亲让刘备上学，可他读书不用功，却喜欢结交讲义气的朋友，一些年少的豪侠之士纷纷依附于他。

关羽是河东解人，因在家乡替人打抱不平惹了祸，逃到涿郡。张飞是涿郡本地人，出身贫苦，比关羽小几岁。关、张二人都是无业游民，无固定收入和住所，难以维持温饱，二人在患难中相识相交，交往密切，称兄道弟。后来，关、张二人听说刘备在乡里聚集义士，便一起投附刘备。关羽、张飞整天随从刘备，为他护卫，不避风险。夜晚刘备让关、张二人同他睡在一起，彼此无话不谈，亲如兄弟。于是，刘、关、张三人结为生死之交。

汉灵帝末年（189年），关、张随同刘备参与讨伐张角领导的黄巾起义军，被黄巾军击败。刘、关、张随即投奔据守冀州的奋武将军公孙瓒。

汉灵帝去世不久，东汉朝廷发生内乱。屯兵河东的前将军董卓领兵进入京都洛阳,废杀汉少帝刘辩,拥立时年 9 岁的陈留王刘协为帝,自任丞相,控制朝廷。司隶校尉袁绍逃至渤海,典军校尉曹操逃至陈留,袁、曹等人分别举兵讨伐董卓乱政,一时间天下大乱。

袁绍招兵买马开始兼并冀州土地,引起公孙瓒的愤恨。刘备奉命抗拒袁绍势力有功,受公孙瓒任命为平原(东汉封国)相。刘备委任关羽、张飞为别部司马,让他俩分别统领部分官兵。

东汉初平元年(190 年),董卓在一片讨伐声中坐卧不安,挟制汉献帝及文武大臣将都城由洛阳迁往长安。初平三年(192 年),司徒王允和中郎将吕布杀死董卓。董卓部将李傕、郭汜随即领兵攻入长安,杀死王允(吕布逃走),控制朝政。汉献帝历经劫难,于建安元年(196 年)从长安返回被董卓迁都时烧为一片废墟的洛阳。八月,曹操领军把汉献帝由洛阳接到许,受任丞相,掌控朝政。在此之前,吕布与刘备由交战转为联合,吕布自称徐州牧,让刘备屯兵小沛。

建安三年(198 年),刘备随曹操攻杀吕布,受到曹操赏识。曹操任命刘备为左将军,关、张二人随之得到任用。

百折不挠　匡扶汉室

曹操在朝廷专权,引起汉献帝及文武大臣愤恨。建安五年(200 年)正月,车骑将军董承奉汉献帝密诏,串通刘备谋杀曹操。有人向曹操告密,曹操当即下令杀死董承等人。刘备闻讯,由关、张等人护卫逃往小沛。曹操随即领军击溃刘备部众。刘备与张飞等人投奔袁绍,关羽被曹军俘获。曹操知道关羽为人忠义,待之以礼,委任他为偏将军。

曹操想把关羽留在身边委以重任,但察觉他没有久留之意,要将军张辽试探一下关羽的心意。关羽对张辽说:"我深知曹丞相待我很厚,可我受到刘将军的厚恩,曾发誓与他同生共死,不可背叛这一盟誓。我最终不会留下来,待我寻找机会报效曹丞相后,就要告辞了。"

当年四月,占据黄河以北地区的袁绍举兵南下攻打曹操。袁绍派将军颜良领兵进攻位于黄河南岸的白马渡口,以保障其主力部队过河。曹操令张辽和关羽领军迎战颜良军。关羽策马扬鞭冲入敌阵,斩杀颜良,解除了白马之围。之后,曹操将关羽放归刘备。刘备见袁绍不是曹操对手,借故去联络荆州牧刘表共同抗曹,领关、张等本部兵马投奔刘表。刘表让刘备部众驻守新野。

建安十二年(207年),颍川名士徐庶向刘备举荐在南阳隐居的诸葛亮(字孔明)。刘备领关、张二人三顾茅庐,才见到诸葛亮。诸葛亮当即同刘备分析天下大势,向他提出,复兴汉室须联合占据江南的孙权共同抗击曹操。刘备对诸葛亮的这一见解拍手称好,随即将他招为谋士。关羽、张飞见刘备与诸葛亮关系日益密切,觉得受到疏远而口出怨言。刘备宽慰他们说:"我有了孔明,如同鱼有了水一样。请你们不要再说别的。"从此,关、张二人对诸葛亮不再说三道四。

建安十三年(208年)八月,曹操领军进攻荆州,刘表有病惊惧而死,其子刘琮献出荆州向曹操投降。刘备随即率其部众南下,行至当阳聚众 10 余万,派关羽统领数百艘战船前往江陵,等待与他所率大军在那里会师。曹操听说刘备率部南下已过襄阳,担心他占据江陵,率部猛追,一天一夜行军 300 余里。曹操部众追至长坂,将刘备部众击溃。刘备丢下妻儿,与诸葛亮、张飞、赵云等率数十名骑兵突出重围。张飞领 20 名骑兵充当后卫,抵御追兵,立马在断桥的水边,扬矛怒视曹军,大声吼叫:"我就是张益德,有胆量的,过来和我决一死战!"曹军不敢前进,刘备等人得以脱走。接着,刘备率部与关羽在夏口会师。

这时,孙权的谋士鲁肃来到刘备军中,与诸葛亮一起主张刘、孙联合抗曹。当年十月,孙、刘联军在孙权部将周瑜、黄盖等人指挥下,在赤壁火烧曹军战船,击溃曹操南下大军。第二年,周瑜领兵夺取由曹操部将曹仁镇守的江陵。鉴于刘备当时尚没有固定的地盘,孙权将荆州借给刘备驻守。之后,刘备率部入蜀,留荡寇将军关羽镇守荆州。

同命相系　分赴黄泉

刘备拥有蜀地后,孙权向其索还荆州,刘备推辞,双方失和。建安二十四年(219 年)七月,刘备自称汉中王。之后,关羽从荆州领兵北上,围攻曹仁镇守的襄阳,曹军大败,曹操极为震惊,考虑要从许迁都。谋士司马懿劝他无须迁都,指出孙权因索还荆州不成与刘备失和,可派人联络孙权,使之乘荆州兵力空虚之机夺回荆州,关羽势必不战自退。曹操欣然采纳。孙权接到曹操书信后,果然亲附曹操,随即派兵占领荆州。关羽闻讯连忙率军返回,退至麦城被孙权重兵包围,在临沮被追杀。刘备听说孙权派兵夺去荆州,击杀关羽,极为悲伤和恼恨,从此与孙权结下怨仇。

蜀章武元年(221年)四月,刘备立国号汉,史称蜀汉,在成都称帝,史称蜀先主。六月,刘备欲报关羽被杀之仇,不顾翊军将军赵云等人劝阻,举兵讨伐孙权。

镇守阆中的车骑将军张飞极力赞同刘备东征,为关羽报仇,自然是一马当先。张飞一向对部下暴虐,部下许多人对他怀恨在心。刘备曾不止一次告诫他说:"你刑杀过度,把被你鞭打过的人仍然放在身边,这或许是祸根。"张飞对刘备的劝说没有认真听取。此次临出发前的一天晚上,张飞被其部将张达等人杀死,张达连夜逃奔孙权。刘备闻报极为悲愤,三友前已失去一友,今又失去一友,只剩下他一人,他恨上加恨,急于要为关、张二友报仇。

七月,刘备率4万大军向东进发。第二年(222年)五月,刘备下令在从建平到夷陵一线700多里的山区连着建造军营。奉吴王孙权之命迎战蜀军的大都督陆逊看出蜀军在山上连营的破绽,令其部众全线放火烧山。蜀军数百里连营一片火海,溃不成军。刘备退入白帝城,从此忧愤成疾。

章武二年(223年)四月,刘备在永安行宫病逝。到此,刘、关、张三人的友谊画上句号。

【简评】

明代罗贯中创作的长篇历史小说《三国演义》,开篇第一回写的便是刘、关、张桃园三结义的故事。这个故事未见史书记载,由小说流传民间成为美谈。刘、关、张三人生于乱世，交于贫贱，结为兄弟，同生共死，在古代的友情交往中堪称典范。关、张二人慕名追随刘备起事，忠心耿耿，如同他的左右手。关羽义辞曹操回归刘备，张飞跃马断后掩护刘备，关、张二人百折不离刘备，从北到南跟随刘备转战20多年，为刘备匡复汉室的大业立下汗马功劳。刘备率大军入蜀，留关羽镇守荆州，足以看出他亲信关羽超过诸将。建安二十四年七月，刘备在蜀称汉中王，任命文武大臣，任命关羽为前将军，黄忠为后将军。关羽对所任职位与黄忠并列大为恼火，坚决不接受这一任命，不用说对刘备和丞相诸葛亮十分不满，经传令官反复劝说他才勉强接受。当月，关羽即领兵北上攻打曹魏占据的襄阳(《资治通鉴》卷第六十八)。关羽此举是否经与刘备、诸葛亮谋划，未见史书记载，或许是对汉中王的任命不服而意气用事，擅自行动。他明明知道吴国因索还荆州不得与蜀国失和，轻率地把主力撤离荆州，忽视了"螳螂捕蝉，黄雀在后"，是一个重大失误。关羽兵败被杀，使刘、关、张友谊大厦折断一根支柱，也是刘备匡汉帝业由盛转衰的转折点。刘备不听赵云等大臣劝阻，执意伐吴为关羽报仇，张飞为此准备出师，出师前被其部将杀害，三人的友谊大厦又折断一根支柱。刘备恨上加恨，出师近一年劳而无功，决定沿山建造连营是一个致命的失误。刘备兵败忧愤而死，使刘、关、张三人的友谊化为一道长虹。聚焦来看，关、张、刘都死于丢失荆州，从某种意义上说，张飞、刘备同是为关羽殉难。刘、关、张三友的确是千古传颂的生死之交。

李若谷、韩亿不忘同学当年

《宋史》卷二百九十一《李若谷传》、（北宋）邵伯温《邵氏闻见录》卷八记载，李若谷是北宋徐州丰人，年少时成为孤儿，后来外出求学，靠岳父给点资助。韩亿是开封雍丘人，早年与李若谷同在嵩山法王寺读书。两人志趣相投，互相关照，交为好朋友。当时李若谷和韩亿两家都很穷。一次，他俩一起去京都开封赶考，准备睡在一起，只带了一床席子和一条毯子。考官却安排他俩分开住宿，他们只好将席、毯割为两半使用。

李若谷比韩亿先考中进士，受任许州长社县主簿。李若谷赴任那天，自己背着行李，让妻子骑着毛驴，韩亿帮他扛着一只小木箱，为他送行。到了离长社县城 30 里的地方，李若谷对韩亿说："你不要再送了，我怕见到县里当官的，责备我让你替我扛箱子。其实，这是一个空箱子，箱中只有 600 钱。"说着，李若谷拿出一半送给韩亿。韩亿坚决推辞不受，两人坚持了好长时间，都感伤得痛哭流泪。最后，韩亿答应拿一半，两人才依依不舍地分手。

第二年，韩亿也考中进士，受任大理评事。从此，李、韩二人在仕途上相互砥砺，坚持廉洁从政，勤政爱民，都不断得到提拔。

北宋景祐四年（1037 年），韩亿由同知枢密院事转任参知政事。之后，李若谷也由知开封府升任参知政事。李、韩二人身居高位后,常常在一起忆及同学当年,诚挚的友谊与日俱增。他俩还让儿孙辈缔结姻缘,希望世世代代友好下去。

【简评】

贫贱之交,互通有无,推心置腹,肝胆相照,友情纯洁而又持久。友谊一旦沾上势利,染上铜臭,就会变味而失去生命力。李若谷、韩亿二人交于贫贱之时,不忘当初的情谊,他们为官公正爱民,乐于资助亲朋故旧和穷人。高尚的人品官品是他们友谊长存的基石。

情趣之交　志同道合

人们可能都有这样的感受,漫漫人生路,认识交往的人很多,相处知心的却很少。这不光是因为人们的活动范围等因素限制了某些交往,更主要的是没有寻到真正的知音。朋友相处贵在情趣相投,情趣相投才会有共同的语言、共同的志向,才会推心置腹,患难相依,成为生死不变的知己。历史上有许多志同道合的友情故事,令人为之钦慕。

伯牙以钟子期为知音

　　《吕氏春秋》卷十四《本味》记载,春秋时期(前770年—前476年),有个人名叫伯牙,很善于弹琴。他弹的曲子虽然很美,可人们听不懂,极少有人能同他随声附和。有个名叫钟子期的人熟悉音乐,喜欢听伯牙弹琴,常常心领神会,拍手叫好。

　　有一次,伯牙弹起一支曲子,意在歌咏高山。钟子期听他的琴声铿锵有力,开口赞叹道:"啊,太妙了,听你弹的曲子气势雄壮,我仿佛身临巍峨的高山。"接着,伯牙又弹起一支曲子,意在歌咏流水。钟子期听琴声欢快流畅,又脱口赞叹道:"啊,太美了!听你弹的曲子热情奔放,我好像看见溪水从高山流下,潺潺不息。"伯牙听他说的完全符合自己的心意,高兴地说:"我总算找到了知音!"从此,伯牙和钟子期经常弹琴相娱,交往密切。

　　后来,钟子期因病去世,伯牙极为悲伤。他折断琴弦,摔碎琴盘,凄哀地说:"知音没有了,我还给谁弹琴啊!"从此以后,伯牙终身不再弹琴。

【简评】

　　这个故事情节简单,却流传很广,时至今日还常为人们提起。它启示人们:泛友易交,知音难觅。人们常常借用故事中的"高山流水""知音",来赞美知心朋友间冰清玉洁的感情。

高渐离与荆轲临街唱和

《史记》卷八十六《刺客列传》记载,高渐离是战国末期燕国(都蓟)人,以杀狗为生,喜欢饮酒,善于击筑(一种乐器)。荆轲是卫国(都帝丘)人,喜欢击剑读书,为人侠义,浪迹江湖。卫国被秦国(都咸阳)军队攻灭(前241年)后,荆轲流亡燕国,与高渐离相识相交,成为好朋友。

荆轲也喜欢饮酒,常常和高渐离在街市一起畅饮。每当饮到兴头上的时候,高渐离总是起身击筑,荆轲则随着他的节拍放声唱歌。高、荆二人以纵情狂放为乐,旁若无人,有时,他俩又相互拥抱而放声大哭。时人认为高、荆二人义气豪爽,不是普通人。

当时,秦国势力强大,意欲吞并天下,秦军已经攻灭赵国(都邯郸),燕国直接面临秦国的军事威胁。为了挽救国家即将灭亡的命运,燕太子丹礼贤下士,慕名结交荆轲,委托他去刺杀秦王嬴政。

燕王喜二十七年(前228年)深秋的一天,荆轲带着燕王的亲笔信,以献督亢之地的名义,将淬过毒药的匕首藏在督亢地图内,出使秦国。

高渐离和太子丹等人为荆轲送行。高渐离深知,荆轲此行,无论成功还是失败,都不会再活着回到燕国。他一路上不说话,只是不停地击筑。当他们走到易水岸边,高渐离眼见荆轲就要登船离去,突然使劲击筑,荆轲随之慷慨悲歌:"风萧萧兮易水寒,壮士一去兮不复还!"两位生死之交的朋友,就这样生离死别。

荆轲到达秦国后拜见秦王,向他展示督亢地图,图穷匕首现。荆轲飞快抓起匕首向秦王投去,没有刺中秦王,反被秦王及其卫士杀死。高渐离听说荆轲被杀,悲痛欲绝,对秦王怀恨在心。

秦王随即派兵攻灭燕国,下令杀灭太子丹及荆轲的余党。高渐离改名换姓,逃至宋子县隐居,帮人打工卖酒。他把筑收得紧紧地,不敢再击。

日久天长,高渐离击筑的技艺还是公开显露出来。他怀念逝去的荆轲,筑声中饱含凄哀。人们一听到他这样击筑,无不悲伤地流泪而去。

秦王统一天下后称始皇。秦始皇爱听击筑,他听说宋子县有个人很擅长击筑,传令将其召入宫中,为他击筑。秦始皇见此人击筑果然动听悦耳,常常赞不绝口。有人认出这个击筑的人就是被通缉的高渐离,便奏告秦始皇。秦始皇爱惜高渐离的才艺,下令赦免他的罪过,把他的眼睛弄瞎,仍留他在宫中击筑。高渐离双目突然失明,知道是遭人暗害。他满怀对秦始皇的新仇旧恨,将铅块装入筑中,准备伺机复仇。一天,他听到秦始皇在他面前说话,举起筑向其砸去,没有击中,秦始皇随即下令将高渐离处死。

【简评】

高渐离与荆轲为侠义之交,一腔热血,肝胆相照。人们虽然未闻高渐离的筑声,但荆轲"风萧萧兮易水寒,壮士一去兮不复还"的悲壮歌声响彻千古。荆轲遇难后,高渐离虽然长时间销声匿迹,却时时想着要为死去的挚友复仇。后来,他利用善于击筑的高超才艺得以接近秦始皇,在双目失明的情况下,仍然拼命向秦始皇做最后一搏。人们羡慕高渐离与荆轲的友情生死不易。

柳宗元、刘禹锡志同道合

陶敏、陶红雨编《刘禹锡全集编年校注》、（唐）刘禹锡辑《柳河东集》记载，刘禹锡，字梦得，唐大历七年（772 年）生，其祖籍洛阳，童年随做官的父亲在湖州、嘉兴度过。柳宗元，字子厚，大历八年（773 年）生，祖籍河东，出生于官宦之家。

刘、柳自幼聪敏好学，年少时曾共同拜皇甫阅为师学习书法，彼此结下深厚的友谊。贞元九年（793 年），刘、柳二人同榜考中进士。刘禹锡受任太子校书，柳宗元受任校书郎，二人同在朝廷任职，往来自然频繁。

贞元十五年（799 年），刘禹锡因父亲病故辞职守丧。柳宗元时任集贤殿正字，给刘禹锡寄去一台叠石砚，刘禹锡寄诗柳宗元答谢。

贞元十九年（803 年），刘禹锡由渭南主簿、柳宗元由蓝田尉同时调任监察御史，两个志同道合的文友又走到了一起。

当时，宦官在朝廷当权，他们到市场上采购宫中用品，恃权强行以低价购买，甚至无偿掠夺商户，致使许多商户被迫关门。

太子侍读王叔文对这种强行掠夺的所谓"宫市"十分痛恶，受到太子李诵的赏识。王叔文有志于革除时弊，自以为得到太子信赖，日后会随着太子称帝而掌大权，于是暗中结交一批德才兼备的官员为"死友",作为他今后组建班子的成员,柳宗元、刘禹锡被名列其中。

永贞元年(805年),唐德宗病逝,太子李诵带着严重中风后遗症继位为帝,是为唐顺宗。唐顺宗不能上朝听政,由升任起居舍人的王叔文连接内宫外廷,操纵国政。王叔文等人当权后忘乎所以,极力排斥宦官和一些持有不同政见的大臣,引起被排斥官员的憎恶。八月,宦官俱文珍等人趁王叔文回乡为其母亲治丧之机,劝谏唐顺宗退称太上皇,拥立太子李纯继位为帝,是为唐宪宗。

唐宪宗继位后,随即下令将王叔文等人贬出朝廷。刘禹锡由尚书屯田员外郎、判度支盐铁,贬为朗州司马,柳宗元由礼部员外郎,贬为永州司马。

刘、柳二人志在革除时弊却受牵被贬,心中难免郁闷。贬居两地后,彼此十分挂念,只好以诗文寄赠,交流思想感情。元和三年(808年),刘禹锡收到柳宗元来信,在《答柳子厚书》中写道:"相思之苦怀,胶结赘聚,至是泮然以销,所不如晤言者无几。"两位挚友身处逆境没有消沉,不断探讨学问,以求共进。柳宗元寄书刘禹锡,与他讨论《周易》,讨论刘被贬时所写的《天论》。

元和九年(814年),刘、柳二人遭贬10年后同时被召回京都长安待分配。第二年春天某日,两位友人同游玄都观,刘禹锡写了《戏赠看花诸君子》一诗:"紫陌红尘拂面来,无人不道看花回。玄都观里桃千树,尽是刘郎去后栽。"当权大臣认为刘禹锡这首诗是在吐怨,当即奏请皇帝,又将刘、柳二人贬出京都。

刘禹锡被贬为播州刺史,柳宗元被贬为柳州刺史。两人职务虽然提升了,但贬地离京都更远。柳宗元知道刘禹锡的母亲已经80多岁,不能随他去遥远的播州,提请朝廷将他俩的任所对调。朝廷大臣受到感动,将刘禹锡改任连州刺史。

刘、柳二人同时离京,结伴南行,行至衡阳分手。临别之际,柳宗元写下《重别梦得》一诗:"二十年来万事同,今朝岐路忽西东。皇恩若许归田去,晚岁当为邻舍翁。"刘禹锡在《重答柳柳州》一诗中写道:"弱冠同怀长者忧,临岐回想尽悠悠。耦耕若便遗身老,黄发相看万事休。"两人情谊依依,难舍难分。柳宗元又写了一首《三赠刘员外》:"信书成自误,经事渐知非。今日临岐别,何年待汝归?"刘、柳二人万万没有想到,这竟是他们的永别!

元和十四年(819年)十一月,柳宗元怀着满腔郁愤在柳州病逝,年仅47岁。第二年正月,刘禹锡扶母亲棺柩北归,路经衡阳时才得知柳宗元已经逝世,并收到这位已故挚友托以编辑文集、归葬北方的遗书。

刘禹锡极为悲伤,当即写了《祭柳员外文》:"途次衡阳,云有柳使。谓复前约,忽承讣书。惊号大哭,如得狂病。良久问故,百哀攻中。涕洟迸落,魂魄震越。伸纸穷竟,得君遗书。绝弦之音,凄怆彻骨。"在此期间,刘禹锡还写了《重至衡阳伤柳仪曹》一诗,深切怀念四年前他与柳宗元衡阳一别的情景,抱恨哀叹"故人今不见"。

当年七月,经刘禹锡安排,柳宗元的遗体归葬万年县其先人墓侧。刘禹锡主持了葬仪,并写了《重祭柳员外文》。文中写道:"呜呼!自君之没,行已八月,每一念至,忽忽犹疑。今以丧来,使我临哭,安知世上,真有此事!既不可赎,翻哀独生。呜呼!出人之才,竟无施为!""生有高名,没为众悲。异服同志,异音同叹。唯我之哭,非吊非伤。来与君言,不言成哭。千哀万恨,寄以一声,唯识真者,乃相知耳。""君为已矣,余为苟生。何以言别,长号数声。"

之后,刘禹锡在为母守丧期间,含泪完成了柳宗元的遗愿,将他的诗文编成四十五卷,命名为《柳河东集》,并为之写了序言,使之流传后世。

【简评】

古往今来,在友谊的海洋中,刘禹锡与柳宗元的友谊是一颗璀璨夺目的明珠。二人少年同学,情趣相投;步入仕途后共怀整治时弊的抱负,志同道合;同遭贬谪后以诗文相激励,患难与共;柳临终托以后事,刘含悲实现其遗愿,生死不易。刘、柳都是才华横溢的精英,他俩留下的诗文在中国文学史上是两座醒目的丰碑。柳宗元去世九年后,刘禹锡被召回京都,因写了《再游玄都观》一诗,又被贬出京都,出任苏州等州刺史。后来,刘禹锡官至检校礼部尚书,于会昌二年(842年)去世,终年71岁。

巴尔扎克与雨果的文学情缘

　　（法）莫洛亚著、孙耀斌译《巴尔扎克传》和莫洛亚著、周玉玲译《雨果传》记叙，巴尔扎克 1799 年生于法国杜尔市，中学毕业后去巴黎大学攻读文学课程，20 岁前后开始文学创作。雨果 1802 年生于法国贝桑松，中学读书期间即开始诗歌创作。巴尔扎克和雨果在年轻时，都因发表文学作品而闻名全国。

　　1829 年 7 月 10 日，雨果邀请巴尔扎克去他那儿参加一个文学创作者聚会，与会者有作家梅里美、大仲马等人。从此，巴尔扎克与雨果建立了友谊，两人经常通信，交流所写的作品。巴尔扎克的创作手法是现实主义，雨果的创作风格是浪漫主义，两人文风不同，难免在一些具体问题上产生不同意见，但他俩的友谊与日俱增。

　　巴尔扎克出身富有家庭，因早年经商失败而负债累累。他在四处躲债中从事文学创作，一生共创作 90 多部作品，命名为《人间喜剧》，其中《欧也妮·葛朗台》《高老头》《幻灭》《邦斯舅舅》《贝姨》《农民》等长篇小说轰动法国，名扬世界。雨果虽然富裕，但优越的生活环境并没有销蚀他的创作动力。他先后创作《巴黎圣母院》《悲惨世界》《笑面人》《九三年》等长篇小说和大量诗歌、剧本，饮誉世界。雨果对巴尔扎克的作品推崇备至，巴尔扎克则称赞雨果的《莱茵河游记》是一部杰作。

巴尔扎克长期独身,日常生活无人照料。长年累月每天工作14至18小时,损坏了他的健康。1836年6月26日,巴尔扎克在花园散步时,突然中风倒在一棵树下面。病情稍有好转,他又拿起笔拼命工作。他在给一位友人的信中写道:"我又重新投入苦役式的创作生活。晚上6点钟上床,午夜起身,这18小时工作量,只能勉强满足我写作的需要。"

1847年5月,巴尔扎克与钦慕他作品的俄国寡妇夏娃琳娜结婚,在俄国过了两年,于1850年5月回到巴黎。这时他的心脏病已经十分严重。

6月的一天,雨果再去看望巴尔扎克。两位老朋友久别重逢,心情愉快,畅所欲言。他们谈了很多,还争论了政治问题。雨果见巴尔扎克谈笑风生,对他身体情况不再担心。雨果辞别时,巴尔扎克步履艰难,一直把他送到楼梯口。

7月某日,雨果去看望巴尔扎克时,医生私下告诉他,巴尔扎克至多只能再活6个星期。雨果大为吃惊,心情非常沉重。

8月18日,巴尔扎克病入膏肓,时而昏迷,时而苏醒。雨果因在家里接待其叔叔,要其夫人先去看望巴尔扎克。饭后,雨果立即租了一辆马车赶到巴尔扎克住处。

雨果后来回忆当时的情景说:"巴尔扎克脸色青紫,胡子没有刮,灰白的头发剪得很短,两眼睁着,目光呆滞。""床上散发出一股令人无法忍受的气味。我撩起被子,握住了巴尔扎克的手。他的手上全是汗,我紧紧地握着,他却毫无反应。"(雨果《巴尔扎克之死》)当天晚上巴尔扎克与世长辞,年仅51岁。

8月21日,人们为巴尔扎克这位没有任何头衔的平民作家举行葬礼,送葬的人排成长队,延续巴黎好几条大街,看不到尽头。内政部长巴罗什代表法国政府出席葬仪,他对雨果说:"这是一位伟大的人物。"雨果应答道:"这是一位天才。"

雨果的心情特别沉重,他心想,他失去了这位朋友,永远再也见不到巴尔扎克了,不经意间雨果被挤到灵车和一座大墓碑之间,差一点被挤伤。

在巴尔扎克墓穴旁,雨果朗读了题为《他和祖国的星星在一起》的葬词。他含着泪水说道:"方才入土的人,是属于那些有公众悲痛送殡的人。""巴尔扎克的名字将打入我们的时代,给未来留下光辉的线路。""在最伟大的人物中间,巴尔扎克是第一等的人;在最优秀的人物中间,巴尔扎克是最高的一个。""他所有的著作汇成了一部书,一部活生生的、光辉灿烂、意义深远的书,让当代全部文明的来龙去脉、其发展及动态,都以令人惊骇的现实感呈现在我们的面前。这部奇妙的书被作者命名为《喜剧》,其实也可以说是一部历史。"

【简评】

19世纪法国文坛群星闪耀,在世界文坛的星河里最为辉煌,巴尔扎克当是其中最明亮最灿烂的一颗金星。法国著名作家雨果与巴尔扎克友谊深厚,含泪为其送终,令人感动。他对巴尔扎克作品的内涵有着深刻的理解,对巴尔扎克在人类文明史上的地位以及

《人间喜剧》的社会历史意义有极高的评价，经得起时间的考验。之后，恩格斯在给玛·哈克奈斯女士的信中，对巴尔扎克及其作品做了更为精辟的评价。恩格斯指出："巴尔扎克，我认为他是比过去、现在和未来的一切左拉都要伟大得多的现实主义大师，他在《人间喜剧》里给我们提供了一部法国'社会'特别是巴黎'上流社会'的卓越的现实主义历史，他用编年史的方式几乎逐年地把上升的资产阶级在 1816 年至 1848 年这一时期对贵族社会日甚一日的冲击描写出来。""他描写了这个在他看来是模范社会的最后残余怎样在庸俗的、满身铜臭的暴发户的逼攻之下逐渐灭亡，或者被这一暴发户所腐化；他描写了贵妇人怎样让位给专门为金钱或衣着而不忠于丈夫的资产阶级妇女。在这幅中心图画的四周，他汇集了法国社会的全部历史，我从这里，甚至在经济细节方面（如革命以后动产和不动产的重新分配）所学到的东西，也要比从当时所有职业的历史学家、经济学家和统计学家那里学到的全部东西还要多。""他的伟大的作品是对上流社会必然崩溃的一曲无尽的挽歌。"中国当代有不少人从事巴尔扎克作品的翻译工作，译文最为精当传神的当数傅雷。

患难之交　生死不易

　　人在患难之际结交的朋友最为珍贵。同一个战壕出生入死的战友，用鲜血和生命凝结的友谊，终生不会忘记；同一个寒窗熬过的学子，在贫困中结交的友谊，终生不会改变；同一个事件中落难的师生朋友，饱受摧残，友情会更加牢固。人世间的患难之交多种多样，之所以牢不可破，是因为有着共同的支点，就是不忘患难之时。这种友谊，不会因为彼此境况变化而改变色调，尽管时光流逝，友谊之花依然鲜艳灿烂。

苏轼与四学士患难相依

孔凡礼著《苏轼年谱》《宋史》卷三百三十八《苏轼传》及卷四百四十四《黄庭坚传》《晁补之传》《秦观传》《张耒传》记载,苏轼是北宋眉州眉山人,20岁那年以优异成绩考中进士,后经翰林学士欧阳修举荐,由福昌主簿调任大理评事。接着,苏轼调任直史馆。当时,苏轼的诗、文、书法已名扬天下。

黄庭坚是洪州分宁人,苏轼友人孙觉的女婿。苏轼从孙觉那里看到黄庭坚的诗文和书法,大加赞赏。经孙觉引荐,苏、黄二人互通书信,交为朋友。晁补之是济州巨野人,20岁那年,他两次写信给苏轼,请求拜见以受教益。苏轼热情接待了他,为其讲学废寝忘食。秦观是扬州高邮人,张耒是楚州淮阴人,秦、张二人好学成才,也都是多次向苏轼请教写诗作文,与之交为密友。黄、晁、秦、张四人仰慕苏轼的人品和才华,视苏轼为老师,苏轼则视黄、晁、秦、张为文友,时人则称之为"苏门四学士"。

北宋熙宁二年(1069年),宋神宗为了解决"国用不足"的困难,任命翰林学士王安石为参知政事,让他主持变法。新法推行后受到朝廷中许多大臣的反对,宋神宗听从王安石的意见,将这些大臣贬斥到地方任职。苏轼因上书论述新法弊端,被贬为杭州通判,从此被卷入充满险恶的宦海风波。

苏轼见上书为民请命这条路走不通,心中充满郁愤,常常写诗加以抒发。他的《山村五绝》之一写道:"杖藜裹饭去匆匆,过眼青钱转手空。赢得儿童语音好,一年强半在城中。"诗中批评的是"青苗法",官府向民众放高利贷,春天贷给民众的青苗钱,秋天须加二分利息连本带息一齐偿还,青苗钱到手中只是博得儿童一阵喜欢而已。苏轼还写了其他一些诗,反映新法对民众的危害。

元丰二年(1079年),御史中丞李定的儿子向苏轼索字,遭到拒绝。李定极为恼火,指使其亲信诬告苏轼写诗"包藏祸心"。宋神宗下令罢免苏轼湖州知州职务,将他逮至御史台关押,这就是震惊朝野的"乌台诗案"。身患重病的曹太皇太后(宋仁宗皇后)听说苏轼将要被处死,召见宋神宗加以责备。苏轼由此获释,被贬为黄州团练副使。

苏轼被贬至黄州后,秦观写信安慰他,称"以先生之道,仰不愧天,俯不愧人,内不愧心","知平日有望于先生者为不谬也"。也就是说,苏轼人品高尚,崇拜他这位先生的人没有错。

元丰五年(1082年),苏轼首次将黄庭坚、晁补之、秦观、张耒四人相提并论,称"此数子者,挟其有余之姿,而骛无涯之知,必极其有所如往而后已",对拥有这四位文友而感到欣慰。

宋神宗去世(1085年)后,继位的宋哲宗年幼,由其祖母高太皇太后执掌朝政。高太皇太后起用反对变法的原翰林学士司马光为宰相,罢免维护新法的宰相章惇,全面废除新法,并召回因反对新法被贬出朝廷的大臣。苏轼被召回朝廷,先后受任翰林学士承旨、礼部尚书等职。这一期间,黄庭坚、晁补之、秦观、张耒也都在朝廷任职。苏轼与他们交往密切,共同探讨学问。每当他们的诗文出手,人们都争着先睹为快。时人评论认为:"一时文物之盛,自汉唐以来未有也。"这是苏轼与四学士在一起短暂而美好的时光。

元祐八年(1093 年),高太皇太后去世,宋哲宗亲掌朝政,起用章惇为宰相,全面恢复新法,苏轼等一大批正直的官员灾难临头。章惇和户部尚书蔡京大打出手,把已经去世的司马光等人以及苏轼、黄庭坚、晁补之、秦观、张耒等 120 多名官员列为"奸党"。他们以"讥斥先朝"的罪名,将苏轼由定州知州贬为宁远军节度副使,让他住在惠州加以监管。张耒时任润州知州,担心苏轼在途中遇害,派两名兵士一路护送。之后,章惇等人又将苏轼贬为琼州别驾,限令他在昌化居住。

苏轼受贬后,黄、晁、秦、张四学士随之受贬。黄庭坚由国史编修贬为涪州别驾,先后被遣送黔州、戎州境内监管;晁补之由济州知州贬为南京通判。他随即辞职回乡,自号归来子;秦观由国史编修流放郴州,再流放雷州;张耒由润州知州贬为监黄州酒税,流放复州。

宋徽宗即位(1100 年)后,免去章惇的宰相职务,被其贬斥的官员开始重见天日。朝廷将苏轼以舒州团练副使的名义,移至永州居住,接着又发话允许他可选择除京都以外的任何地方居住。苏轼决定去常州定居,黄、晁、秦、张四人的境况也都有所改善。

当年,秦观应朝廷召任宣德郎,从雷州启程,行至藤州,突然失语去世,年仅 51 岁。苏轼在北返途中听到这一噩耗,深为痛惜,称秦观"乃当今文人第一流,岂可复得?"之后,苏轼在与文友李之仪的通信中询问黄庭坚，晁补之、张耒的音信。黄庭坚听说苏轼得以北返，为他画像祝福。

建中靖国元年（1101年）六月，苏轼拖着病体到达常州，七月二十八日，溘然长逝，终年66岁。黄庭坚听说后极为悲痛，他在写给苏轼之弟苏辙的信中，称赞苏轼"道德文章，足以增九鼎之重。"张耒时任颍州知州，得知苏轼病逝，用自己薪俸在一座寺庙里摆设祭场，穿着孝服为苏轼祭悼。为此，张耒又被贬为房州别驾，限定在黄州居住。

黄庭坚从流放地起任为太平州知州，途经岳阳楼时即兴题诗："未到江南先一笑，岳阳楼上对君山。"宰相赵挺之对黄庭坚怀有成见，诬称他该诗及途中所写《荆南承天院记》一文"幸灾"。黄庭坚到太平州上任九天，又被流放到宜州加以监管。

途径鄂州时，黄庭坚缅怀已经去世的苏轼，思念尚在流放的张耒，在《武昌松风阁》一诗中写道："东坡道人已沉泉，张侯何时到眼前？安得此身脱拘挛，舟载诸友长周旋。"他希望有朝一日还能和老朋友们相聚。

崇宁四年（1105年），朝廷罢免赵挺之宰相职务，决定将黄庭坚移至永州居住。未等接到调令，黄庭坚已长眠在宜州的土地上，终年60岁。

大观四年（1110年），晁补之在泗州知州任上去世，终年57岁。

张耒晚年隐居在陈州，教人子弟，以清贫自守，政和四年（1114年）去世，终年60岁。

【简评】

人们都知道苏轼的文学艺术成就名冠古今,其实,他的人品官品同样千古流芳。他为人襟怀坦白,为官不谋私利,敢于秉公直言,多次得罪朝廷当权大臣,受到贬斥。他每到一个地方当政,总是千方百计为民造福,受到民众爱戴。在徐州,他领着军民抗洪,在洪水快淹没城墙的情况下,一连多天住在城墙上,指挥筑坝防洪,保住了徐州城。在颍州,他想方设法为民除掉一个祸害一方、几任知州未能惩治的恶霸。在杭州,他拿出自己积蓄的50两黄金兴办医院,为百姓看病,带领军民筑坝,挡住钱塘江潮水入城,并改造了西湖风景区。他为官清廉,甘于清贫,"仕宦十有九年,家日益贫"(宋王宗稷《东坡先生年谱》)。黄、晁、秦、张四学士,师从苏轼,也都是才华横溢的忠正之士。本来,他们可以为国为民做出更多的贡献。可是,时代造就了他们的人生悲剧。由宋神宗支持的王安石变法引起廷争激烈、政局动荡。再由宋哲宗信用章惇、宋徽宗信用蔡京等奸臣当权,是非颠倒,朝政腐败。在这样的大环境下,许多忠正之士横遭迫害,苏轼及四学士自然也难以幸免。在逆境中,苏轼与四学士不屈不挠,心意相通,相互慰藉,坚持与祸国殃民的恶势力抗争,令人为之感叹。苏轼与四学士的人生悲剧,也是国家和民族的悲剧。在他们被贬谪流放之时,大江南北民不聊生,先后暴发了宋江、方腊起义;兴起于东北的金国(都会宁府)军队意欲南下,朝野上下危机四伏。张耒去世仅仅过去12年,泱泱北宋大国便被金军攻灭。

盛孝如不负战友遗嘱

中国文明网报道,盛孝如是安徽省繁昌县繁阳镇人,中共党员。1941 年,盛孝如 17 岁参加了新四军,投身抗日战争前线,被编在某营营部当通讯员。营长吴福龙像慈父一样关爱他,教他如何当好通信兵,如何拿枪打日本鬼子。不论部队走到哪里,吴营长忙完一天的工作后,晚上总是带着盛孝如一起睡。战友们也都把他看成小弟弟。盛孝如感到部队像家一样温暖。

1946 年 6 月,蒋介石发动内战,派兵向山东解放区进攻。盛孝如所在的人民解放军某营参加枣庄战役,战斗中盛孝如的同乡战友江明镜身负重伤。他在牺牲前嘱托盛孝如说:"我最牵挂的,是我的儿子彩贵子,他今年还不到 10 岁。等仗打完了,你一定要帮我找到他,尽你的力量照顾他。"盛孝如把战友临终嘱托牢牢地记在心里。

1948 年,在淮海战役的一次战斗中,吴福龙营长为掩护战友,被一架敌机投弹炸伤,血流满地。牺牲前,吴营长用最后的力气嘱咐盛孝如:"小盛,记住我是江西人,那年,我是偷着出来当兵的。我死后,你一定要帮我找到我的父母,跟他们说,我当的是共产党的兵,是为穷人打天下的,我这个做儿子的没有丢他们的脸。"盛孝如哭得泪流满面,把老营长的临终嘱托同样牢记在心。

1952 年，盛孝如离开部队回到繁昌工作。作为从枪林弹雨的战场上活着回来的幸存者，盛孝如感到两位烈士的临终嘱托重如泰山，回乡后便开始寻找两位烈士的亲人。他认为，这是他义不容辞的责任，只有找到他们的亲人，他才能对得起长眠地下的营长和战友。

盛孝如首先来到江明镜老家，经过一个多月的寻访，有人告诉他江明镜的儿子在某一带讨饭。有了这个线索后，他便留心注意。一天，盛孝如在路边发现一个面黄肌瘦的讨饭孩子，连忙走过去问道："你是不是叫彩贵子？"孩子答道："你怎么知道我叫彩贵子？我不认识你！"盛孝如极为惊喜，一把将彩贵子拉到怀里，对他说："我是你父亲的战友，你爸爸在山东牺牲了，临死前托我要找到你，照顾你。"彩贵子听他这么说，抱住他的头，哇哇地大哭起来。

从此以后，盛孝如把彩贵子当作自己的儿子抚养，送他上学读书，介绍他到县园艺场工作，还帮助彩贵子结婚成家。60 多年过去，盛孝如和彩贵子仍亲如父子。

找到江明镜的儿子，这只了却了盛孝如一半的心愿。在寻找彩贵子的同时，他便着手寻找吴福龙的亲人。吴营长生前曾给盛孝如一张字条，写有他的家庭住址。虽然盛孝如一直仔细保存在身边，但因部队南征北战居无定所，小字条受汗水浸湿后字迹已无法看清。盛孝如不止一次为之叹悔，江西省那么大，从哪里去寻找一个没有地址的人家呢？人海茫茫，真如大海捞针。尽管如此，盛孝如仍坚守一个心愿，千难万难，在他有生之年一定要找到吴营长的家人。

盛孝如每次去江西,总是注意打听当地老人认识不认识吴福龙这个人,凡亲戚朋友熟人同事去江西,他也要托他们四处打听。如此坚持60年,他仍然没有找到吴营长的家人。随着年纪一年年增高,这件事越来越成为盛孝如的心病。他嘱咐小儿子盛毅,如果他活着找不到老营长的家人,去世以后,儿子要帮他继续寻找。

盛毅理解父亲的心愿,心里也很焦急。他利用自己在铁路部门工作的方便,多次去江西四处打听吴营长的亲人,一直还是杳如黄鹤。2014年8月,盛毅想到借助新闻媒体。一个偶然的机缘,盛毅认识了《新安晚报》采访抗战老兵的记者老春。经老春引荐,盛毅与中央电视台《等着我》专栏沈编导取得联系。在沈编导的帮助下,盛毅又联系上全国爱心形象大使邵建波。接着,通过《南昌晚报》等多家媒体传播,在众人多方努力下,好事终于露出端倪。

2015年2月,吴营长的外甥媳妇罗某主动来到报社,对工作人员说:"吴福龙是我的小舅公,我家几辈人一直在找他。"经过有关部门核实,盛毅把这一消息告诉了父亲。年过九旬的盛孝如老人高兴地连声叫好:"太好了!找了这么多年,终于找到了,总算了却了我的一桩心愿!"

在有关人员的安排下,农历正月十六那天,盛孝如老人和吴营长的后人见面了,彼此紧紧握手亲偎,都激动得热泪盈眶。盛孝如老人泪流不止,半天说不出一句话,只是在心中反复默念:"老营长啊,我盛孝如答应你的事终于办成了!"

多家媒体报道了抗战老兵盛孝如数十年坚持寻找烈士亲人的事迹,许多人深受感动。2015年8月,盛孝如荣登中国好人榜。

【简评】

　　为人民的利益在枪林弹雨中倒下的战士,有着壮烈的情怀,临终前对身边的战友嘱托后事,令活着的战友终身不能忘怀。这种用鲜血和生命凝结的战斗友情,是圣洁的、崇高的、伟大的。老营长吴福龙当年是背着家人投身抗日前线的,为国捐躯前嘱托盛孝如转告他的家人;同乡战友江明镜牺牲前唯一牵挂的是自己年幼的儿子,嘱托盛孝如给予关照。盛孝如诚实守信,把两位战友的遗嘱看得比泰山还重,战争结束退伍回乡便开始为实现战友的遗愿而奔波。他找到江明镜讨饭的遗孤,像亲生父亲一样关照其成长就业成家,倾注了无私的战友之情。他几十年倾两代人之力坚持寻找吴营长的家人,演绎了动人的战友情、人间情。掩卷深思,烈士的业绩永垂不朽,盛孝如的精神亦当永存。

忘年之交　相得益彰

　　人们交往,大多年龄相当,彼此年龄悬殊的,人们称之为忘年交。有些年轻人喜欢接触年长的人,从长者那里学习文化知识和社会生活经验;有些年长的人喜欢和年轻人打交道,从年轻人那里感受青春的朝气和生机。忘年交的朋友,经济上相互接济、生活上相互关照的故事也有许许多多。在友谊的花园里,忘年交同样是一丛长开不败的花朵。

孔融欣赏祢衡狂才

《后汉书》卷七十《孔融传》及卷八十下《祢衡传》记载,孔融字文举,是孔子二十世孙,东汉鲁国(西汉封国)人,自幼聪敏出众,博览群书。16岁那年,孔融因营救逃难名士张俭,又主动替其兄孔褒顶罪而名扬天下。大将军何进掌揽军政期间,孔融由侍御史升任虎贲中郎将。前将军董卓废杀汉少帝,立时年9岁的陈留王刘协为帝,自称相国控制朝政,将孔融贬为北海(东汉封国)相。东汉建安元年(196年),原典军校尉曹操将汉献帝从洛阳接至许,受任丞相,掌揽军政。孔融应曹操征召,就任将作大匠。

祢衡是平原(东汉封国)般人,比孔融小20岁。孔融功成名就之时,祢衡还是个不懂世事的顽童。祢衡自以为才华超群,狂傲不羁,对人不讲礼仪,一般人不在他的眼里。曹操扶持汉献帝在许定都不久,20出头的祢衡也来到许。有人问他到京都来准备投靠谁,先提及陈群(时任参丞相军事)、司马朗(时任丞相府主簿)二人,祢衡回答说:"我怎么能去跟随屠户和卖酒的小儿?"又提及荀彧(时任侍中)和荡寇将军赵稚长,祢衡回答说:"荀彧可以出面为人吊孝,赵稚长可以管理厨房招待客人。"在祢衡眼中,他只看上孔融和杨修(字德祖,时任丞相府主簿)二人,还时常口称:"大儿孔文举,小儿杨德祖。"

孔融为人宽容放达，喜欢结交天下志士，曾对人说："家中有宾客，杯中有酒，我就心满意足了。"他常常宾客盈门，尤其关爱年轻人，引导他们读书上进，在天下有识之士中享有盛誉。

孔融认识祢衡后特别赏识他的才华，两人经常在一起讨论学问，褒贬人物，口出狂言，相互吹捧。祢衡称孔融为"仲尼不死"，孔融称祢衡为"颜回复生"。

孔融多次向曹操举荐祢衡，称他过目不忘，且善背诵，是个难得的人才。曹操想召见祢衡，当面考察他，祢衡却称病不肯应召。曹操大为恼火，传令要祢衡充当击鼓手，让他当众表演出丑。

一天，曹操准备宴请宾客，亲自审查乐队节目。乐队入场时，祢衡击奏《渔阳曲》，所迈脚步进退有致，鼓声节奏豪迈悲壮，观看的人为之振奋。曹操见乐队服装不统一，令全体演员一律脱去外服，改穿橙黄色的艺服。祢衡竟然当着曹丞相和众人的面，脱去全身衣服，一丝不挂，然后不慌不忙地穿上艺服，一点不感到害羞。曹操忍俊不禁，笑着说："本来，我是想为难一下祢衡这小子，没想到他会耍这一手，反而让我感到难为情。"

事后，孔融批评祢衡，要他去向曹丞相赔礼道歉。祢衡答应前往谢罪。曹操听说后感到很高兴，通知门卫至时要让祢衡进门。祢衡按约来到丞相府外，却没有要求进门，只是坐在门前的地上用木棍捶地骂街。曹操大为恼怒，对孔融说："祢衡这小子，我要杀死他，如同杀死一只老鼠、一只麻雀，考虑到他还有一些虚名，杀了他，天下人会说我不能容人。"之后，曹操将祢衡打发到荆州牧刘表那里听差。刘表让他参议州府公文。

一次,祢衡外出,回来后见到刘表将要上报一份文件,祢衡看后将文件撕毁,提笔重写,"须臾立成,辞义可观"。刘表不能容忍祢衡傲慢无礼,不久将他送到脾气暴躁的江夏太守黄祖那里,想让黄祖整治他。祢衡与黄祖长子黄射交为朋友。一天,黄射宴请宾客,有人带来一只鹦鹉,黄射要祢衡为鹦鹉作赋。祢衡"揽笔而作,文无加点,辞采甚丽",满座宾客为之惊叹不已。

建安三年(198年)某一天,黄祖在一艘大船上请客,祢衡对客人出言不逊。黄祖感到没面子,痛斥了祢衡。祢衡眼睛盯着黄祖骂道:"该死的老头,你说什么?"黄祖令兵士鞭打他,祢衡更加大骂不止,黄祖当即下令将祢衡处死。祢衡被杀时年仅26岁。

【简评】

人际交往要讲究礼仪,这是社会文明发展的要求。一个人狂妄自大、目中无人,只能表明此人无知。祢衡才华出众,本来可以为社会做点事情,但他恃才傲物,得不到安身之所,年纪轻轻便断送了人生。孔融虽然和祢衡是忘年交,但他改变不了祢衡狂妄不羁的性格。人生的路主要靠自己走,修养品格十分重要。

乾隆帝与沈德潜以诗交友

《清史稿》卷三百五《沈德潜传》、《清通鉴》卷一二六记载,沈德潜是清代江苏常州人,自幼博览群书,长期在家乡以教书为生。他热衷于功名,不甘一辈子默默无闻,先后参加 17 次乡试才考中举人。清乾隆四年(1739 年),沈德潜以 67 岁高龄考中进士,被选为庶吉士。

三年后,沈德潜所在的这批庶吉士培训结业,时年 31 岁的乾隆帝接见他们,发现名册上有位 70 岁的学员,便问谁是沈德潜。沈德潜立即起身拜谢。乾隆帝称沈德潜为"江南老名士",任命他为编修。乾隆帝对沈德潜颇有好感,将自己写的诗拿给沈德潜看,要他作诗唱和。沈德潜应命和诗,乾隆帝称赞他的和诗写得好。之后,乾隆帝连续提升沈德潜的职务,破格任命他为礼部侍郎。乾隆帝对大臣们说:"沈德潜是个诚实谨慎的人,可惜年岁很高才被发现。我之所以接连提拔他,是为鼓励那些年龄大而没有停止学习的有志之士。"

乾隆十四年(1749 年),沈德潜校订完《御制诗集》后,获准退休还乡。乾隆帝说:"我与沈德潜以诗歌相识,也以诗歌作为永远的相知。"临别之时,乾隆帝送给沈德潜一些人参,写诗为他送行,并嘱咐他今后如有新作,要寄来给自己看。

沈德潜回乡后,闭门谢客,夜以继日,以最快的速度将他的诗文编成《归愚集》,上呈乾隆帝。乾隆帝十分高兴,亲自为他的这部诗文集作序。

乾隆十六年(1751年)岁末,沈德潜赴京祝贺乾隆帝之母钮祜禄皇太后60大寿。第二年正月,乾隆帝设宴招待沈德潜,赋《雪狮诗》与之联句,并以其80高龄赐予他亲笔所写的"鹤性松身"的额匾。沈德潜离京返乡后,又向乾隆帝进呈所著《西湖志纂》。乾隆帝看后题写三首绝句代为序。

乾隆二十二年(1757年),乾隆帝巡视江南,召见沈德潜,授予他礼部尚书名誉官衔。

乾隆二十六年(1761年),沈德潜赴京呈献《历代圣母图册》,祝贺皇太后七十大寿。乾隆帝邀请9位70岁以上退休大臣入朝,赐予手杖。沈德潜时年89岁,年居九老之长。

此后,沈德潜又向乾隆帝进呈所编《国朝诗别裁集》,请求乾隆帝为诗集作序。乾隆帝认为,原明代礼部尚书钱谦益在其所著《初学集》中有诋毁本朝的字句,不赞成沈德潜把他的诗放在卷首;他对该选集直书慎郡王允禧(乾隆帝叔父)的名字也很不满意,下令翰林院对其编辑的诗集重新校订。

乾隆二十七年(1762年),乾隆帝南巡,沈德潜赶到常州迎驾。乾隆帝写诗赠送他,尊称他为"大老"。

乾隆三十年(1765年),乾隆帝南巡,沈德潜再次去常州迎驾。乾隆帝加授他为太子太傅。

乾隆三十四年(1769年),沈德潜病逝,终年97岁。乾隆帝追授他为太子太师,下令为他建造贤良祀祠,并亲自为他写了挽联。

乾隆四十三年(1778年),在沈德潜去世九年后,东台县有人告发已故举人徐述夔《一柱楼集》有悖逆朝廷的内容。乾隆帝在审阅《一柱楼集》时发现书的前面有沈德潜写的《徐述夔传》,称其"品行文章皆可为法"。乾隆帝大为惊诧和气恼,要大臣们讨论如何处置牵连到沈德潜这件事。之后,乾隆帝听取大臣的意见,决定追夺沈德潜所有官职,关闭他的祀祠,推倒他的墓碑,磨灭他的碑文。

【简评】

沈德潜一生写诗选诗论诗,著作颇丰,其所编《古诗源》和《唐诗别裁集》,以选诗适中、点评精当而流传于世。他年长乾隆帝39岁,二人以诗交友,既是君臣之交,也是忘年之交,可谓文坛佳话。沈德潜为报答乾隆帝的知遇之恩,不顾年高体衰,两度千里迢迢去为比他小19岁的皇太后祝寿,两度去常州迎驾,似阿谀过分有损风骨。乾隆帝在位中期(1767年—1783年),大兴文字狱,把一切不符合清朝统治思想的书籍列为禁书销毁,对禁书的作者一一治罪,被惩治的文人中不乏忠正之士。《一柱楼集》作者或许不如沈德潜所说的那样值得效法,但也不至于是一个十恶不赦的坏人。沈德潜对其评价可能过了头,但也不该由此被追夺官爵,销毁墓碑。乾隆帝如此对待去世多年的老友,似失之偏颇。

诤谏之交　激励共进

　　朋友之间,能当面指出对方过失的称为诤友。人的言论行动受客观环境和主观意识的制约,看待外在世界不都是准确无误的,而自己往往察觉不了,总以为自己的所作所为都是对的。当局者迷,旁观者清。若有诤友当面提醒指点,对于一个人端正言行举止显然十分重要。谚语说:"良药苦口利于病,忠言逆耳利于行。"人们习惯于自以为是,很少自以为非,喜欢听顺耳的话,不爱听逆耳的话,真正闻过则喜的人并不多。诤友当面指出对方不足,也许会产生歧见,发生争论,甚至面红耳赤,但出于诚心诚意帮助而不是拆台,不会损害真正的友谊。当然,诤友说的也不完全都对,具体问题要具体分析。那种不论是非一味称好,或者明知对方错了仍加以鼓动的人,不是真正的朋友。

冯谖先斩后奏

《史记》卷七十五《孟尝君列传》记载,战国时期齐国(都临淄)原丞相田婴去世后,他的儿子田文承袭其封地薛,号称孟尝君。孟尝君在薛地招揽天下宾客,多达千人。

有个名叫冯谖的人,听说孟尝君喜好结交天下宾客,穿着草鞋来投奔他。孟尝君见冯谖穷苦寒酸,其貌不扬,把他安置在下等客舍。过了10天,孟尝君向管理宾客的传舍长询问那个姓冯的人怎么样。传舍长回答说:"他常常弹着随身带来的那把长剑,叹息说,长剑回去吧,这里吃饭没有鱼。"于是,孟尝君把冯谖调到中等客舍。5天后,孟尝君又向传舍长探问冯谖的情况。传舍长说,他又在埋怨出门没有车子。孟尝君随即又把冯谖转到上等客舍,让他出门有车子坐。

齐湣王即位(前300年)后,任命孟尝君为丞相。孟尝君的宾客多达3000人,供养的费用日渐紧张,他便在薛地放高利贷。一年契约到期后,不仅债款本金收不上来,许多借贷人连利息都付不起。孟尝君急了,想选一个能干的宾客去替他讨债。有人向他推荐冯谖,孟尝君点头同意。

冯谖回到薛地后大摆酒席,通知凡借了田丞相钱的人,带着凭证都来聚会。冯谖当众宣布:"今天请大家来喝酒,凡是把钱带来的,本息一并还清,咱们痛痛快快地喝一杯;凡是无力偿还的,我们一户一户核查,情况属实的,债务一笔勾销。"之后,冯谖派人逐户核实,将无钱兑现的契约当众烧掉。

孟尝君听说冯谖将无钱偿还的契约全部烧掉,大为恼火,当即召回冯谖,责问他为何要这样做事。冯谖回答说:"我这样做没有歹意,是为丞相收买人心啊!那些还不起债的人,我们都一一核查了,有许多人三年五年、八年十年都还不清。追紧了,他们会埋怨丞相贪财无义,再追讨紧了,他们会远走他乡躲债。实际上,这些借贷契约已如同废纸,与其保存这些无用的东西,还不如把它烧掉。我替丞相烧了那些契约,那些穷人都拍手叫好,称颂丞相仁义,爱护老百姓,这不是很好吗?"孟尝君听冯谖这么说,一肚子火气全消了,反而称赞他做得好。

后来,齐湣王见孟尝君位高权重,担心会危及自己的王位,便罢免了他的丞相职务,孟尝君的宾客随即纷纷离去。冯谖没有随大流离去,还和从前一样侍从孟尝君,为他出谋划策,帮他走出困境。之后冯谖去秦国(都咸阳),游说秦昭王,劝秦昭王派人去迎接孟尝君入秦为相,就能打败齐国。秦昭王采纳了冯谖的意见。齐湣王听说秦国军队前来迎接孟尝君,已经抵达边境,连忙恢复孟尝君相位。

不久,孟尝君昔日的宾客又纷纷返回。孟尝君非常生气,对冯谖说:"那些人还有什么脸面来见我?我能复相全靠先生的功劳。我不想再见到那些人,我只想唾他们的脸!"冯谖听孟尝君这么说连忙下拜,孟尝君当即把他扶起来,问道:"先生是为那些回头的宾客谢罪吗?"冯谖回答说:"不,我不是为那些人谢罪,而是为丞相说话失误下拜。"

孟尝君不认为他说的话有什么错,对冯谖说:"我对先生的话不能理解。"冯谖说:"事物发展都有其固有的规律。人在富贵之时来投奔的人会很多,一旦由富贵沦为贫贱,朋友就很少了,世态人情就是这么回事。所以我请求丞相不要排斥回来的宾客,还和从前一样接待他们,这样才能显示出你有容人的海量。"孟尝君听冯谖这么说恍然大悟,连声赞叹说:"先生高见,如同给我上了一堂课,使我获益匪浅,我恭敬从命。"

【简评】

孟尝君身为丞相,受封万户食禄,费用紧缺,可以精减宾客,何须为着支撑门面而放债与民争利? 冯谖烧毁部分契约,名义上说是为丞相收买人心,实际上是解除了一批穷苦的人的枷锁,不失为义举。冯谖游说秦国,利用秦齐两国矛盾而使孟尝君复相,显示出非凡的智慧。他直谏孟尝君宽以待人,包容宾客,可称是孟尝君的诤友。

张昭激言谏诤

《三国志》卷四十六《孙策传》、卷四十七《吴主权传》及卷五十二《张昭传》记载，东汉晚期，天下大乱。吴郡人孙策聚集义兵攻占会稽，自称会稽太守。彭城名士张昭避乱来到江南，投附孙策，受任长史、抚军中郎将。孙策将"文武之事，一以委昭"。

东汉建安五年(200年)，孙策遇刺身亡，临终将其弟孙权托付于张昭，张昭率领百官拥立孙权为主。左将军刘备奏请丞相曹操，请汉献帝任命孙权为行车骑将军，张昭为军师。

张昭的性格耿直刚强，他忠于孙策的嘱托，诚心辅佐孙权，对于孙权的过失总是疾言厉色地批评，不留情面。孙权喜爱打猎，常常骑马射猎老虎。一次张昭板着面孔对孙权说："将军为一方之主，怎么能与猛兽比勇？万一有个闪失，不是让天下人笑话吗？"从此，孙权对冒险射猎大为收敛。

魏黄初二年(221年)，孙权将其官府由公安迁至武昌。为了庆祝搬迁，孙权设宴招待文武百官，酒喝到兴头上，孙权往百官身上洒水，大声说："今天我们一起畅饮，喝到醉倒为止！"张昭坐在孙权身边，见此情状愤然离席，出门坐到车子上，不说一句话。孙权连忙把张昭请回来，问道："今天，我们欢聚在一起饮酒，你为何不开心啊？"张昭怒容满面地回答："从前商纣王建酒池成天成夜饮酒取乐,他也没有认为那样做不好。"孙权知道商纣王是酗酒淫乐导致国家灭亡的,听张昭这么说,知道自己错了,当即下令酒不要再喝了。

魏太和三年(229 年),孙权称帝,将都城迁至建业,定国号为吴。张昭时年 73 岁,辞去当权的职务,以辅吴将军退休,按规定只需数天上一次朝。张昭每次上朝,总还是"辞气壮厉,义形于色"。

一次,孙权召见张昭,设宴招待他。话不投机,张昭离席谢辞,孙权跪下请求他留下。张昭坐下后,没有正面瞧看孙权,昂着头说:"当初太后(孙权之母)、恒王(孙权追封孙策为长沙恒王)不是把我托付给陛下,而是把陛下托付于我。我念念不忘尽忠臣节,以报答他们的厚恩,我会一直效忠到死。我这个老臣有时候见识浮浅,常常违背陛下的意旨。我反思,该把我禁闭起来,或者抛到野外去,不要让我见到陛下,免得惹陛下生气。"孙权连赔不是,派人将张昭护送回家。孙权曾不止一次对人说:"我在张老将军面前说话,从来不敢轻妄放肆。"

吴嘉禾二年(233 年)二月,辽东太守公孙渊派遣校尉宿舒、郎中令孙综携带文书出使吴国,向吴称臣。孙权知道几个月前,魏国军队曾攻打辽东,未能攻下,双方已成仇敌,对公孙渊主动派人来称臣十分高兴,决定封公孙渊为燕王,并打算派遣太常张弥、执金吾许晏、将军贺达率领万名兵士,携带金银财宝,乘船渡海出使辽东,册封并赏赐公孙渊。

丞相顾雍等人对公孙渊派遣使者称臣持怀疑态度,认为不可对公孙渊恩遇过重,只需派少量官兵把公孙渊的使者送回去就行了。孙权对顾雍等人的意见听不进去。

张昭听说孙权不肯听取顾雍等人意见，一意孤行，十分焦虑和气恼。他匆忙来到朝廷，对孙权说："公孙渊因为与我国联系而得罪了魏国君臣，他是害怕再被魏国攻打，派使臣来吴国求援的，称臣并不是他的本意。如果公孙渊改变主意，把我国派去的使臣和将士扣下，以此向魏国证明他无意投附吴国，我国派去的使臣和将士就回不来了。那样，岂不是让天下人取笑吗？"

孙权对张昭的意见同样听不进去，反而对他责难。张昭寸步不让，态度更加坚决，言词更加激烈。孙权忍无可忍，按着佩剑怒气冲冲地对张昭说："吴国文武百官，进宫向我叩拜，出宫向您叩拜，我对您也是敬重到极点了。可你多次在众人面前顶撞侮辱我，我担心有朝一日控制不住自己，做出我不愿做的事情来！"

张昭凝视着孙权，痛心地说："陛下用不着发这么大的火，我之所以多次直言进谏惹陛下不高兴，全是为着陛下能把吴国治理得繁荣强盛。太后临终前把我叫到床前，嘱咐我辅助陛下，她的话音还一直在我的耳边回响！"张昭说着不禁泪流满面。

此时，孙权也动了感情。他将佩剑扔在地上，与张昭相对哭泣。之后，孙权还是令张弥、许晏、贺达等人率领万名兵士携带财物出使辽东。

张昭恼恨孙权不听忠告，从此称病不再定期上朝。孙权更为恼火，下令用土坯把张昭家的大门封起来。张昭赌着一口气，令人在门里面又加封一层土墙。

当年六月，张弥等人率领部众从海上乘船抵达辽东。未出张昭所料,公孙渊果然变卦,下令将张弥、许晏、贺达等人斩首,将首级送交魏国,并收编张弥所率领的吴国军队,扣留吴军所带的珍宝和军用物资。魏明帝极为高兴,随即封公孙渊为乐浪公。

孙权听说公孙渊叛变,杀害张弥等人,收编其军队,投附魏国,怒不可遏,咬牙切齿地说:"我活到60岁,历尽人间沧桑,不料却被鼠辈戏弄,令人气涌如山!我如果不亲手斩掉鼠辈脑袋,扔进大海,再也无颜立国!为洗雪这一深仇大恨,我纵使遇到再大的波折也不悔恨!"

上大将军陆逊等人认为,隔海远征不是一件容易的事,极力劝阻发兵。孙权虽然余怒未息,也只好望洋兴叹。

孙权对没有听取张昭的劝谏后悔不已,下令拆除砌在张昭家大门口的封墙,亲自带着几个儿子登门向张昭赔礼,请求张昭一如既往,继续定期上朝参议军国大事。张昭与孙权和解。

【简评】

历史上的辅政大臣数以千计,像张昭这样犯颜直谏多次与君主翻脸的似乎罕见,他与孙权之间堪称诤友。张昭言辞尖锐刚烈,基于对孙氏皇族的忠诚。当初,曹操吞并刘表势力后扬言率80万大军东下攻吴,吴大臣中形成迎曹和抗曹两种意见。张昭主张迎曹也不是毫无道理,后来如果不是曹操连船失误和黄盖献计火攻,未必有赤壁之战的胜利。孙权在周瑜面前指责张昭等人"各顾妻子,挟持私虑",欠客观公正。孙权的性格由听不进不同的意见发展为刚愎自用。他轻信公孙渊的奸计尚属误判,拒谏则导致惨败。

为此,他与张昭剑拔弩张,封门绝交,转而又悔恨交加,重归于好,读来令人深思。

魏徵坦诚直谏

　　《新唐书》卷九十七《魏徵传》、《资治通鉴》卷第一百九十二至卷第一百九十六、吴兢《贞观政要》、刘悚《隋唐嘉话》记载,魏徵是隋代巨鹿曲城人,年少时成孤儿,喜欢读书,胸怀大志。隋朝末年,长江以北到处燃起农民起义的烽火。魏徵加入李密领导的起义军。后来,李密军败,魏徵随李密投降新建立的唐朝(都长安)。

　　太子李建成听说魏徵很有才学,召任他为洗马,对他十分器重。魏徵看到秦王李世民的势力越来越强大,担心太子地位难以保住,劝太子早做打算。太子与齐王李元吉串通,多次谋害秦王未成。李世民与兄弟之间的矛盾日渐加深。

　　唐武德九年(626年)六月三日早晨,唐高祖召见诸子。太子和齐王准备趁秦王经过玄武门时对他动手,反被早有准备的秦王及其部将袭杀。之后,秦王召见魏徵责问他:"你为何要离间我们兄弟关系?"魏徵从容答道:"太子如果听我的话,不会有今天的祸难。"秦王宽宏大量,没有追究魏徵的罪过。参与谋事的秦王妻兄长孙无忌对此很不理解,秦王对他说:"魏徵能尽心于自己的主人,这一点值得肯定。"

　　玄武门之变后,唐高祖李渊立秦王李世民为太子,接着将皇位传给太子,退称太上皇。李世民继位为帝后,不计前嫌,任命魏徵为谏议大夫。太宗励精图治,数次在自己的卧室召见魏徵,向他征询治政得失。魏徵具有治国理政的才能,性格直爽,感到遇上知己之主,心中十分欣慰,想竭力为治政献计献策,以报答太宗知遇之恩。他和太宗谈论国事,知无不言,言无不尽。太宗见魏徵办事尽心卖力且富有成效,十分满意,慰劳他说:"你若不是全心全意为着国家,怎么会接连对 200 多件事提出建议!"不久,太宗任命魏徵为尚书左丞,让他参议朝政大事。

当年十二月,太宗下令征兵,尚书右仆射封德彝主张,未满 18 岁的男子只要身体健壮,也可以征招,太宗点头同意。魏徵认为兵在于精,无须这样扩征扰民,坚持再三,不肯在诏令上签字。太宗大为恼火,召见魏徵严加责备。魏徵毫不畏惧,反而直言不讳地对太宗提出批评。他说:"陛下常常说要以诚信治理天下,如今即位不久就失信于天下。"太宗对他的话感到惊讶,问道:"朕失信在哪里?"魏徵回答说:"陛下曾宣布关中地区免除两年租税,将退还给民众的租税又征收回来。眼下又扩大征兵,这样怎么能取信于民呢?"太宗转怒为喜说:"号令不守诚信,民众无所适从,天下怎么能大治呢?这是朕的过失啊!"太宗当即下令停征 18 岁以下男子为兵。

贞观二年(628 年),太宗向魏徵询问:"历史上的君主,为何有的明智,有的昏聩呢?"魏徵回答说:"能听取各方面意见的君主就明智,偏听偏信的君主就昏聩。"太宗点头称是。有一次,太宗对身边的大臣说:"人们都说天子至高无上,是无所顾忌的。我却不以为然,总是兢兢业业,日理万机,生怕有负于天下民众。"魏徵称赞说:"陛下掌握了天下大治的要领,愿陛下慎终如始。"

贞观三年(629 年),濮州刺史庞相寿因贪污被解除职务。他自我陈述当年曾在秦王府效过力,请求宽释,太宗同情他,想让他官复原职。魏徵谏阻说:"曾在秦王府效过力的人有很多,如果都仗恃皇恩为非作歹,岂不令正直的官员失望吗?"太宗欣然接受魏徵的意见,对庞相寿说:"我为天下之主,不能庇护过去的部下。"他赐给庞相寿一点帛,打发其回家去。

这一年,是太宗即位第四个年头,天下百姓安康,夜不闭户,全国只有 29 人被判处死刑。唐太宗高兴地对尚书右仆射长孙无忌说:"我即位之初,许多人上书劝我要树立权威,由我一个人决断问题;有些人则劝我炫耀武力,威慑四方。魏徵却劝我放下兵事,注重文治,施行德政,给天下以实惠。我听取了他的意见,如今天下得到大治。"后来有一次,太宗和大臣们谈到治国理政时说:"如今国家虽然安定,然而我却一天比一天谨慎,唯一担心的是不能这样长此善终。"魏徵说:"我高兴的不只是天下大治,最使我感到庆幸的是陛下能居安思危啊!"

贞观六年(632 年),唐太宗和长孙皇后所生的长乐公主将要出嫁,太宗令有关机构为她准备嫁妆,所筹备的嫁妆超过此前出嫁的永嘉长公主(太宗之妹)的好几倍。魏徵劝谏不可以这样安排。他说:"天子的姐妹称长公主,女儿为公主,既加'长'字,即是比公主更受尊重。皇上对公主和长公主的感情可以有深有浅,但在礼节上不能有超越。"太宗感到魏徵说的有道理,采纳了他的意见。长孙皇后对魏徵敢于直谏大加赞赏,称他不愧为国家的重臣,派人给他送去 40 万钱、400 匹绢。此后,太宗提任魏徵为侍中,封他为郑国公。

魏徵直言无忌,偶尔也伤了太宗的尊严。有一次,太宗退朝,怒气冲冲地对长孙皇后说:"我要找机会把那个乡下佬杀掉!"长孙皇后吃惊地问道:"是谁触怒了陛下?"太宗答道:"还不是那个魏徵,今天当着许多大臣的面同我争论,让我下不了台。"皇后转而穿上朝服出现在太宗面前。太宗大为惊奇,问道:"皇后为何这样一本正经?"皇后答道:"妾听说陛下圣明,大臣才敢于说话。当今陛下圣明,魏徵才敢于直言。我有幸居于圣明之主的后位,怎么能不为你祝贺呢?"太宗深为触动,从此对魏徵的直言诤谏"欣然纳受"。

有一次,太宗向魏徵询问道:"有时你进谏,我没有采纳,你为什么就不说话呢?"魏徵回答说:"臣以为事情不可以那样决定,才进谏;陛下不愿听取而要我随声附和,臣不敢这样做。"太宗笑着说:"你再次进谏又何妨!"魏徵拜谢说:"陛下让臣说话,臣才敢畅所欲言,以尽愚忠。陛下一旦拒不接受,臣又怎敢犯颜圣上呢?"太宗感到魏徵的话说得很贴心。

贞观八年(634 年),太宗听说原隋朝官员郑仁基的女儿长得非常美丽,要把她聘为充华(后妃名号),诏书已经拟好,尚未发出。魏徵了解郑女已经许聘给一个名叫陆爽的读书人,连忙赶到太宗面前进谏说:"陛下为天下之父,常忧天下百姓之所忧,乐天下百姓之所乐。据我所知,郑仁基的女儿已答应嫁给姓陆的人家。陛下没有明察细问,就要下诏将她纳入后宫,如果真是这样,传之四面八方,天下百姓会怎样看待陛下呢? 我害怕有损陛下的圣德,不敢隐瞒自己的看法。"太宗听魏徵这么说大为吃惊,深深自责,当即下令取消对郑女的征召。

贞观十一年(637年)二月,太宗出巡入住洛阳显仁宫,责备当地官员奉迎不周到。魏徵进谏说:"陛下这样做会使地方官争相进献而使民不聊生。当年,隋炀帝南巡下令沿途郡县献食,以其进献丰俭加以赏罚,遭到天下人的叛离。前车之鉴,陛下为何去仿效呢?"太宗猛然惊醒,对魏徵说:"除了你,我听不到这样的忠告!"

五月、七月,魏徵两次上书,指出:"陛下励精图治不如当初,闻过即改不如过去。伏愿以隋亡为鉴,去奢华厉节约,亲忠臣远小人。陛下如能信用君子,无须担忧天下不会大治,否则,难保不会出现危机。"太宗阅览后,亲赐手书赞美道:"得公之谏,朕知过也。"

贞观十二年(638年)三月,太宗向魏徵询问近年来施政得失,魏徵回答说:"陛下向来以德义对民众潜移默化,使民众心悦诚服,但近几年与贞观之初相比差远了。"太宗不赞同他的这一看法,魏徵解释说:"贞观初年,国家尚没有统一安定,陛下把施行德义看得比什么都重要。近年来,因为天下无事,渐渐骄奢松懈了。国家虽然强大了,人心却不如从前。"

太宗进一步问道:"近几年,我发布施行的国策,与以往相比难道有什么不同吗?"魏徵点头称是,并举出实例来证明。他说:"陛下即位之初,讨论判处元律师的死罪,别人不敢说话,孙伏伽净谏其罪不当处死,你当即把价值百万的兰陵公主园赐给了他,这是鼓励臣下大胆进言啊!这以后,徐州司户柳雄妄报其在隋朝时的官级,有人揭发他虚报,柳雄拒不改口认错。大理寺讨论判处柳雄死刑,陛下同意这一判决。大理寺少卿戴胄认为,依法只能判处柳雄流放。陛下当时变了脸色,发话一定要处以死刑,戴胄坚持不肯执行,公文往返四五次,陛下最后还是同意赦免柳雄的死罪。这是陛下乐于从谏的一件往事。"

魏徵接着说:"前两年,陕县县丞皇甫德参上书劝谏缓修洛阳宫,不合陛下心意。陛下认为他是有意诽谤朝廷,我当时认为,他的言辞虽然激烈,意在引起陛下注意,并不是诽谤。陛下虽然接受了我的意见,赏了他20段绢,可心里长时间没有平静。这说明陛下已经不喜欢臣下诤谏了。"太宗听他这么说,沉思片刻,顿时省悟,对魏徵说:"确实如你说的,要不是你提醒,我还以为没有什么变化哩。希望你永远怀着这样一颗忠心!"

贞观十三年(639年)五月,魏徵上书太宗,从清政、爱民、用人、勤政、讷谏等10个方面,指出皇帝贞观之初如何励精图治,近年如何放纵懈怠,没有坚持像当年那样勤政爱民。奏书最后写道:"明主可为而不为,臣所以郁结长叹者也!"太宗阅览后对魏徵说:"朕知道自己的过失了,决心改正,要善始善终把国家治理好。不然,有何脸面与你相见啊!我将把你的这封上书写在屏风上,早晚都能见到,并要史官记载下来,使千秋万世都能知晓我们君臣之间的大义。"由此,太宗赐给魏徵10斤黄金、2匹马。

一次,太宗宴请众臣,满怀深情地说:"贞观之前,跟随我平定天下的首功,当数房玄龄;贞观之后,进忠谏匡正我治国理政的首功,是魏徵。"

魏徵身体一直有病,不止一次向太宗辞职,太宗都没有答应。

贞观十七年（643年）正月，魏徵病重，太宗多次前往他的住所看望。没过多久，魏徵病逝，终年60岁。太宗亲自扶其灵柩恸哭，下令朝廷停止5日议事，以志哀悼，并写了《望送魏徵葬》一诗。诗中写道："野郊怆新别，河桥非旧饯。惨日映峰沉，愁云随盖转"，"望望情何极，浪浪泪空泫。无复昔时人，芳春共谁遣。"（《全唐诗》卷一）

魏徵去世许多天以后，太宗仍追思不已。在一次文武百官参加的朝廷会议上，太宗颇为痛心地对众臣说："以铜为鉴，可正衣冠；以古为鉴，可知兴替；以人为鉴，可明得失。朕尝保此三鉴，内防己过。今魏徵逝，一鉴亡矣！"

【简评】

唐太宗与魏徵的诤谏之交，为千古佳话。魏徵原是太子李建成的亲信，在太子与秦王李世民的生死较量中，曾为太子出谋划策。李世民击杀太子即位称帝后，不仅没有追究魏徵的罪过，反而委以重任，显示出非凡的胆略和气量，为历史所罕见。魏徵以赤胆忠心回报太宗的知遇之恩，知无不言，言无不尽，堪为直谏之臣的典范。太宗开明纳谏，魏徵忠正直谏，在一定程度上成就了唐朝初年的"贞观之治"。魏徵不是一贯正确，也有失误。他曾向太宗推荐吏部尚书侯君集有宰相之才，太宗没有任用，侯君集耿耿于怀，后来参与太子李承乾谋反被杀。魏徵背着太宗，将他记录的同太宗诤谏的言辞，拿给起居郎褚遂良看，亦不妥当。

仗义之交　不图后报

　　仗义之交,一般是指互相不认识,当一方有难时,另一方出于同情和关爱,伸出援助之手,帮助对方脱离困境,而使对方终生不会忘记其友情;也有彼此原来认识而没有深交,当一方蒙冤时,另一方受正义感驱使,不顾自身安危,为其申冤张目,甚至与之同遭祸难。主动施行这种友爱的人,奉行的是仁义,只想到助人,未曾想到后报。他们浇灌的友谊之花芳香四溢,长留人间。

欧阳修力挺范仲淹

《宋史》卷三百一十九《欧阳修传》及卷三百一十四《范仲淹传》记载,欧阳修是北宋庐陵人,自幼丧父,由母亲教他识字读书。他聪敏过人,书读三遍即能背诵;举止有礼,笃守诚信,20岁时在当地就很有名声。

北宋天圣八年(1030年),欧阳修以优异的成绩考中进士,受任西京(洛阳)推官。此间,他虚心向馆阁校勘尹洙学习写作古文,又常与河南府主簿梅尧臣以诗唱和。由此,欧阳修的诗文名扬天下,受朝廷召任为馆阁校勘。

景祐三年(1036年),权知开封府范仲淹向宋仁宗上奏《百官图》及4篇论文,弹劾宰相吕夷简嫉贤妒能,任人唯亲。吕夷简则指责范仲淹"越职言事,荐引朋党",奏请仁宗将范仲淹贬为饶州知州。

朝廷一些正直的官员敬佩范仲淹为官公正,对他因上书批评当政宰相而受到贬斥愤愤不平。集贤校理王质以替范仲淹申辩被划为其"朋党"而引以为豪,尹洙上书承认系范仲淹引荐,请求以其"朋党"甘受贬黜。司谏高若讷却趋炎附势,认为范仲淹应当受贬。欧阳修义愤填膺,当即给高若讷写去一封信,对他身为谏官不持公正,严加痛斥。

欧阳修在信中写道:"范仲淹为人刚直,勤奋好学而博通古今。他向朝廷上书言事历来有根有据,这是天下人所共知的。你身为谏议官,家中有老母,爱惜自己的官位,害怕遭遇饥寒而特别看重利禄,不敢冒着刑祸之险得罪宰相,这是庸人的常情,不过当一个平庸的谏官而已。如真是这样,朝廷的贤能之辈也会同情你的难处,而不会责备你胆小。可是,你不是保持沉默,而是狂妄地跳出来,跟在权势后面指责正直大臣而毫无愧色。你既然这样做了,居然还以谏官的面目出入朝廷,真不知人间还有羞耻事!请你把我这封信直接送给宰相,让他定我的罪,把我杀掉,让天下人都弄明白,原来希文(范仲淹字希文)是应当被贬逐的,这也是你做谏官的一大功劳啊!"

欧阳修这番痛快淋漓的冷嘲热讽使高若讷恼羞成怒,他当即将欧阳修的这封信呈给吕夷简和宋仁宗。欧阳修随即被贬为夷陵县令。

康定元年(1040年)夏初,朝廷调任范仲淹为陕西路都转运使兼陕西经略安抚副使。欧阳修时任武成军节度判官。范仲淹向朝廷举荐欧阳修担任其经略府掌书记,称他"文学才识,为众所服",朝廷批准了范仲淹的举荐。欧阳修却笑着推辞说:"前几年,我站出来讲公道话,不是为了自己的私利。我可以同范希文同时受贬,也可以不同他一起升迁。"之后,朝廷将欧阳修召回复任馆阁校勘。

庆历四年(1044年),内侍蓝元振等人奏称:参知政事范仲淹、知谏院欧阳修等人为"朋党"。一时间,"朋党"的议论在朝廷内外沸沸扬扬。欧阳修当即写了《朋党论》一文上报宋仁宗,对蓝元振等人的无端指责理直气壮地予以回击。欧阳修指出：朋党这一说法并不新鲜，自古以来人们就时常这么说。对于朋党，也不能一概加以否定。忠正的人以志同道合为朋党，奸邪的人以谋取私利为朋党。忠正的朋党能使国家兴旺，奸邪的朋党能使国家衰亡。作为一国君主，斥退奸邪的朋党，重用忠正的朋党，国家就有望大治了。

庆历五年（1045 年），宋仁宗将范仲淹和枢密使杜衍等四位大臣贬出朝廷。欧阳修时任河北路都转运使，上书为四人申辩。宋仁宗拒不纳谏，而将欧阳修贬为滁州知州。欧阳修不以贬谪为意，在那里写下了著名的《醉翁亭记》，抒发其寄趣山水与民同乐的旷达情怀。

【简评】

欧阳修为官公道正派，高风亮节。范仲淹为官忧国忧民，不谋私利。两人虽志同道合，私人交往却并不多。欧阳修几次挺身而出为范仲淹申辩，完全是出于正义，由此多次受贬却心安理得。他们之间在同恶势力抗争中形成的高格调友谊，堪称君子之交，令人钦慕。《宋史》作者脱脱认为，欧阳修"天资刚劲，见义勇为，虽机阱在前，触发之不顾。放逐流离，至于再三，志气自若"。这一评价是中肯的。

周顺昌义交魏大中

《明史》卷二百四十五《周顺昌传》及卷二百四十四《魏大中传》记载,周顺昌是明代吴县人,考中进士后,由福州推官升至文选员外郎。周顺昌为人刚正耿介,疾恶如仇。他乐于为民办事,在家乡有很高的威望。

魏大中是明代嘉善人,考中进士后官至吏科都给事中。他为官清正廉洁,没有携带家属,对于给他送礼的,他一概拒绝并加以举报,致使无人敢因私事上他的家门。

明熹宗在位期间(1605年—1627年)重用宦官魏忠贤。魏忠贤当权后祸乱朝政,对不顺从他的正直官员横加迫害,朝野上下人心惶惶。

明天启五年(1625年),魏忠贤指使其党羽诬告魏大中收受原辽东经略熊廷弼贿赂,将魏大中撤职遣返回乡。接着,魏忠贤伪造诏令,派人去逮捕魏大中,要将他关进朝廷直管的监狱。

魏大中被押经吴县时,恰逢周顺昌在其原籍休假。周顺昌对魏大中无辜被害极为义愤,听说他路过吴县,设宴迎接他,与他同吃同住,一连陪伴他三天。周顺昌知道魏大中此去不会生还,将自己的女儿许配给他做孙媳妇,借以宽慰魏大中。

旗尉多次催促魏大中上路,周顺昌瞪着他说:"你难道不知道世上有不怕死的男子汉吗？回去告诉魏忠贤，我就是文选员外郎周顺昌！"接着，他直呼魏忠贤的名字，骂不绝口。旂尉返回后将周顺昌维护魏大中的事，一五一十向魏忠贤做了报告。魏忠贤随即指使其党羽弹劾周顺昌"与罪人婚"，诬告他受贿，并假传诏令削夺周顺昌官籍，派人去逮捕他。

吴县民众听说东厂要派人来逮捕周顺昌，群情激愤，怨声载道。旂尉宣读诏令那一天，民众不约而同聚集数万人为周顺昌喊冤。旂尉厉声呵斥道："东厂抓人，你们这些老鼠谁敢阻挡？"旂尉这一骂激怒了民众，众人"蜂拥大呼，势如山崩"。旂尉见势不妙，吓得抱头鼠窜。民众纵横追击，当场打死他们一人，打伤数人。知县陈文瑞在民众中享有威信，说服民众离散。旂尉随即将周顺昌抓捕押往京都。之后，东厂以"倡乱"的罪名，将颜佩韦、马杰、沈扬、杨念如、周文元五人逮捕处死。

周顺昌被捕前，已得知魏大中等人被害死在狱中，被关入朝廷内设监狱后，他大骂魏忠贤不止，受尽严刑拷打，始终坚贞不屈。锦衣卫指挥许显纯用铁锥打掉周顺昌的牙齿，问他还能不能骂。周顺昌把满嘴血水吐到许显纯的脸上，骂得更加厉害。天启六年（1626 年）六月十七日夜，周顺昌被害死在狱中，年仅 42 岁。

第二年，明熹宗去世，其弟朱由检继位为帝，是为崇祯帝。魏忠贤被罢官，畏罪自杀。崇祯二年（1629 年），太仓名士张溥组建复社，复兴古学。张溥怀念当年为护卫周顺昌而惨遭杀害的颜佩韦等五名烈士，以复社的名义撰写了《五人墓碑记》，鞭笞奸邪，弘扬正气，广为人们传颂。

【简评】

奸臣当权祸国乱政,历史上并不少见,明代晚期的宦官魏忠贤就是一个典型的例子。他在朝廷和地方的文武官员中网罗所谓"五虎""五彪""十狗""十孩儿""四十孙",把控东厂等专事缉捕的机构,动辄伪造明熹宗的诏令,把凡是不顺从他的正直官员一概列为东林党横加迫害。设在无锡的东林书院系罢官回乡的原吏部郎中顾宪成等人创办,他们聚众讲学,评论时政,在正直官员中产生影响。魏忠贤下令摧毁东林书院,编造东林党人名目,受到迫害的人数以百计。他授意各地为他建造"恩祠"塑像,上书朝廷的文字都要为他歌功颂德。他出游各地,要当地官员跪在路边迎接,称他为"九千岁"。魏忠贤乱政把明朝推入最黑暗的时期,敲响了明朝灭亡的丧钟。本文所记魏大中、周顺昌,只是被魏忠贤迫害致死的志士仁人中的两位。周顺昌对奸臣祸国疾恶如仇,仗义结交受迫害的志士,其浩然正气令人钦佩。吴县民众为他鸣冤,颜佩韦等五人为他献身,使周顺昌的义举永载史册。

济世之交　光照后人

　　有这样一些杰出人物,他们在年轻的时候就立志奉献社会,造福民众。他们交为朋友,志同道合,相互砥砺,抛却私利,同心协力,为共同追求的目标和从事的大业奋斗终生。他们的人品是高尚的,友谊是纯洁的,人生是辉煌的。他们的生命虽然有限,友谊所燃烧的火焰却经久不灭,光照后世。

管仲、鲍叔牙共辅齐桓公称霸

《史记》卷三十二《齐太公世家》及卷六十二《管晏列传》、车吉心主编《中华名人轶事》先秦卷记载,管仲是春秋前期颍上人,早年和鲍叔牙一起在南阳做生意,交为朋友。后来,管、鲍二人一起去齐国做官,受到重用,分别担任大夫。他俩怀有共同的志向,竭尽全力要让齐国富强。

管仲和鲍叔牙对齐国诸位公子加以比较,认为只有公子纠和公子小白具有治国理政的才能,今后,他们可以辅佐其中一人执政,以实现他们的政治抱负。于是,管、鲍二人做了分工,管仲尽心侍奉公子纠,鲍叔牙全力侍奉公子小白。他俩约定,今后谁先当政掌权,谁就要设法引荐尚在困境中的朋友。

齐襄公即位(前697年)后,暴虐无道,降低其父釐公宠爱的公子无知享有的礼遇,指使人杀死前来齐国访问的其妹夫鲁桓公。诸公子害怕被杀,纷纷逃往国外避难。管仲随公子纠逃奔鲁国(都曲阜),鲍叔牙随公子小白逃奔莒国。

齐襄公十二年(前686年),公子无知杀死齐襄公,自称国君。第二年春天,大夫雍廪杀死国君无知,齐国君位出现空缺。国卿高傒是公子小白的好朋友,他暗地派人去莒国,迎接公子小白回国即君位。与此同时,鲁庄公以公子纠的母亲系鲁国女儿,派军队护送公子纠回国即位,并安排管仲拦截公子小白。

管仲望见公子小白的车队从远处飞驰而来,一箭射过去,射中公子小白的腰带。公子小白听从鲍叔牙的计谋,索性在车上躺下,假装被射死。鲁国军队以为公子小白真的死了,放慢了护送公子纠的速度。公子小白乘机火速从小路赶回齐国。

高傒随即拥立公子小白即君位,为齐桓公。齐桓公派人去鲁国进行威胁,鲁国国力比齐国弱,被迫杀死公子纠,把管仲交给齐国。齐桓公没有忘记管仲的一箭之仇,本想杀死他以解心头之恨,鲍叔牙谏阻说:"国君如果只想把齐国治理好,任用高傒和我就足够了。如果想在诸侯列国中称霸,那就非要重用管仲不可。管仲的才能比我高,用他治政会使国家富强,他是个难得的人才,不可弃之不用。"齐桓公点头同意,派鲍叔牙去迎接管仲,在堂阜解除封在管仲身上的枷锁。齐桓公随即以厚礼接待管仲,任命他为大夫,让他参议朝政。管仲对齐桓公的宽宏大量非常感激。

齐桓公在信赖高傒的同时,感念鲍叔牙的救助之功,也想委任他为国卿。鲍叔牙却执意推荐管仲。他对齐桓公说:"我的才能很平庸,没有辅佐君主富国强兵的能力,只有管仲才能担当这一重任。我和管仲相比,有五个方面不如他:一是宽惠爱民不如管仲,二是处理国事避免失误不如管仲,三是以诚信与诸侯结盟不如管仲,四是制定礼仪法度安定四方不如管仲,五是治理军队不如管仲。"于是,齐桓公任命管仲为国卿。

管仲受任后,痛下决心将功补过,殚精竭虑辅佐齐桓公治国安邦,无论是内政还是外交都大有建树。由于齐国国力日渐强大,齐桓公在诸侯各国中称霸,风光了几十年。

齐桓公四十一年(前645年),管仲得了重病,齐桓公去看望他,就今后谁人可以辅政征求他的意见。管仲推辞,不肯举荐。齐桓公说:"这是国家大事,务必请国卿指教。"接着,齐桓公征询道:"鲍叔牙可以为相吗?"管仲回答说:"鲍叔牙虽然是我最好的朋友,但我认为他不适合担任国相。为政公正清廉是他的长处,记住别人过失终生不忘则是他的弱点。"管仲抛开私情,以国家利益为重,经过认真比较,向齐桓公推荐大夫隰朋。

此后不久,鲍叔牙因病去世。管仲听说后失声痛哭,泪如泉涌。身边的人员对国卿如此悲伤不能理解,管仲对他们说:"我和鲍叔牙的交情,你们是不知道的。年轻的时候,我和他一起在南阳做小生意,我有三次被人当众欺负,鲍叔牙总是替我解围,没有怕把事情惹大离我而去。那时候,我家里很穷,每次分钱分物,他总是让我多拿一些,从不以为我贪财。后来,我和他都当上大夫,我曾三次向先君献计献策都没有被采纳,鲍叔牙不认为我提出的治国方案不对,而是认为我没有遇上英明的君主。我这一辈子,生我的是父母,知我的是鲍叔牙啊!"

【简评】

管仲和鲍叔牙初交是为了生计,进入齐国做官后,他俩笃志振兴齐国,让彼此的友谊处处服从这个大局。从这一点出发,鲍叔牙说服齐桓公赦免并任用管仲,他自己则谦让并举荐管仲为相,显示出宽阔的胸襟。管仲晚年患病后,不徇私情,向齐桓公坦陈鲍叔牙的不足,举荐他人。而管仲对于鲍叔牙的情谊却最为真挚深厚,当他听说鲍叔牙病逝,放声大哭,称"生我者父母,知我者鲍子也!"其言千古回响,撼人心弦。管仲和鲍叔牙把国家利益摆在他俩私人友情的前面,使他们的友谊得到升华,升华为谋国无私,从而使他俩的友谊光耀史册,熠熠生辉。

祖逖、刘琨闻鸡起舞

《晋书》卷六十二《刘琨传》《祖逖传》，《通鉴纪事本末》第十二卷《西晋之乱》记载，祖逖是西晋范阳遒人，其父祖武曾任上谷太守，去世较早。祖逖性格豪放，年少时便慷慨有气节。他多次去乡下，以其兄的名义，向贫苦农民赠送粮食和布匹，在家族乡邻中享有良好的声誉。他博览群书，胸怀报国之志。

刘琨是中山魏昌人，出身官宦世家，比祖逖小 5 岁。他喜欢读书，为人义气豪迈，胸怀济世大志。

西晋太康十年(289 年)，祖逖 24 岁，刘琨 19 岁，祖、刘二人一起在司州担任主簿，彼此情趣相投，志同道合，职位虽低却心忧天下。

当时，西晋建国已有 20 多年，国家虽然统一安定，却隐藏着严重的危机。西晋开国后让各地的封王拥有军队，从而埋下了内战的祸根。晋武帝司马炎在其称帝后第三年，曲意听从皇后杨艳的意见，将其嫡子司马衷立为太子，而司马衷竟是一个生来不知饥饱冷暖的痴呆。朝中大臣都知道太子将来继位不能执政，可谁也不敢说一个"不"字。祖逖和刘琨看到一场动乱不可避免，深为国家的前途命运而担忧。两人每当纵论天下大事，总是谈到深更半夜。他俩居安思危，激情满怀，常常谈及一旦四海翻腾，天下动乱，要离开中原去为国家效命，以此相互激励。

一天夜里,大地一片宁静,窗外忽然传来雄鸡的鸣叫声。祖逖用脚把刘琨蹬醒,对他说:"你听,这鸡叫声多美!"说着,两个血气方刚的年轻人跳下床来,为之跳起雄健豪壮的舞蹈。

不久,刘琨调任司隶从事,两位好朋友依依分手。之后,祖逖被齐王司马冏召任为大司马掾。

泰熙元年(290年),晋武帝去世,太子司马衷继位为晋惠帝。果然不出朝野有识之士所料,国家的动乱开始了。第二年,皇后贾南风假传晋惠帝诏令,串通楚王司马玮,杀死辅政丞相杨骏,接着,又杀死汝南王司马亮,开启长达16年的"八王之乱"。战乱使西晋的国力消耗殆尽。永安元年(304年),建威将军匈奴族首领刘渊乘机叛离西晋,在离石建立汉国,控制了北方大片土地,并率军向南扩张。

面临国家战乱,民族危亡,身处两地的刘琨和祖逖没有忘记当年闻鸡起舞的誓约,以天下为己任,不避艰险,挺身而出,奋力投身救国救民的斗争。

光熙元年(306年)十月,刘琨临危受命,出任并州刺史、领匈奴中郎将,奔赴抗击汉国军队的最前线。十一月,晋惠帝被毒死,皇太弟司马炽继位为晋怀帝。十二月,刘琨行抵上党,得知并州正在闹饥荒,加之汉军不断攻掠,百姓纷纷逃亡外地,留居的民户不足二万。刘琨在上党募集500人,边走边同汉军作战,历尽险阻才到达被汉军毁坏的晋阳城。刘琨首先告示安民,组建军队,操练兵士,严惩盗贼,很快使社会秩序恢复正常,外流人口纷纷返回。接着,刘琨策动上万兵民脱离汉国,归附并州,军心民心为之大振。

永嘉五年(311年)六月,汉军攻入西晋都城洛阳,晋怀帝被俘,朝廷众臣溃散。刘琨领军坚守并州,毫不动摇。永嘉七年(313年)二月,晋怀帝被汉国处死,秦王司马邺在长安即位为晋愍帝。当时,西晋北方八州,已被汉国平东大将军羯族人石勒攻占七州,只剩下刘琨固守的并州孤城。刘琨在给晋愍帝的奏书中发誓:"陨首谢国,没而无恨。"

　　汉军攻入洛阳之时,祖逖因母亲去世,辞去洛阴太守职务,在家守丧。他听说京都被汉军攻陷,晋怀帝被掳,朝廷不复存在,随即率领家族亲友向南迁移,投奔镇守建康的琅邪王司马睿。琅邪王授任祖逖为军事谘酒,让他镇守京口。祖逖不安心偏守江南,请求领兵北伐汉国,收复失地,为国雪耻。琅邪王只想保存实力,苟安江南,无意出兵北伐。司马睿虽然同意祖逖北伐,任命他为豫州刺史,却只拨给他1000人的粮草和3000匹布,没有给他配备武器铠甲,兵员也要祖逖自己招募。

　　永嘉七年八月,祖逖率领随他南下的数百名家族亲兵渡江北上。当船行到江中心时,他敲击船桨对天发誓说:"祖逖如果不能收复中原,拯救那里的百姓,就像这滚滚的江水一样,一去不复回!"

　　祖逖率众渡江后最先屯驻淮阴,陆续招募2000多名兵士,铸造一批兵器。之后,祖逖领兵北上,击溃一支强大的流寇势力,占据谯城。祖逖以谯城为据点,继续招兵买马,发展北伐力量。

　　由于南北交通被汉军堵塞,刘琨和祖逖之间失去了联系。后来,刘琨听说祖逖起兵北伐,非常振奋。他在给亲友的信中写道:"我枕戈待旦,志在灭敌,常常担心祖逖会策马扬鞭冲在我的前面。"刘、祖二人的豪情壮志和深厚友谊由此可见一斑。

建兴四年(316 年)春天,与刘琨联合抗击汉军的鲜卑拓跋部发生内乱,代郡公拓跋猗卢因偏爱小儿子被其长子杀死。留在拓跋部做人质的刘琨之子刘遵及拓跋猗卢部将箕澹率领三万余众投入刘琨营垒,刘琨部众的力量得以壮大。

十一月,石勒率部围攻坫城,太守刘据向刘琨求援。刘琨没有听取箕澹劝告,轻敌冒进,令箕澹率二万步骑兵为前锋,自己亲率大军后继,离开并州城,赴援坫城。不料途中遭石勒部众伏击,几乎全军覆没。刘琨只好收拾残部投奔幽州刺史鲜卑族段部首领段匹磾。段匹磾对刘琨非常推崇,与他结为儿女亲家。刘琨听说祖逖领兵击败石勒部众,取得谯城保卫战的胜利,非常欣慰。他在给亲友的信中,高度赞扬祖逖的品德和才能。

当月,汉军攻入长安,晋愍帝投降,西晋灭亡。此时,淮河以南的土地尚未被汉军攻占,人们把匡复晋朝的希望寄托在琅邪王司马睿身上。琅邪王改称晋王,所建政权史称东晋。

东晋建武元年(317 年)六月,刘琨联络段匹磾等部分官员上书劝晋王称帝,以表达"不胜犬马忧国之情"。晋王回复刘琨,称赞他"忠允义诚,精感天地"。随后,晋王任命刘琨为太尉,并赐给他一把名刀,由此,引起大将军王敦的忌恨。第二年三月,晋王即位为晋元帝。

太兴元年(318 年)春天,石勒派人贿赂段匹磾堂弟段末波,使其制造事端离间段匹磾与刘琨的关系。段匹磾信以为真,将刘琨拘禁。刘琨知道难逃被杀的厄运,神态自若,赋诗言志:"功业未及建,夕阳忽西流。时哉不我与,去矣如云浮。"当年五月,王敦听说刘琨被段匹磾扣押,派人假传诏令,指使段匹磾派人将刘琨缢杀。刘琨遇害时年仅 48 岁。

祖逖听说刘琨遇害十分悲痛。他化悲痛为力量,决心把北伐复国的大业进行到底。

太兴二年(319 年)四月,地方豪强陈川自称陈留太守投附石勒。祖逖领兵攻打陈川,石勒派其侄石虎率五万兵士前来救援,祖逖设计大败石虎军。石虎带领残兵败将退回襄国,留其部将桃豹据守城西高地。此间,汉国改国号为赵,史称前赵,石勒脱离前赵,立国称王,史称后赵,定都襄国。

太兴三年(320 年)六月,后赵石勒派军队为桃豹护送军粮,祖逖领兵将其截获。随后,祖逖率部击败桃豹部众,进驻雍丘。石勒多次派兵前来交战,都被祖逖领兵击败。后赵部署在黄河以南的军队纷纷向祖逖投降,"由是黄河以南尽为晋土"。

祖逖以功受晋元帝任命为镇西将军,统领黄河以南长江以北大片地区。他不治家产,生活节俭,坚持同兵士同甘共苦。他鼓励农桑,宽政爱民,深得民众拥护。老百姓称他为再生父母,编成歌曲传唱。

正当祖逖积极筹划准备率部北渡黄河进攻襄国的时候,驻守武昌的镇东大将军王敦自持手握强兵图谋控制朝廷。晋元帝为了防备王敦率兵东下,于太兴四年(321 年)七月以北伐讨胡的名义,任命尚书仆射戴渊为江北六州都督,要祖逖部众隶属戴渊统领。祖逖认为,戴渊虽有名望并无远见卓识,担心由他统军会耽误北伐大计。他想到自己历尽艰难,收复黄河以南失地,却得不到朝廷信任,心中感到失落和不平。不久,祖逖听说王敦和丹杨尹刘隗之间针锋相对,剑拔弩张,内战即将爆发,深感这样一来北伐大业将要半途而废。为此,他更加忧伤。当年九月,祖逖怀着满腔忧愤在雍丘病逝,终年 56 岁。

王敦对朝廷虽然久怀叛离之心,但畏惧祖逖军威一直不敢发难。祖逖病故,王敦无所顾忌。后赵听说他们的劲敌祖逖去世,也重整旗鼓发兵南下。永昌元年(322 年)四月,王敦领兵攻入京都,自称丞相,控制朝政。十月,后赵军队渡河南下,攻占襄城、陈留等地,祖逖收复的河南之地丧失殆尽。

【简评】

祖逖和刘琨友谊的基础,不是物质上的相互帮助,也不是诗文上的互为题赠,而是在人生追求上的志同道合。祖、刘二人同怀匡济天下的大志,在国家危难之际,一北一南,成为抵御外族势力入主中原的中流砥柱。由于朝廷权臣倒行逆施,刘琨匡复北方壮志未酬遇害,祖逖北伐收复失地未竟病逝,但他们所创造的英雄业绩永世辉煌。"闻鸡起舞",是祖逖、刘琨年轻时立志报国的一次精彩张扬,展示了热血青年勇于担当的壮志豪情,千百年来,一直激励中华民族优秀儿女为国为民英勇奋斗。中华民族生生不息,长江后浪推前浪,推动社会进步的主力军永远是年轻人。"闻鸡起舞",是嘹亮的号角,激励一代又一代年轻人为振兴中华而奋斗不息;"闻鸡起舞",也是永不褪色的旗帜,激励人们不懈奋斗,抒写更加美好的人生。

马克思、恩格斯友谊长存

（德）梅林著、樊集译《马克思传》,（英）麦克莱伦著、王珍译《马克思传》,（德）格姆科夫等著、易廷镇、侯唤良译《恩格斯传》记叙,卡尔·马克思 1818 年 5 月 5 日生于德国特利尔城,上大学时攻读法学,更爱研究历史和哲学。大学毕业后,马克思把主要精力用于为《莱茵报》写稿。不久,他担任该报主编,入居科伦。弗里德里希·恩格斯 1820 年 11 月 28 日生于德国巴门,中学没有毕业其父就要他离开学校,去商场当学徒。业余时间,恩格斯坚持自学,并积极给《莱茵报》投稿。

志同道合　建立友谊

1842 年 11 月,恩格斯去科伦访问《莱茵报》编辑部,在那里第一次见到马克思。之后,恩格斯去英国曼彻斯特一家其父参与投资的纺织厂工作,开始与马克思书信往来。1843 年 1 月,《莱茵报》被德国当局查封。6 月,马克思同燕妮结婚。10 月,马克思夫妇移居法国巴黎。

1844 年 8 月,恩格斯从曼彻斯特回国,途经巴黎,拜访了马克思。当时,马克思正在研究法国大革命,同时撰写《1844 年经济学—哲学手稿》,恩格斯则收集大量资料,准备撰写《英国工人阶级状况》。两人在一起聚会 10 天,进行了广泛的思想交流,对于社会历史、哲学、经济学等诸多领域的观点完全一致。从此,马、恩成为志同道合的好朋友,立志献身争取人类解放的伟大事业。接着,两人合作完成第一部著作《神圣家族,或对批判的批判所做的批判》,鲜明地举起对旧世界及其思想观念进行批判的旗帜。

患难相依　献身人类解放事业

1845 年 2 月,法国政府应德国政府的要求,把马克思作为危险的革命者驱逐出巴黎。马克思一家迁居比利时布鲁塞尔。恩格斯得知这一情况后,立即筹集一笔钱寄给马克思,信中说:"我要以共产主义方式分担你的忧愁。"接着,恩格斯又将《英国工人阶级状况》一书稿费寄给了马克思。

4 月,恩格斯离开父母,移居马克思所在的布鲁塞尔。此间,马、恩二人一起去英国研读李嘉图等经济学家的著作,并去伦敦、曼彻斯特进行为期六周的实地考察。

1846 年 2 月,马、恩在布鲁塞尔筹建共产主义通讯委员会,两人共同写文章批判当时流行的"真正的社会主义""平均共产主义"以及普鲁东的小资产阶级社会主义等错误思潮。马、恩的思想观点成为当时活跃在欧洲各国的正义者同盟(后改称共产主义者同盟)的指导思想。

1847 年 7 月,马克思出版《哲学的贫困——答普鲁东先生的〈贫困的哲学〉》一书,论述了历史唯物主义和辩证唯物主义的基本原理。

12 月,马克思、恩格斯去伦敦出席共产主义者同盟第二次代表大会。马、恩二人受大会委托,共同拟草了共产主义者同盟纲领,即《共产党宣言》。

1848 年 2 月,《共产党宣言》在伦敦出版,标志着科学社会主义的诞生。由此,马、恩受到反动当局的迫害。

3 月,马克思被比利时当局逮捕,全家被驱逐出比利时。马克思随即来到巴黎,参加共产主义者同盟中央委员会成立大会,当选为中央委员会主席。

4 月,马、恩回德国科伦,创办共产主义者同盟中央机关报《新莱茵报》,分别担任该报的总编辑和副总编辑。马、恩在该报发表了一系列文章,号召各国工人投身争取解放的正义斗争。《新莱茵报》成为引领国际工人运动的旗帜。

9 月,恩格斯受到警察局通缉匆匆离开科伦,前往瑞士。在日内瓦,他身无分文,向马克思求助。马克思当即把身边仅有的 11 塔勒寄给恩格斯,同时又给他寄去一张 50 塔勒的汇票,让他凭此汇票向日内瓦某商人取款。通缉风浪过去,恩格斯又回到科伦。

1849 年春天,马、恩因创办《新莱茵报》被当局收审,《新莱茵报》被封停。马克思被驱逐,全家辗转巴黎,于 8 月下旬来到伦敦。之后,恩格斯从瑞士也来到伦敦,被选为共产主义者同盟中央委员。马、恩重新聚会在一起,又投入新的战斗。他俩共同拟就中央委员会致共产主义者同盟书,总结工人运动的经验教训,号召各国工人要不断革命。

马克思由于没有具体职业和固定收入,家庭生活十分困难。

为了在经济上接济马克思,1850 年 11 月,恩格斯返回曼彻斯特的欧门—恩格斯公司工作。

1851 年,《纽约每日论坛报》约请马克思经常给该报写稿。马克思考虑这样能得到一些稿酬以贴补生活开支,便答应下来。可当时马克思正潜心研究经济学,为写作《资本论》做准备,腾不出时间为该报撰稿,便向恩格斯求援。恩格斯欣然答应。此后,在长达 10 年的时间里,恩格斯共撰写了 120 篇文章,全部以马克思的名义在该报发表,由马克思领取稿费。

马克思夫妇共有三个女儿,还有一个保姆林蘅,单靠这点稿费,是远远不够六口之家生活的。1852 年 9 月 8 日,马克思写信给恩格斯告急:"燕妮病了,小燕妮也病了,林蘅患了神经热,请不起医生,买不起药。最近这一个多星期,有时连土豆和面包也吃不上。"恩格斯接信后,当即给马克思寄去 4 英镑。这以后,恩格斯每个星期都给马克思寄去几个英镑,所寄款额超过恩格斯自家的费用开支。正是由于恩格斯这样无私的援助,马克思才能渡过家庭生活的难关,得以写成辉煌巨著《资本论》第一卷,并于 1867 年在德国汉堡出版。

当时,从伦敦到曼彻斯特坐火车要 8 个小时。马、恩二人不嫌路远,经常乘车互访。他俩身处两地时,几乎每天都通信,交流思想。其书信内容涉及哲学、自然科学、政治经济学、历史、国际政治、战争史和军事理论、语言学、文学艺术、数学、工艺技术等,差不多覆盖整个科学领域。书信的另一个主要内容,是讨论工人阶级的历史使命,工人运动的组织和策略问题以及对各种假社会主义的批评。现今保存下来的马、恩在这一时期的 1300 多封书信,是他俩深厚友谊的见证。正是这种高尚无私的友谊,激励他俩共同为人类解放事业而献身。1855 年 4 月,马克思在给恩格斯的一封信中写道:"我之所以能忍受这一切可怕的痛苦,是因为时刻想念着你,思念着你的友谊,时刻希望我们两人还要在世间共同做一些有意义的事情。"

1870 年 9 月,恩格斯辞去曼彻斯特的工作,迁居伦敦。马、恩这两个亲密的朋友又同住在一个城市,两个家庭间的联系更加紧密了。恩格斯夫妇没有生孩子,他把马克思的三个女儿看成是自己的孩子,而这三个孩子也把恩格斯视同亲父。

1871 年春夏之交,法国爆发了巴黎公社革命。马、恩旗帜鲜明地站在公社革命派一边。马克思撰写的支持巴黎公社的宣言《法兰西内战》,获得国际工人协会总委员会一致通过。接着,马、恩为组建德国社会主义工人党、法国工人党,做了大量工作。在此期间,恩格斯撰写了《反杜林论》,全面论述了马克思和他共同创立的辩证唯物主义和历史唯物主义、剩余价值理论和科学社会主义学说。

革命友谊长留人间

长期缺乏营养的清苦生活和呕心沥血地伏案工作,损坏了马克思的健康,他的身体变得十分虚弱。1881 年 12 月,马克思的夫人燕妮与世长辞。1883 年 1 月,他的长女燕妮龙格也去世。接连痛失亲人使他的身心备受摧残。马克思患上严重的胸膜炎和支气管炎。由于长期服药形成对抗性反应,后来,药物对他疾病治疗不再起任何作用。

在马克思生命的最后一个多月里,恩格斯每天都要来陪伴他几个小时。马克思弥留之际,恩格斯守在他的身边。1883 年 3 月 14 日,马克思安然长逝,终年 65 岁。

马克思被安葬在伦敦海格特公墓,和他的夫人葬在一起。恩格斯参加了马克思的葬礼并发表了演说。他满怀悲愤地指出:马克思首先是一个革命家,谋划无产阶级的解放事业,是他毕生的使命。"正因为这样,所以马克思是当代最遭嫉恨和最受污蔑的人。各国政府无论专制政府或共和政府都驱逐他;资产者无论保守派或极端民主派都纷纷争先恐后地诽谤他,诅咒他。他对这一切毫不在乎,把它们当作蛛丝一样轻轻抹去,只是在万分必要时才给予答复。现在他逝世了,在整个欧洲和美洲,从西伯利亚矿井到加利福尼亚,千百万革命战友无不对他表示尊敬、爱戴和悼念。而我敢大胆地说,他可能有过许多敌人,但未必有一个私敌。"

恩格斯前后两任夫人,先后于 60 年代、70 年代去世,马克思的二女儿劳拉于 1882 年随其丈夫拉法格迁居法国。马克思去世后,形单影只的恩格斯感到格外孤独。他的战友、著名国际工人运动活动家李卜克内西和倍倍尔等人,都劝他离开伦敦,迁往欧洲大陆。恩格斯想的是要完成马克思未完成的工作,认为在伦敦最便于他完成这一计划,便决定留居伦敦。林蘅很乐意去恩格斯那里,帮助他料理家务。

当年 11 月,恩格斯完成马克思生前未完成的《资本论》第一卷的修改工作,并为该书德文第三版写了序言。此后,恩格斯除了参加社会主义者的一些活动外,把主要精力用于整理马克思的遗著。

1884 年,恩格斯遵照马克思生前遗嘱,就美国学者摩尔根《古代社会》的研究成果,撰写了《家庭、私有制和国家的起源》一书,并整理了马克思《雇佣劳动与资本》的书稿。

1885 年,恩格斯整理完成马克思《资本论》第二卷,在汉堡出版,并为之写了序言。

此后,恩格斯参与筹备国际社会主义工人代表大会,并与马克思的小女儿爱琳娜及其丈夫一起去美国、加拿大旅行。

1890 年,林蘅去世。年高体弱的恩格斯失去这一帮手,生活十分艰难。但他不改留在伦敦的初衷,坚持实现原定计划不动摇。

1893 年,在马克思逝世十周年之际,恩格斯写成并发表了《马克思传略》。

1894 年,恩格斯整理完成马克思的《资本论》第三卷,在汉堡出版。

1895 年,恩格斯着手整理马克思《资本论》第四卷,编辑马克思著作全集,准备出版。

8 月 5 日,恩格斯因患食道癌在伦敦去世,终年 75 岁。马克思的小女儿、女婿和恩格斯的几位亲密战友,遵照恩格斯遗嘱,把他的骨灰罐投入离伊思特勃恩海岸 5 海里远的大海。

【简评】

马克思和恩格斯是两位划时代的伟人,他俩倾毕生的精力奉献于人类的解放事业,共同创立了科学的世界观——辩证唯物主义和历史唯物主义;共同创立了剩余价值理论,揭示了资本家剥削工人的秘密;共同创立了科学社会主义理论,指明了人类社会的发展方向,将人类文明的学说推向高峰。他们的光辉业绩是永垂不朽的。马克思和恩格斯在献身人类解放的事业中,横遭迫害,历尽磨难,在共同战斗的艰难岁月里形成的真挚无私的友谊,可歌可泣,启迪后人。列宁评论说:"古老的传说中有各种非常动人的友谊故事。欧洲无产阶级可以说,它的科学是由两位学者和战士创造的,他们的关系超过了古人关于人类友谊的一切最动人的传说。"(《弗里德里希·恩格斯》)

后　记

　　写了两本小书，身体有病，不想再多伤脑筋，只想写篇短文《书缘五记》，追记本人买书、藏书、读书、写书、出书的往事，就此搁笔。雅好读书的郭薇医生看了我写的东西表示认可，希望我再写一点。她的鼓励使我重新拿起笔。可写什么呢？我茫然无绪。经过思考斟酌，我决定围绕人生这一涉及每个人的话题，从信念、亲情、爱情、友情四个方面，选叙古今中外的一些人生故事，数易其稿，历时两年多，形成《人生之歌》书稿。该书稿写作过程中，老伴叶善荣一如既往给予全力支持。研究中共党史的专家黄薇审阅了书稿，提出宝贵的意见。安徽洛雅文化传媒有限公司经理陈婷婷、业务主管李明帮助打印书稿。本书出版得到合肥康安癫痫病研究所附属中医医院李家龙院长和市新华书店吴世洪经理的帮助，在此谨一并表示衷心感谢。笔者阅览有限，所学浮浅，书中不当之处敬请读者朋友批评指正。

叶秀松

2017 年 12 月于陋室书林一叶